听雨楼杂札

朱小平 著

清朝被遗忘的那些事

爱新觉罗·恒德

作家出版社

目　录

序　温故而知今

——读朱小平新作　李国文 / 001

怒海楼船

千古一憾：未曾打赢的战争 / 003

北洋水师未曾惨败黄海 / 007

是北洋水师的素质差吗？/ 010

英雄水兵王国成 / 019

黎元洪与段祺瑞 / 028

北洋水师海战指挥和阵形无误 / 032

甲午海战牺牲的北洋水师外籍雇员 / 039

从北洋水师建军谈起 / 045

毁誉参半的悲剧人物 / 049

性命攸关的制海权 / 052

谁促成挪用海军经费？/ 055

刘公岛悲歌——最后的安魂曲 / 058

风流云散

林则徐晚年及与道光帝的离合 / 063
李鸿章与《马关条约》/ 071
四公子杂考 / 078
清末三才女 / 083
从纪晓岚、刘墉说到乾隆 / 085
范伯子与散原老人 / 088
大江南北两刘三 / 092
努尔哈赤与四大疑案 / 094
江南曹家：树倒猢狲散的悲剧 / 097
毓朗与《述德笔记》/ 100

轶事撷拾

右翼宗学的名人遗迹 / 107
也谈雍正篡位 / 109
袁世凯洹上垂纶的背后 / 111
孙龙拂其人 / 116
陈三立与姚家胡同 / 119
湘绮老人王闿运 / 124
关于苏曼殊 / 126
孔子后裔之悲剧 / 145
秋瑾女侠在燕京 / 147
刘鹗因赈济得祸 / 149
铸钟厂和"钟杨家"/ 151

地舆典章

琉球与清朝的交往及灭亡 / 157
清代记载中的钓鱼岛 / 170

漫谈清代的“骑射” / 177
昌平王府之建与消失 / 180
香冢与鹦鹉冢 / 183
清代的滑冰 / 185
太监岂可到处跑 / 187
八大胡同烟花巷 / 189
清代宫廷称谓与礼仪 / 191
漕运和漕运总督 / 196
十三仓与仓场衙门 / 199
养马制度与胡同 / 202
清代的口语——“份儿” / 206
京城还有“北钓鱼台” / 208

琴心墨痕

唐英与“唐窑” / 213
秋瑾绝命词的来龙去脉 / 221
左宗棠与《左公柳》诗 / 224
赵翼与《瓯北诗集》/ 223
南社在京华的遗迹 / 229
绝命诗种种 / 234
说书艺人柳敬亭在北京的逸闻 / 236
清代书法四名家 / 239
说爱新觉罗家族书画家 / 241
高其佩指画 / 244
“八怪”笔下君子兰 / 247
郑板桥画竹 / 249
清末的讽刺漫画 / 253

逸闻余韵

乾隆为商号题匾之谜 / 257
清末的山西“票号” / 262
才子袁枚与《随园食单》/ 265
北海仿膳与满汉全席 / 268
“折箩”趣谈 / 271
诗话全聚德 / 274
四合院里话“吃包” / 278
简说年节送礼 / 280
拜年 / 282
王府井的狗不理 / 285
《清稗类钞》与“莲花白”
——忆侯仁之先生的一封信 / 288
卤煮小肠有异香 / 291

跋　爱新觉罗·溥仕　爱新觉罗·金诚 / 293
后记　朱小平 / 294

序　温故而知今

——读朱小平新作

小平写旧体诗，很见功夫。这次读他的历史随笔，感到他另一支笔的力量。

我历来主张文无定法，不自我设限，愿意怎样写就怎样写，能够写什么就写什么，小平做到了，我很佩服。大凡为文写字之人，争取写好，努力写得更好，是一个既定目标。他的这部以清代为背景的历史随笔，是以这样一种精神，给我们提供那个时代的宏大叙事和精准特写。前者之视觉幅度广阔，令人叹服；后者之细节真实可信，令人折服。读罢这部书，既得教益，又是享受，很感谢小平给我带来的这份阅读的满足。说史，尤其说清史，江山万里，辉煌帝国，兴亡衰替，尘世沧桑，是一个大家都在涉猎的领域，小平能够耕耘出属于自己的一块园地，居然经营得花繁叶茂，芳菲满目，生机盎然，自成气候，在这个很难出新，也很难出彩的领域中，居然看到他的不同一般、别出心裁，这实在太难得了。看来，在这个世界上，一分劳动、一分收获，一分付出、一分回报，他的辛苦，他的努力，他的好学不倦，他孜孜不息的请益、求知、积累、思索，真是着实应该为他喝彩。

当我读罢该书首卷《怒海楼船》，我就被他笔墨震撼了。同时，我也想起《世说新语·任诞》：“王孝伯问王大：‘阮籍何如司马相如？’王大曰：‘阮籍，胸中垒块，故须酒浇之。’”阮籍，由魏入晋的那种沉沦，那份郁结，是那个太快活的文人无法体味到的，作为汉武帝文学宠臣的司马相如，他不可能理解什么叫作“垒块”？说白了，“垒块”者，就是横亘在胸臆间那团不吐不快的愤懑之气，敌忾之气。当甲午年再一轮出现，一百二十年过去，凡具有家国情怀的中国人，绝不会因时光荏苒而淡忘这尚未雪的国耻，博学广知的小平以全球视野下的崭新角度，来回顾这段虽然模糊，然而难忘的耻辱记忆。其实也是当下国民心声的一种反映。“垒块”，使得小平笔下的每一个人物，每一个情节，熔铸进铁和火的国仇家恨，融化着血和肉的满腔怒火，作者的拍案而起，读者的狂潮起伏……他不但告诉我们历史的真实，他还痛斥了一切卖国贼、汉奸之流的污蔑和歪曲。人们常说写作是一种冲动，是一种倾诉，当然，更是一种辨正，一种以正视听。《怒海楼船》所以能成为这部书的压舱石，就在于作者这份毋忘国耻、昭雪先烈的“垒块”感。

子曰：“温故而知新，可以为师矣。”小平这样做学问，值得学习。

在这部历史随笔中，我们还读到《风流云散》中的努尔哈赤、道光帝、林则徐、李鸿章等这些为人熟知的前清帝臣，从不同角度所写出的不同侧面；《轶事撷拾》中的袁世凯、陈三立、王闿运、苏曼殊等这些清末民初早期名流，他们在辛亥革命这场风云变幻中的形形色色；《地舆典章》中的八旗沿革、烟花柳巷、漕运仓储、胡同变化等等京都故实，从中看出沧海桑田的时代变异、社会进展；《琴心墨痕》中的书画名家、文人韵事、南社遗迹、秋瑾革命等等考证，一代风流，墨香犹存；至于《逸闻余韵》中的吃喝玩乐、逢年过节、风俗习惯、生活趣谈等等京城风景，也让我们又回到曾经很强大、实际很衰弱，外观挺堂皇、“内囊却也尽上来了”

的大清王朝。长许多见识的同时，也深感到一个国家、一个民族，若是不强大，若是不富足，还真是难逃《怒海楼船》全军覆没的命运。

苟且偷安，还是发愤图强。也许是这部书提供给读者的一个思考题吧？

李国文

2015 年 6 月 19 日

怒海楼船

千古一憾：未曾打赢的战争

英阿马岛之战偃旗息鼓已整整33周年，虽然号称是电子对抗的海空立体化海战，前期的海战规模与中途岛大海战等相比，实在是小巫见大巫，但是却引起了全世界大国海军的重视：一枚造价并不昂贵的“飞鱼”导弹，瞬间击沉耗费巨资、配备十八般先进军事前沿科技的英国导弹驱逐舰“谢菲尔德号”！这掀起了一场海军作战思维的革命，即大型水面战舰究竟是否应该退出今后的海战作战序列？

这实在是一个耐人寻味的疑问。但惜乎从此之后再未曾生过类似的海战。

我在神游于艨艟齐发、导弹飞射的马岛之战流光瞬影时，不由想起当年北洋水师楼船铁锁、灰飞烟灭的一幕幕令人感慨的历史陈迹，常常会把这场战争与百年前的中日甲午之战纵横并论。

历史常常会有惊人的相似之处。

尽管英阿马岛之战是一场现代化的电子对抗的立体化战争，但它仍极似甲午战争——本是一场应该打赢却打败了的战争（指中国与阿根廷一方）。

中日黄海大战双方优势并非特别悬殊，日本海军优于北洋水师，但北洋水师亦有它的优势。在某些方面北洋水师甚至强于日本海军。

英国于1982年4月横跨1.3万公里远征马尔维纳斯岛，对手阿根廷是南美最强大的军事强国，双方在武器质量上基本力均势敌等，都没有绝对优势可言。当时，世界舆论认为英国取胜希望在“百分之一以下”，必将重蹈1905年俄国以波罗的海队为主体之第二舰队为解救被围旅顺口之陆军，远渡重洋征讨日本、在对马海峡被日本联合舰队所败全军覆灭的旧辙。其实日本发动甲午之战又何尝不是如此，以客犯主，倾巢跋涉去攻击一个严阵以待的大陆国家。如同二战时日本发动的珍珠港之战一样，完全是一种孤注一掷的冒险。

英阿马岛之战与中日甲午海战一样，初始双方互有胜负，阿根廷“圣菲号”潜艇和“贝尔格拉诺将军号”巡洋舰被击沉后，阿空军动用“飞鱼”导弹相继击沉英国“谢菲尔德号”导弹驱逐舰和“考文垂”“大西洋运送者”驱逐舰。阿根廷没有赢得海、空战的最后胜利，是因为和北洋水师遭到了同样弹尽的命运——法国禁运使英军心惊胆丧的“飞鱼”导弹，欧洲共同体联合进行武器封锁……当时权威军事评论家预料：如果阿军有足够的“飞鱼”，英军旗舰“无敌”号航空母舰及其他运兵船必将葬身海底。

最后的决战也极似刘公岛之战——海军配合陆军登岛作战，覆灭的命运相同——没有任何支援的孤军全军覆灭，结局也惊人的相似——以投降（阿根廷）和兵变瓦解（刘公岛北洋水师）而结束了战争。

本来打不赢的战争却打赢了。为什么？

首先，全国总动员，兵精粮足无后顾之忧，甲午之战时的日本是这样，马岛之战时的英国也是这样。

日本当时起用了血气方刚、精通海战的青年将校，英国也起用了青年海军将领伍德沃德少将为特遣舰队司令。而当时中国和后来的阿根廷根本不屑起用青年将校，如北洋水师最高统帅李鸿章和实际指挥官丁汝昌根本不习海战，倘若甲午之战起用刘步蟾，结局无疑会另当别论了。

当时的中国和后来的阿根廷根本没认真秣马厉兵，而都是寄希望于调停——中国寄希望于列强，阿根廷寄希望于美国，结果都吃了军备不修、惨遭偷袭的大亏。而恰恰是阿根廷依赖的盟国老大哥美国，将情报提供给英国。

日本和英国都是采用“委托式指挥法”——将在外君命有所不受。中国和阿根廷都是事事请示，贻误战机。

都是女人领导的战争。

日本明治天皇带头捐款购买军舰，西太后却挪用几百万两海军经费大修御用园林。撒切尔夫人下令全世界上百艘英国客轮商船改装编入舰队参战，阿根廷却一直观望作壁上观。

有不止一次宝贵的机会都失掉了。

黄海大战中日舰“西京丸”（军令部长座舰）被重创后逃出战场，恰遇赶来参战的北洋水师鱼雷艇队的“福龙号”，从400米、150米直至40米连发3枚鱼雷，竟无一命中！斯时“西京丸”已无一门可战之炮，而那时北洋水师的鱼雷艇却只装载3枚鱼雷！马岛之战中英军在卡洛斯港奇袭登陆后，阿根廷空军对登陆英军实施大规模轰炸，英军登陆部队司令穆尔后来说：“我不止一次感到快撑不住了。阿根廷空军的英勇几乎将奇袭的效果全部抵消。”但后来阿空军后劲不足，很多炸弹竟都丢进了海里。

当年滑铁卢之役中拿破仑的援军不曾及时赶到已永远成为历史之谜。刘公岛之役本可以仍有作为，但鱼雷艇队不战而溃，或沉或被俘，并谎报军情至烟台而断绝了陆军支援。马岛之战中阿根廷登岛的1.5万陆军在空军轰击登陆英军时，整整一天也未曾“插上一刀”——向攀崖而上的英军实施反击，登陆英军司令穆尔说，如果“插上一刀”“那便是我们的末日了！”

相似，惊人的相似。所不同的是，马岛阿根廷守军在英军发起总攻23小时后全体投降；而北洋水师的绝大部分军人却是宁死不降：自提督丁汝昌以下总兵、管带刘步蟾、邓世昌、林泰曾、黄建勋、林履中、戴宗骞、张文宣、杨用霖……战死疆场、服毒自尽、饮弹自杀、拒救自沉，演出了一部悲壮的北洋水师葬礼。且不说北洋水师英勇战死的众多下级军官和士兵，那“高升号”上1200名中国陆军士兵也无一投降而誓死不降！

历史不会忘记：5个小时倾泻了几万发炮弹的黄海大战中，仅“定远号”就中弹1000多发！但“定远号”没有沉没，全体官兵誓死苦战，重创“松岛号”等数艘日舰（它曾一炮命中“松岛号”，仅炸死日军就达百余人！）直到弹尽仍在追击敌舰！它要用全体官兵的血肉和生命去与敌舰相撞而同归于尽！

武器是重要的因素，但不是决定性的因素。人，尤其是军人，还是要有一点儿精神的！

本该打赢却未曾打赢的战争，千古一憾！

北洋水师未曾惨败黄海

关于甲午海战，是一个永不休止的话题，也是中华民族永远的一个遗憾。这是一场应该打赢而未曾打赢的战争，而由此也给中华民族带来了巨大的不可挽回的灾难。从 20 世纪 50 年代上演话剧《甲午风云》及同名电影《甲午风云》到 90 年代播映电视连续剧《北洋水师》，一些探讨北洋水师甲午海战的书籍也不断出版，曾执导过《北洋水师》的冯小宁，又拍摄史诗巨片《1894 · 甲午大海战》。冯小宁执导的《北洋水师》播映后，笔者曾在报端连载过 2 万余字的《北洋水师与甲午海战读史札记》，悉数寄与冯导，获得他的赞同。笔者认为《北洋水师》还是基本符合史实的。而电影《1894 · 甲午大海战》则有较为严重的不符历史之处，对北洋水师名将刘步蟾的塑造，则完全不可理喻。某些书籍的观点也大有值得商榷之处。

对甲午战争应有正确的评价，才能真正地以史为鉴。

黄海大海战是日本处心积虑地要与北洋水师决战，进而逐步统治中国，让泱泱中华亡国灭种。史学界有观点认为是北洋水师惨败，一些评论也认为黄海大海战中日海军主力决战，北洋水师是惨败。笔者窃以为此论非是。此役中北洋水师损失舰船 5 艘（这包括自撞而沉的数字），而日本舰队也遭到北洋水师重创，损失也不亚于北洋舰队。而且，从战略上讲，北洋海军应该是胜利者。此役中北洋水师以弱胜强，变被动为主动，破灭了日本海军的狂妄作战计划——“聚歼清舰于黄海”，而且，如果不是种种客观原因的限制，如战略指挥朝令夕改、南洋水师坐山观虎斗等等，这次海战北洋水师完全更可以取得更辉煌的战绩。所以，黄海大战中北洋舰队应是战术上的失利（最重要的是弹药补给不足），而不是失败或惨败，真正的失败是在威海刘公岛之役。

从黄海大战中日舰队双方战斗力来比较，中国海军已由亚洲第一强逊于日本。北洋水师参战军舰为 10 艘，日本则为 12 艘；火炮总门数（包括鱼雷发射管、机关炮）中方为 180 门，日方为 272 门；其他诸如吨数、马力（包括平均马力）、平均速度、总兵力等方面参战日本海军均高于中国海军。但北洋水师的优势是在质量上，如铁甲舰北洋水师为 4 艘，日方仅 1 艘。30 厘米、21 厘米重炮北洋水师为 24 门，日方仅 11 门。小口径炮、机关炮北洋水师更多于日本舰队，为 114/52 门，比日本海军超出 1 倍还多。但日本海军的火力优势在于速射炮，为 111 门，北洋水师仅为 27 门，日本舰队超出北洋水师数倍之多。

凡此种种，可以看出北洋水师已经远非八年前可比。特别是最新式的速射炮及新式战舰，一直未曾添置和更新。而且最关键的是北洋水师的军火供应问题最为严重：偷工减料、以假充真，甚至“有弹无药”。这就造成了海上实战中屡屡失利。在此之前的丰岛海战一役中，北洋济远舰发射 15 公分榴弹，击中日舰“吉野号”右舷，穿透钢甲入机器操作间而竟未爆炸，使其幸免于沉没。否则，日后黄海海战中这艘日本最先进的战舰就不会再加入战斗序列了。又如黄海海战中，定远舰发射 30 公分炮弹，击穿“西京丸”甲板，又穿入机器间，虽然爆炸，但威力太弱，仅炸坏舵机，未能使其沉没，使乘坐其舰的日本海军军令部部长桦山资纪海军中将侥幸苟其性命。如果不是劣质炮弹，“西京丸”必被击沉，桦山也将毙命，黄海之役必将大有利于北洋水师。

实际从黄海大战来看，北洋水师炮火命中率远远高于日本舰队，日舰多受重创，却一艘未沉，其奥秘就在于北洋水师的炮弹威力太弱，而且后期几乎处于弹尽之惨况。正如英国人勃兰德在《李鸿章传》中所指出："如果这些大炮（指北洋水师铁甲舰前主炮——笔者注）有适量的弹药及时供应……很有可能中国方面获胜，因为丁汝昌提督是有斗志的人。而他的水手们也都极有骨气。"（夏双刃著《激荡十七年》，中国工人出版社 2011 年版，P81）倘若不是如此，黄海之役结局必然改观。试看，海战伊始北洋水师失去指挥，各自为战，且弹药不足、火力不够、没有后援，却仍给予日本联合舰队以重创，最后以日舰首先退出战场为结束。在吨位、马力、速度均低于日方的弱势下，犹能如此，这岂是惨败呢？如果中日双方调换强弱之势，那结局必将是"聚歼"日本联合舰队了。

总之，黄海大战中北洋水师虽然战术失利，沉舰 5 艘，但并未伤元气。所以，日本海军于心不甘，后来仍然要与北洋水师决战，威海刘公岛才成了北洋水师的安魂曲。但倘如威海之役中中国陆军能有中国海军的素质不至于溃败和及时支援，北洋水师仍然也不至于全军覆灭。

不是走进这个房间，就是走进另一房间。北洋水师在黄海大战中的战术失利有着很多偶然的因素，完全归结于清廷的腐败，似乎有形而上学之嫌。辩证地、实事求是分析北洋水师的失利及覆灭，才能使后人以史为鉴，知以得失。

是北洋水师的素质差吗?

中日甲午黄海大战北洋水师的失利，是偶然还是必然？以往一些文章的论点大都以“必然”以蔽之。笔者印象颇深的是电视连续剧《北洋水师》最后一个镜头是以李鸿章的泣叹为结尾：“究竟败在谁的手里？”这声长叹提出一个发人深省的问题。这句话是否有历史依据，尚不得而知。据说李鸿章临死都未曾合眼，还留下了一首悲愤的《绝命诗》:“劳劳车马未离鞍，临事方知一死难。三百年来伤国步，八千里外吊民残。秋风宝剑孤臣泪，落日旌旗大将坛。海外尘氛犹未熄，诸君莫作等闲看。”字里行间颇值得后人回味。事实上，北洋水师与日本舰队的决战失利，实为中日两国关系的拐点。李鸿章没有看到，在他逝后不到三十年，日寇的铁蹄踏遍中华半壁河山，几有亡国灭种之虞。

北洋水师失利之因，有人解答为：败在中国北洋海军的素质上。笔者读过一篇文章，印象极深，其中云：“试想：一支背《三字经》的、抽大烟的、由小脚女人的丈夫组成的军队怎么可能打胜仗呢？”（见 1992 年 4 月 21 日《北京广播电视》赵晓冬文《“洋务梦”的破灭——从“马江之战”到“北洋水师”》）笔者认为：作者大概对历史不太熟悉，只有一种简单的图解——即清廷腐败，它的军队也必然腐败。请不要忘了在甲午战争之前的 1884 年至

1885年中法战争中陆路清朝军队是大胜的，包括冯子材指挥的镇南关大捷、黑旗军刘永福指挥的谅山大捷。马尾海战是法国舰队的偷袭，如果福建水师主动攻击，海战鹿死谁手也是未可预料的（附带指出：黄海海战日本舰队也照抄了法国舰队的偷袭伎俩）。

至于北洋海军官兵的素质却并非仅仅是什么“背《三字经》、抽大烟”，这完全是对已经殉国已过百年、为抗击日寇誓死喋血的北洋水师爱国官兵的一种偏见和诬解。其实在甲午战争时期，主战派官员奏疏中即开始指责北洋水师课训懈怠，军纪废弛，不修武备，将佐怯懦，嬉戏淫赌，风气败坏，“腐败、中饱及援结私亲诸症”，无不尽染。殉国的名将刘步蟾、林泰曾也曾被指责是“安富尊荣，拥以自卫，其昏庸畏葸更甚于丁汝昌”，而北洋水师最高指挥官提督丁汝昌更被指责为“性情浮华，毫无韬略”，热衷于在刘公岛经营地产，逼迫下属租住以自肥。北洋水师结帮成党，尤其“闽党”将校最为跋扈，丁汝昌指挥不动，也不敢指责。这在姚锡光《东方兵事纪略》、蔡尔康《中东战纪本末》、泰莱《甲午中日海战见闻记》等著述中皆有记载。假如是真，这样的海军何以赴海疆以杀敌？清末主战、主和两派互相攻讦，有不惜夸大之嫌。事实即如邓世昌那样的优秀将领，也违反军纪，养狗于船上，但是大节不亏，确是有目共睹。

还是让我们用事实来证明那些在中国反帝斗争史用生命和鲜血谱写了最光辉的篇章之一的北洋军人的素质吧！

1866年，左宗棠奏请设马尾船政局、福州船政局并附设船政学堂，这是中国近代第一所海军学校。北洋水师的大多数将领如刘步蟾、邓世昌、林永升、方伯谦等均毕业于此。后来北洋水师学堂总教习、督办严复，民国政府海军首脑萨镇冰等亦受业于此。包括后来成为民国总统的黎元洪，执政段祺瑞，民国两位海军总长萨镇冰、刘冠雄，一位海军司令李鼎新等都出身于北洋船政系统。近代最著名的大教育家张伯苓也曾是当年北洋水师的水兵。

船政学堂的招生首先打破出身，公开招考，并选拔船政局中有实践经验的青年工人、兵勇入学。所以很多水师军官都家境贫寒却又肯于学习。而且，有不少学生入学前即已粗通英文。另外，学堂极重军事和自然科学。基础课程有外语、几何、代数等。以后又增有算术、解析几何、割锥、平三角、弧三角、代积微等。专业课则有静力、动力、水、重、理镜、机器、天文、测量、仪器用法等。四书五经反而是自学课程，这种重西学之现象，实为当时风气之先。学生也获益匪浅。再有，学堂注重学用和实练。在堂期间，学生已实际驾驶，毕业后，必须到练船或机器厂实习1—2年后，方可到军舰实习，实习不仅在国内，还要去外国远洋等地。1877年，船政学堂又派刘步蟾、林泰曾、林永升、方伯谦、刘冠雄、萨镇冰等33人到英国格林尼茨皇家海军学校留学军事。并且都是上船学习，如刘步蟾被派往英国铁甲舰“马那杜号”任驾驶见习，专攻海战战术、枪炮学。林泰曾曾于英国地中海舰队“阿其力”等舰实习。这些留学生均以“颇为优异”“未逊欧西诸将之品学”的盛誉获优等文凭回国。这些品学兼优、又有丰富实践的学生后来均成为北洋舰队的重要将领，如刘步蟾一直擢升到水师右翼总兵的要职，等于实际上在指挥北洋舰队。其中12人回国后任北洋水师兵舰管带，2人任南洋水师舰船管带，3人任北洋水师兵舰大副，5人任北洋水师学堂教习、总教习等，皆为北洋水师这支当时排名亚洲第一、世界第六舰队的军中翘楚。其中回国后任北洋水师学堂教习的王学谦后任过天津北洋大学总监，任总教习的严复民国初年还任过北大校长。萨镇冰、刘冠雄民国初年均任过海军总长，李鼎新任过民国初年海军总司令，任过教习的伍光建任清末海军部军枢司司长。林启颖和沈寿堃任过民国初年军港司令和练习舰队司令，贾凝禧和陈恩寿后来还成为有名的海洋法专家，这些北洋水师留英学生不仅成为北洋水师的中坚，后来也成为民国初期海军的中枢，是清末民初海军不可多得的人才。

而且由于丁汝昌原是陆军出身，不习海军，所以实际北洋水师的操练等事务均“悉委步蟾主持”，“一切规划，多出其手”。

至于水兵，均从沿海农民、渔民中招收，因为他们淳朴耐劳，鲜有恶习。《北洋海军章程·招考学生则例》严格规定：入北洋水师者“须身家清白，身无废疾，耳目聪明，口齿清爽，文字清顺”，并必须“觅具保人”。这就保证了北洋海军新建伊始兵员纯正，市井无赖游民很难混入。北洋水师军纪是当时清军中最严明的。而艺官（即技术军官）包括绝大多数手握兵权的青年将领亦均是船政学堂及留学毕业，接受过西方近代民主思想熏陶和先进科学技术训练，北洋官兵在素质、文化、士气、训练、纪律、装备和战斗方面，与清朝陆军区别极大，北洋水师官兵皆用英语发送训练、作战口令，是中国当时最近代化的海军军人。这样的素质不仅为英国等外人所承认，即交战对手日本海军也是承认的。正如意大利人弗拉底米尔《中日战争》（1896 年出版）一书中评价说：“中国海军同陆军相比是非常优越的”，“许多海军的本国官员也都在专业方面受过很好的训练”。一些曾在北洋水师中任职的英国人如北洋海军总教司的琅威理、长期搜集北洋水师情报的英国远东舰队司令斐利曼特，对北洋海军的素质也予以盛赞。

当时对北洋水师熟知的中外人士，皆评价北洋官兵训练有素，其驾船、布阵、操练尤枪炮命中率水平甚高，所以当有人指责北洋水师训练“废弛”时，北洋水师总教习英人琅威理予以反驳说：“彼诽谤中国海军多所‘废弛’者，皆凭空臆说也。”事实胜于谣言，据《英国海军年鉴》载黄海大战中日舰“吉野”共发炮 1200 多发，而中国舰各炮无一受损，舰体受损亦未伤筋骨。中国舰队火炮速度不抵日舰，却能重创日舰“吉野”“比睿”“扶桑”“赤城”“西京丸”“松岛”等多舰，中日双方海军战斗素质泾渭分明。

另据统计，中日双方黄海海战发炮命中率，“除六磅以下各小炮外，日军之命中率约在百分之十二，而中国军之命中率约在百分之二十以上”，“就炮术而论，以中国兵优于日本兵”。北洋水师海战中驶船技术也深得外国军事人士称赞。“来远”在战斗中，被火焚最为严酷，受伤也重于他船，“机舱人员，莫不焦头烂额，双目俱盲”，但因官兵平日训练有素，在如此险境下临危不惧，竟能一面救火，且同时发炮，奋勇打退日本群舰围攻，安全返回旅顺军港。“各西人群往察验，舱面皆已毁裂，如人之垂死者然，尚能合队驶回，实可见行船之妙。”这样的素质岂是平时训练“废弛”的军舰官兵所能为的呢？

黄海大战中，北洋水师将领的素质得到了最好的发挥（有人认为当时海战丁汝昌指挥阵形失误，这并不确，留待后述）。

海战伊始，旗舰“定远”被击中。刘步蟾立即“代为督战”，首先发炮击伤“吉野”，随即令舰队以“人”字形之尖端拦腰切断日本联合舰队阵列。至下午1时，日舰“比睿”号被“定远”击中失去战斗力，挂出“退出战列”信号逃逸。“赤城”“西京丸”（日海军军令部长座舰）也被“定远”炮击受创，相继逃离作战海域。下午3时，北洋“致远”“经远”等4舰先后受伤起火沉没。“济远”“广甲”退出战场。只剩“定远”“镇远”在刘步蟾、林泰曾指挥下拼死苦战。“定远”数被炮击起火。但刘步蟾镇定临危，又指挥发炮击中日本旗舰“松岛号”，使之丧失海战能力。至5时，日本残存舰只首先退出战场，此时“定远”已弹尽，但刘步蟾仍率舰奋追，终因速力不及而退回。

震惊中外的甲午海战，刘步蟾等将领发挥的优秀军事指挥才能及广大海军官兵的海战实力，为中外所共誉。如果不是弹缺药尽、马力速度等技术原因，北洋水师必将奏凯而还。北洋水师的炮弹之缺、爆炸力之劣是最致命的问题，此役中双方参战舰只各12艘，北洋水师损失舰船5艘（其中1艘是自撞而沉）伤4艘，日本联合舰队亦被重创和击伤5艘，但均因炮弹质量低劣未能使其沉没。表面上看，日本联合舰队未被击沉一舰，但日军旗舰、座舰均被击中而丧失指挥和作战能力，最后主动退出战场。而北洋水师旗舰几次失火仍继续指挥海战。这场海战北洋水师指挥官的素质明显高于日方，因而这场海战的胜利实际从战略意义上看，北洋水师是打胜了。因为战前日本大本营制订的作战目标是“聚歼清舰于黄海”。海战的结果是日本联合舰队的作战目标完全失败。

另一方面，用现在的话说，北洋水师的“政治素质”也是极高的。是役参战前，从提督以下大部已抱必死之心。据在北洋舰队任职的英国人泰莱回忆：大战之前，北洋舰队官兵皆“渴欲与敌决一快哉，以雪‘广乙’‘高升’之耻，士气旺盛，莫可言状”。如丁汝昌嘱家人：“吾身已许国”，邓世昌对部下云：“设有不测，誓与日舰同沉。”刘步蟾语部将：“苟丧舰，誓与日舰同沉”，“镇远”大副杨用霖亦誓日：“战不必捷，然此海即余死所。”……临战之前，将士纷纷寄家属遗书，矢志捐躯报国。如“经远”二副陈京莹家书云：“大丈夫以殁于战场为幸，但恨尽忠不能尽孝耳！双亲老矣，勿因丧子伤感……则儿九泉瞑目也”，“致远”正管轮郑文恒家书云：“此次临敌，决死无疑。老父年迈，兄幸善事焉，勿以弟为念！”……这些令神鬼为泣的誓言，体现了中国人民伟大的爱国精神和英雄气概。

在大战爆发之即，“定远”发令，舰队各舰“无不竞相起锚，行动较之平昔更为敏捷，即老朽之‘超勇’‘扬威’两舰，起锚费时，因之落后，然亦疾驰，竞就配备，官兵均狞厉振奋，毫无恐惧之态”。泰莱的叙述不仅写气势，而且有细节，例如他曾亲见“一兵重伤，……彼虽已残废，仍裹创工作如常”。另据在“镇远”舰上参战的美国人马吉芬回忆：“12 吋巨炮炮手某，正在瞄准之际，忽来敌弹一发，炮手头颅遂为之掠夺爆碎，头骨片片飞扬，波及附近炮员，而（其他）炮手等毫无惊惧，即将炮手尸体移开，另以一人处补照准，赓续射击。”两位参战外籍人士的描述是真实可信的。使人们今天还能感受到北洋水师普通水兵勇猛顽强的战斗意志和强烈的赴死精神！对水师普通水兵英勇精神的记述是很多的，如“来远”水兵王福清在搬运炮弹中脚跟被日舰弹片削掉，但他竟毫无察觉，仍然肩扛炮弹来回奔跑！“镇远”舰水兵们为防止通气管将甲板上的火焰引入机舱，竟将风斗拆掉，冒着升至华氏200度的高温继续操作，这样的精神和素质是对手日本军人所根本不具备的。在这场大海战中，日本海军领略了中国海军战斗意志和炮火的威力，日方在战后的回忆字里行间，描绘着被北洋水师炮弹击中的惨状，至今读来还感受到日本海军的恐惧心理和情绪。

是日下午3时30分许，北洋水师主力“定远”舰305毫米大口径主炮发射一发巨型炮弹，准确命中日本联合舰队旗舰“松岛”右舷下甲板4号炮位（马吉芬《廿七八年海战史》认定“松岛”是被“镇远”击中。而日本联合舰队航海长高木英次郎少佐则认为“定远”“镇远”两舰主炮同时发射，但中日双方高层李鸿章、伊东祐亨分别向清廷和日本大本营的奏折和报告，均认定是“定远”发炮击中“松岛”），不仅使该炮位丧失战斗力，同时还引起“松岛”舰上炮弹堆的猛烈爆炸。据日本人记载，当时“如百电千雷崩裂，发出凄惨绝寰之巨响。俄而，剧烈震荡，船体倾斜。烈火百道，焰焰烛天，白烟茫茫，笼蔽沧海，死伤达八十四人。死尸纷纷，或飞坠海底，或散乱甲板，骨碎血溢，异臭扑鼻，其惨瞻殆不可言状”。甲午海战后，日本人平田胜马还出版了一册《黄海大海战》，也怀着悲惧的心情描述被北洋水师“定远”击中后的惨状：“……头、手、足、肠等到处散乱着，脸和脊背被砸烂得难以分辨。负伤者或俯或仰或侧卧其间。从他们身上渗出鲜血，粘糊糊地向舰体倾斜方向流去。滴着鲜血而微微颤动的肉片，固着在炮身和门上，尚未冷却，散发着体温的热气……”骄横狂妄的日寇看来也惊魂未定，他们的描述与当时在“镇远”舰上参战的美国人马吉芬对英勇的北洋水师战士的描述有何等的天壤之别！据说，日本舰队表面不可一世，实际上对北洋水师尤其“定远”“镇远”两艘巨舰是心存畏惧之心的。海战之前，日本水手皆恐惧与“定远”“镇远”决战，指挥官不得已同意水手可以抽烟以稳定情绪。

所以在海战中日本联合舰队以多艘军舰重点围攻，弹雨矢林，必欲除之。但北洋水师官兵的勇猛精神和战斗素质使得日寇得到无比凄惨的教训！仍举“松岛号”为例，“定远”一炮击中，使日舰指挥塔舵机、电缆、大部火炮均毁坏，指挥官伊东祐亨不得不挂起“不管”旗，令日舰各自行动。

黄海大战中，北洋水师中战斗力颇弱的“超勇”“扬威”并不甘示弱，誓不退让。“超勇”中弹起火后，舰体右倾即将下沉，仍拼力向日舰齐发猛烈炮火，直至舰体没入大海！“致远”管带邓世昌、“经远”管带林永升壮烈殉国，两舰官佐水兵共500余人亦随邓、林二人或战死牺牲，或同沉大海。“超勇”管带林履中、“扬威”管带黄建勋誓不苟生与舰同沉，至今让每一位有爱国心的炎黄子孙刻骨铭心！实际上，海战中邓世昌、林永升、林履中、黄建勋等将领完全可以获救生还，但他们慷慨赴义，宁死勿生，履践了战前誓言“誓与日舰同沉”。邓世昌拒绝水兵们的相救，与游来救他的爱犬同沉。“超勇”舰沉没后，管带黄建勋落水，士兵抛长绳救援，但他拒绝救援而沉海。“扬威”搁浅后，因无法与日舰战斗，管带林履中愤然蹈海而大义成仁！这种精神和素质难道还不能为我们后人敬服吗?！

北洋水师将士的英勇战绩是中国人民抗击帝国主义战史上最光辉感人的篇章之一，这种爱国主义的伟大精神将永垂青史而百世流芳！

让我们中华子孙永远铭记：“致远号”受重伤，随时有沉没之险，但邓世昌决定以死报国，指挥军舰全速撞向“吉野”，他在指挥台大喝：“我辈从军卫国，早置生死于度外。今日之事，不过就是一死，用不着纷纷乱乱！我辈虽死，而海军声威不致坠落，这是报国呀！”

这样撕心裂肺、振聋发聩的呐喊其实并没有在黄海大战中的蔽日硝烟中消逝，它永远回荡在中华万里海疆，激励着中华民族捍卫领海和收回领土的决心！

英雄水兵王国成

1885 年，法国海军舰队于福州马尾偷袭清朝福建水师，一时灰飞烟灭，福建水师战斗序列中的 11 艘舰船，在短短 29 分钟内被击沉 9 艘，击伤 2 艘，官佐水勇共 796 人牺牲。

这场海战的失利极大震撼了清廷朝野，继而引发第二次“海防大筹议”，三年后的 1888 年，绵延千年的中国旧式水师历史宣告终止，以崭新近代化装备的清朝北洋水师正式成军，划入海防战斗序列。1891 年英国伦敦报载：清朝海军军力排名世界第 8，日本则为第 16 位（尚有中国排名第 6、第 7，日本排名第 14 等不同但却未必严谨和科学的排序）。但中国近代海军于 1840 年至 1888 年，从无到有，鼎旧革新，历经波折反复的 48 年，终于扬波海上，“雄视亚洲”。排名亚洲第一应该是没有任何疑义的。

但在 1894 年 9 月 17 日的黄海大海战中，北洋水师被日本联合舰队卑鄙偷袭，北洋水师猝不及防。双方势均力敌，参战舰船各 12 艘（有的书籍如《中国军事通史》将北洋水师赶来参战的鱼雷艇队等也计算在内，计为共 18 艘），在不及日本舰队速度及速射炮优势下，奋勇还击，共鏖战 4 个多小时，以阵亡将领 87 人、水兵 1000 余人、伤 400 余人、损失舰船四艘之代价（此数字据《清代通史》第三卷，但有资料云我方损失舰船 5 艘），逼迫日舰以损失3艘（也有称为损失4艘的）、日舰“赤城号”炮舰舰长坂元八郎太被击毙的失利而首先撤出战斗（日本联合舰队伤亡官兵数字因日本方面隐瞒，至今未有准确统计），彻底摧毁日本大本营“聚歼清舰于黄海”的狂妄计划。这场海战，面对蓄谋已久的强敌，除了北洋水师较福建水师是一支近代化舰队之外，北洋水师官兵的训练有素和英勇顽强的斗志、为国捐躯的英雄气概也成为击退日寇的重要一环。

29分钟与近5小时之比，令人感触良深。

在任何战役中，士兵的训练有素、勇敢无畏都是战争胜利极为重要的一个因素。

在中国漫长的军事史上，史书记载留名青史的都是那些赫赫有名的战将：孙子、李广、班超、卫青、霍去病、李靖、岳飞、羊祜、曹操、于谦、戚继光、袁崇焕、卢象升、曾国藩、左宗棠等等。即便黄海海战，人们也只熟悉名将邓世昌，至于其他殉国之壮烈不亚于邓世昌的高级将领，只有少数研究甲午战争的书籍寥寥几笔，如黄海海战中的慷慨赴义的“经远”管带林永升、“超勇”管带林履中、“扬威”管带黄建勋，都是值得载入史册的。北洋水师的带舰将领，只要军舰沉没或再不能统舰杀敌，几乎必然是自杀成仁。如“镇远号”管带林泰曾，当“镇远”于1894年11月14日凌晨不慎触雷，在旅顺船坞失陷再无法修复时，即于当夜自杀。林泰曾是被日本作家小笠原盛赞为“中国海军的岳飞”，是北洋水师最优秀的高级将领之一。代舰长杨用霖于甲午战败后的2月1日，痛苦于大势已去，再无法统舰杀寇，遂口吟文天祥“人生自古谁无死，留取丹心照汗青”诗句，以枪射口兀自饮弹，他是北洋水师将领中唯一用火器自杀殉国者。战舰是海军军人扬威杀敌的武器，一旦没有了战舰，北洋水师的舰长们都选择了与舰同亡的归宿！

但与北洋水师将领相比，北洋水师阵亡殉国的水兵姓名却大多无记载。一部北洋水师的战史，却没有篇幅留给那些最底层的水兵！拿破仑率军翻越阿尔卑斯山，在山上睥睨四顾道：我比阿尔卑斯山还要高！但恰如鲁迅所讥讽的，没有众多的士兵，恐怕不可一世的拿破仑就不会说出这样的豪言了（大意）！

在黄海大战中，中国水兵表现出的英勇气概和牺牲精神令人感佩！也幸亏有一些野史笔记包括奖功奏折等记录下来，使得我们在今天仍然能铭记他们的姓名！

1962 年出品的电影《甲午风云》中，有一位北洋水师“济远号”巡洋舰上的水兵王国成，至今让人们耳熟能详。但很多人以为是编剧和导演为了剧情而虚构的人物，其实非也，他是一位真实存在的北洋水师普通水兵。

在我们过去甚至到现在教科书式的宣传中，一直让人认为封建时代的王朝、皇帝、官吏、军队都是腐朽的、不堪一击的，其实如清代历次反击外敌的战争中，从广大将领、士兵作战的英勇表现来看，应该承认彼此主流还是能够做到英勇杀敌、杀身成仁的，并非只是望风而降、一溃千里。诸如鸦片战争中，清朝无论文官武将，或殉国、或成仁，无一例投敌叛国。这难道不值得后人首肯吗？通州八里桥大战，僧格林沁率数万蒙古八旗骑兵，冒着枪林弹雨，轮番冲击敌人阵地，直至全部战死，这种誓与外敌血战到底、誓不苟活的气概，难道不值得我们景仰吗？当八国联军侵略者蹂躏北京时，那些同外寇英勇巷战而牺牲的八旗士兵难道不值得我们后人永远纪念吗？八旗劲旅在抗击沙俄侵略者入侵东北及平定青藏、回疆等内乱的英雄战绩难道不值得大书特书吗？

即使如甲午之战，陆路上一些战役还是取得胜利的，如正定总兵徐邦道于 10 月 22 日曾率兵在土城子击溃日军先头部队，并以火炮轰击，大挫日军，击毙日军指挥官，挥师向北追过双台沟。如果不是该部官兵饥饿至极，友军未能及时予以支援，战斗应是大有可为。徐邦道是懂兵之人，在旅大守区六位将领中责任心最重，军事眼光最敏锐，可惜李鸿章先后任命龚照玙、宋庆、姜桂题为主将，其实龚是贪官，宋有勇无谋，姜是庸才，皆不足以服众。如起用徐邦道，辽东战役不致一败涂地。徐邦道统帅的士兵作战是勇敢的，但是没有后勤保障，没有友军支援，结局可想而知。徐邦道统领的部队据记载还是奉李鸿章命令，在军情紧急下临时“募拱卫军”三个营，仓促中投入战斗，尚不足称之为精锐之师，但已经大挫日寇兵锋了。

王国成参加北洋水师的年代恰逢清朝兵制改革的年代。中国封建时代的兵制，历经征兵制、世兵制、府兵制、募兵制、卫所制种种衍变，到明末清初，由女真人注入了新鲜勇猛的血液，即叱咤风云的满洲八旗兵制（后增添蒙、汉八旗），其所向披靡的战斗力使得明朝的卫所军队及李自成、张献忠疾风暴雨式的“流寇”战法均黯然失色。然而清朝入主中原，八旗成为驻防，逐渐养尊处优，战斗力为之锐减。清朝遂建立汉人绿营常备军制（全国绿营含水师、京城卫戍约60万人），汉人“兵皆土著”，一入兵籍，终身不可更改。绿营分骑、步、守三种，另有“余丁”，收养绿营兵丁子弟，每月关饷银5钱，随时备拔补守兵（骑拔于步、步拔于守，依次出缺挑补）。绿营与八旗都具有世袭兵制的特点，保证部队兵源稳定，剔除募兵制的随意性，在当时是一种革新。但绿营亦受八旗熏染，当兵吃粮，且荫及子弟，所谓“亲族相承，视如世业”（刘坤一、张之洞《变法自强疏》）而无忧无虑，亦逐渐陈腐不堪。所以太平军兴，一败涂地。清廷不得已下诏急建团练，以曾国藩湘勇、李鸿章淮勇为代表及衍生出的防军制、练军制竟成为清朝军事主力。但其后也暮气日深，积习日重，因为练军皆为子弟兵，由将领自筹薪饷，只服从个人，并非看重国家概念。练军是“兵归将有”，与绿营“兵归国有”的制度相反。所以，北洋水师最先效法西方兵制进行全面革新，是在甲午战争之前，而非有观点认为是其后。

北洋水师对士兵的招收完全不同于绿营。绿营实行“兵皆土著”即只用本地人当兵。北洋水师打破绿营世兵制之惯例，防止各舰管带私人招募，也防止市井无赖混入军旅，公开招收沿海纯朴青年渔户、船户，条件是年龄16—17岁，身高4.6尺以上（18岁以上4.7尺），并须自书姓名即要求略识文字，有犯罪记录者拒之。另须由练勇学堂长官或练船管带，并大副、医官共同察看——这是对身体状况进行检验。最重要的一点最后要由父兄或保人出结，订立服役年限。这是完全不同于绿营世袭兵制，保证了基层士兵永远保持战斗力和年轻化。

王国成恰在此时逢北洋水师招收练勇——北洋水师的组成分为军官和士兵两个不同的独立系统。士兵包括弁目（类似于士官）、士兵（包括水手、各类当差兵匠）和练勇。练勇是备补兵员（性质类似于绿营的“余丁”），分为三等，招入后还须在练勇学堂和练船学习。遇有各舰水兵告假、革除、病故、战亡等缺，才能由练勇内挑补上舰。

王国成正好符合北洋水师招收练勇的条件，他是山东文登县人，1867年出生于贫困农民家庭。逢招收练勇时，他正好20岁。当时北洋水师招兵点在威海，他经人指点前去报考水手。据说王国成当时身体瘦弱，但以吃苦耐劳的品质被考官看中，录用为北洋水师练勇。

王国成出身贫苦，在“好男不当兵”的旧时代，当兵吃粮也无非为改变生存状况。须知北洋水师在俸饷制度上，也与传统的八旗绿营有了非常明显的不同。所以，北洋水师招募水兵练勇时，吸引了众多渔民和农民子弟报名。

清朝发给士兵的银米称之为“饷”，因为按月发放，故又称为“月饷”。八旗兵饷据《圣武记·兵制兵饷》记为：前锋、亲军、护军、领催、弓匠、步军、炮手等，依次3两至1两共四等，岁支米分为48斛、36斛、24斛三等，待遇比绿营高（八旗早期还实行过“以地代饷”)。绿营章程规定兵饷分三等，马兵一等、战兵二等、守兵三等，月支米均为5斗，月支银分别2两、1.5两、1两。“余丁”则只每月支给“饷银”5钱。绿营水师水勇与陆军士兵同为三等，月饷相同。但实际绿营士兵、水兵所得比“饷章”规定更低，因按习俗尚有名目繁多的扣除，如军械费（士兵须自备军械甲胄)、衣帽费、房费等等，都要在月饷内扣除。长官随意克扣粮饷更是家常便饭。如果王国成到绿营当兵，最高级别马兵也不过2两。他被招入北洋水师为三等练勇，等同于绿营“余丁”，月饷不过5钱饷银；而王国成录为北洋水师初级练勇，月关饷即达到4两！后来他相继被调补为三等、二等水手，月饷银已达到7两、8两（一等水手饷银为10两)。由此可见，北洋水师大胆在俸饷制度上全力改革，避免绿营积弊，提升官兵尤其是士兵待遇，以加强官兵战斗力。《北洋海军章程》明确指出：“盖以海军为护国威远之大计，不宜过从省啬也。中国海军创设，饷力未充，未能援引（指英国海军待遇制度——笔者注)，但兵船将士终年涉历风涛，异常劳苦，与绿营水陆情形迥不相同。不能不格外体恤，通盘筹计。”清政府最终批准了《章程》，也是下了大决心。因为兵饷在清朝一直是一个令人头痛的大问题，在历代也令中央政府不堪其扰。宋代养兵160万，明代卫所之兵达300余万，创中国历代养兵最高纪录。清朝旗兵约近20万，加绿营60万，士兵兵饷每年需1400万，竟占当时财政支出约一半。加上后来湘、淮、练、防诸军近百万人的粮饷开支，成为清朝政府严重的财政负担。当然，北洋水师成军后，海军经费也一直捉襟见肘，这也是甲午战败的原因之一。

从后来实际情况看，优厚的俸饷确实激励了像王国成这样的贫苦农民出身的水兵。须知他的收入已超过当时普通农户或工人的中等收入以上。

在1894年5月，北洋、南洋、广东三支水师举行三年一次大校阅，王国成由于学习成绩合格，被调补“济远”舰为三等水手。在校阅中更由于他操练突出，又被提升为二等水手。7月，日本挑起对中国和朝鲜的战事。清廷调派“济远”“广乙”“威远”护送增援朝鲜的陆军。王国成立下为国尽忠之志，他对舰上的水兵兄弟们说：“咱们吃了几年饷，是效命的时候了。”他旋即步行90里，归家与妻子告别，次日即归舰赴朝。在护送完陆军登陆朝鲜返国至丰岛海面时，日本舰队早已预谋偷袭伏击。日本舰队以三舰率先开炮，北洋水师三舰亦操炮还击，此即为丰岛海战。但“济远”管带方伯谦贪生惧死，不去救援“广乙”而擅自脱逃。但仍遭日舰“吉野”尾追，方伯谦下令升挂白旗和日本海军旗，但“吉野”穷追不舍欲俘获“济远”。此时尾炮炮手已中弹牺牲，管带也无射击命令，王国成气愤至极，挺身而出，操纵大炮并高声呐喊：“谁帮我送炮弹？”同舰水手李仕茂大声回应上前帮助填弹。王国成英勇镇定，连发四炮。除第三炮未中外，三炮连续击中“吉野”舰桥、炮室和舰中。“吉野”燃起大火，掉头逃跑。但方伯谦仍拒不下令转舵追击，斯时舰首大炮完好，如转舵猛击，“吉野”必沉之无疑。王国成连发四炮击中“吉野”舰的位置，有的记载名称略有差异，但其中三炮均击中“吉野”重要部位，是毫无疑义的，“吉野”正是被击中三发炮弹引起大火而丧失斗志而仓皇遁去。也使得“济远”不仅避免被“吉野”俘获，而且反败为胜。

鉴于王国成和李仕茂的英勇，使“济远”化险为夷，并击伤“吉野”，尽管按北洋水师条令，擅自开炮必受严厉处分，但北洋水师提督丁汝昌传令嘉奖击伤日舰有功军士时，特以王国成、李仕茂为首功，各赏银500两。按丁汝昌补定的《海军赏恤章程》，兵勇阵亡者才恤银100两，可见王国成与李仕茂的赏银是破格之奖。电影《甲午风云》基本真实反映了王国成、李仕茂英勇沉稳炮击“吉野”的过程。只不过电影虚构了李仕茂的小妹成为王国成的未婚妻。但虽然是虚构，却非常有意义，因为这条情感线引出民众对日寇的仇恨和对以邓世昌为首的北洋爱国军人的坚决支持。王国成也并未像电影描述的在黄海大海战前被邓世昌调到“致远”舰上当炮手，最后追随邓世昌沉舰牺牲。王国成在甲午海战后仍然活着。现在没有史料证明王国成是否仍然在黄海海战中的“济远号”上服役。“济远号”在黄海海战中见“致远”沉没，管带方伯谦又下令掉头逃跑，以致在战后被军前正法。刘公岛之战北洋水师基本全军覆没，清廷明谕将北洋水师武将“一并革职，听候查办”。署理直隶总督王文韶又奏请朝廷将北洋海军武职自提督以下“三百十五员名”，“各缺自应全裁”，“并将关防信钤记一律缴销”，至此北洋水师应当从建制上被一笔勾销。剩余水兵等亦被遣散。据载王国成亦回家务农，用战功赏银购地40亩，本来可享小康，但其妻却因疴逝世。王国成无子，仅遗一女，后到旅顺谋生，1900年客死于此地（《中国海军之谜》）。

当然，王国成只是“济远”舰上众多英勇官兵中的存活者，更为众多的为国战死捐躯的爱国士兵战绩是无以记载！

“济远”上英勇作战的不仅是王国成等水兵，除方伯谦外，英勇牺牲的军官和士官们同样令人敬仰。

丰岛海战伊始，“济远”开始应战发炮还击，日舰也炮击“济远”。大副沈寿昌在指挥台被弹片击中头部，当场殉国。沈寿昌是当年容闳携往美国留学的120名幼童中佼佼者，亦为北洋水师高级将领中唯一之上海籍人。

“济远”二副柯建章在前炮台被另一发炮弹弹片击中胸部。天津水师学堂毕业的上舰练习生黄承勋见此状况，立即奋勇登上炮台，召唤炮手继续填弹射击。随之弹片将他手臂炸断，两水兵欲抬他去包扎医治，但他摇头说：“你们各有自己职责，不要管我了。”言毕气绝而牺牲，年仅21岁！在前炮台发炮还击日舰而壮烈牺牲的还有水勇正头目王锡山、管旗头目刘鹍以及其他水兵，前炮台牺牲的水兵尸体累积堵塞，以至于火炮都无法转动！史籍没有记下“济远”牺牲的众多水兵的英名！更没有留下“致远”“经远”“扬威”“超勇”等舰上众多水兵英勇战死者的英名！但他们是自明代以来中国军人抗击日寇伟大而英勇爱国精神的缩影，无名的他们将永远镌刻在中国人民英雄纪念碑上！

黎元洪与段祺瑞

曾亲历黄海大海战的外国人马吉芬在战后曾以惋惜之情写道："震撼东亚之中国舰队，今也已成过去，彼等将士忠勇，遭际不遇，一误于腐败政府，再误于陆上官僚，与其所爱之舰，同散殉国之花。"时隔一百多年，以今天的眼光来看，马吉芬的观点也还是比较公允的。

当时的政治体制因循守旧，加上西太后内心不愿与日本开战，政治领导层主战、主和两派互相攻讦，连主战的光绪皇帝也不能完全左右军事大局，军队派系坐山观虎斗，南洋、广东两水师基本上见死不救。再加上战争的偶然性——北洋水师的几发关键炮弹未击中日本主力军舰甚至旗舰要害，致使战争的结果竟为之改写。但不能改写的是广大北洋水师官兵的英勇牺牲精神。因为甲午战争的最终失败而殃及池鱼，受到主和派及举国上下一致抨击，使得后人只知邓世昌等少数殉国将领，而致使奋勇杀敌捐躯的北洋水师广大爱国官兵湮没无闻。

其实甲午海战中不仅是邓世昌"致远"等舰在英勇杀敌、同仇敌忾，即被战后正法的方伯谦的"济远"舰，广大官兵也是无比英勇、誓死作战的。

民国总统黎元洪和民国执政段祺瑞，其人其事多为后人诟病，但他们二人均出身北洋系统，分别毕业于北洋系统的水师学堂和武备学堂，亦皆为技术军官。黎元洪曾在北洋水师“来远”舰服役，段祺瑞曾在北洋岸炮兵营任教官。在甲午海战和威海卫之战中，均作战英勇，不惜一死，这段光荣的历史竟长期埋没无闻，极少被人提到。

熟悉甲午海战历史的人皆知：真正在海战中未受一炮而临阵脱逃的是“广甲”舰。当然，“广甲”隶属于广东水师，1891 年参加海军大校阅，因朝鲜局势异常紧张，故朝廷谕旨“广甲”等广东、南洋水师参加校阅舰只暂不南返，与北洋水师为输运清朝陆军赴朝的运输船护航。

黎元洪当时即在“广甲”服役。他是水师学堂毕业生，出身军人家庭，其父为游击（清军低级武官），1883 年 19 岁时考入北洋系统的天津水师学堂，学堂设管轮和驾驶专业。在五年课业中，品行兼优，受到严复、萨镇冰的赏识，在学员中也威信颇高。黎元洪入校 20 天后，其父逝世，遗言嘱他求学上进，谨慎处世，学成报效国家。这激励黎元洪终身不忘，愈加发奋。

1888 年，黎元洪毕业，赏六品衔把总，先入北洋水师“来远”舰服役，两年后又调入广东水师“广甲”，在军中唯以读书为业余爱好。清朝全国海军大校阅后，以功绩擢千总补用，第二年升为二管轮，赏五品顶戴。在黄海海战中，管带吴敬荣不思参战，畏敌如虎，竟下令“广甲”脱逃，是否有狭隘的坐山观虎斗门户之见，至今没有史料证明。但事实证明，广东、南洋与北洋水师分别隶属张之洞、沈葆桢、李鸿章，本来就各将舰队视为家底，互为分庭。威海卫之战，南洋、广东二水师均坐视不救，就是最有说服力的证明。

黎元洪是技术军官，在北洋海军等级森严的制度约束下，其发言权不如作战军官。“广甲”舰上的官兵没有像“济远”舰上的官兵，主动开炮还击。“广甲”一路狂奔，至大连湾三山岛一带搁浅，后被日军发现。贪生怕死的吴敬荣竟抛弃舰只和全体官兵，乘小艇再次逃跑，此乃铁证：吴敬荣绝对是贪生怕死之辈，如果黄海海战的脱逃还可以有门户之见、保存实力的借口，再次脱逃实为广东水师的耻辱。黎元洪等十数名官兵在主官脱逃、无法作战的情况下，决定凿船自沉，乘救生艇逃生。但日舰逼近，狂妄地命令“广甲”官兵投降，黎元洪等官兵互相激励跳海殉国。黎元洪本不会游泳，但因身穿救生衣，故在海上漂泊三个多小时后方漂到岸边。

黄海战后，凡脱跑、作战不力的将领均被军法严厉处分。率先脱逃的方伯谦被军前正法，但随后逃跑的吴敬荣却从轻判为“革职留营”。有传说为方伯谦与丁汝昌有隙，吴敬荣与丁汝昌有乡谊，所以吴的罪名只是“跟随”脱逃。也有可能吴敬荣是广东水师将领，北洋水师不便得罪，故得以网开一面。但决意“士有蹈海而死”殉国的黎元洪却被判有违军法监禁数月，出狱后一直没有重新起用。甲午战后，北洋水师被众口铄金、千夫所指，李鸿章更成为被攻击的头号替罪羊。故北洋水师除战殁者外，自提督以下300多名各级武官，全体被革职裁撤。黎元洪军籍隶属广东水师，最终也未归队。无奈之下，只好投张之洞“南洋新军”，一路擢升，直到被推为都督。黎元洪在以后北洋政府的官宦生涯直至贵为民国总统的年代中，尽管有令人诟非之处，所谓盖棺论定，也迄无定论。但他在青年时代参加黄海海战蹈海殉国的行为还是值得肯定的。

与黎元洪有大致相同经历的民国执政段祺瑞，其祖父是淮军记名总兵，其父在家种田，家境中落。他17岁时步行两千余里投靠威海军中做管带的族叔段从德，分在营中任司书。1885年，他考入天津武备学堂，两年后以“最优等”学绩毕业，分派至旅顺口监修炮台。一年后经严格考核，以第一名入选德国柏林军校留学，学习期间还被保送至著名的克虏伯炮厂实习半年，成为清朝早期军事留学生中的佼佼者。但段回国后并未受重用，1890年回国任职于北洋军械局，后又在威海随营教习任上五年。在威海卫之战中，面对日军的进攻，段祺瑞挺身而出，督领实习的学生军协守炮台，奋不顾身，英勇作战。这段历史也是不为人知的。

段祺瑞一生当然值得圈点是非，尤其“三・一八”惨案，难咎其责。但段其人最值得称道的是，晚年保持了民族气节，一洗“亲日派”的恶名（如他1918年，同意与日本签订《中日军事协定》，规定日本可在中国境内驻军）。他退隐天津后，土肥原意欲拉拢他出山，在华北组织傀儡政权，被他断然拒之。“九・一八”后，日方请其“调停”，亦被他予以驳斥，直呼：“如今中国军队士气之高，不下于关东军！”他亲密的旧部将领王揖唐替日寇说项，被段祺瑞疾言厉色痛斥：“我是中国人，绝不做汉奸傀儡，就是你自己也要好好想想，不要对不起祖宗、父母和子孙后代！”

据说，段的“亲日”只是权宜之计，如他曾向日本借债打内战，私下曾放言道：“对日本也不过利用一时，谁还打算真还他呢？等我国强大起来，赖着不还便是！”

当年袁世凯集会讨论《二十一条》时，众皆王顾左右而言他，唯有段祺瑞主张通电各省与日本决一死战！1933年避居南京，曾对记者发表谈话云：“日本横暴行为，已到情不能感理不可喻之地步。我国惟有上下一心一德努力自救，语云：‘求人不如求己’。全国积极备战，合力应付，则虽有十个日本，何足畏哉！”1936年10月，段胃溃疡复发，旧部来访谈及长城内外国土将被日寇蚕食，段听后悲哀不已，病情转重，数日后不病而逝。日寇对其不合作之气节，甚为恼恨，在段死后曾在北京强买其后人房产，强购其后人任职的煤矿，以示泄愤。

黎、段二人晚节可书，早年参加对日作战的英勇亦可表。由此可见，甲午之战中，不仅有邓世昌等将领同仇敌忾，广大的北洋水师官兵同样宁死不屈，奋勇杀敌！只不过历史没有给予他们应有的位置和褒扬！

北洋水师海战指挥和阵形无误

一支军队除了具备不屈不挠、英勇善战、不怕牺牲的精神，具备优良的军事素质和技能战术外，更需要指挥官的正确指挥和最大程度的减少失误，包括在敌强我弱、敌众我寡等不利因素下灵活善变，甚至置之死地而后生。古今中外战史上以弱胜强、以少胜多、反败为胜的战例不胜枚举，主要克敌制胜的法宝绝大多数都要取决指挥员的知己知彼、随机应变和镇定指挥。

黄海大战排除日方偷袭伎俩，所谓两军交战后北洋水师阵形指挥失误之说，至今亦是史学界、军事界研究的一个主要倾向性论点。

海军是攻击型军种，在以往海战中阵形是非常重要的一种攻击手段，先发制人的阵形是被兵家奉为上策的。黄海大战中北洋舰队是否丁汝昌、刘步蟾指挥失误、错排阵形，而导致给日本联合舰队可乘之机？过去有不少论者认为是阵形的失误导致黄海海战中未能击溃日本联合舰队而处于下风。电影《甲午风云》、电视连续剧《北洋水师》及大多有关北洋水师的著述都集中反映了这一论点，而给观众、读者以广泛的影响，致使谬种流布。

实际情况如何？

1894 年（光绪二十年）7 月 25 日清晨，一直寻找北洋水师决战的日本舰队采取“不宣而战”的卑鄙手段，首先挑衅，在丰岛突袭我运兵船及护航舰。8月1日，中日同时宣战。9月17日北洋舰队护送赴朝运兵船至大东沟毕返航旅顺时与日本联合舰队遭遇。当时日舰竟悬挂美国旗帜先发突袭。时日本舰队为与北洋舰队决战夺取制海权，一直在黄海搜寻北洋舰队。以当时中日双方舰队战斗序列来看，基本势均力敌。

中日双方在黄海海战中的战斗序列，两国有关史料基本上没有太大分歧。诸如《甲午海战简史》《日本海军史》《甲午中日海战》《李鸿章与北洋舰队》等表述大同小异。唯现代有些著述将北洋水师“来远”“广甲”及鱼雷艇队赶来参战的6艘舰艇划入战斗序列（见《甲午海祭》），笔者以为不甚科学：一是舰种除“来远号”外皆为小型舰艇，决定不了大战命运；二是“来远”巡洋舰和“广甲”巡洋舰及“福龙”鱼雷艇队等均为下午2点多后赶到，虽然参战，并非主力，而且有畏敌先撤者；三是战绩乏善可陈，如鱼雷艇“福龙号”从400米直至抵近40米向“西京丸”连发3颗鱼雷，虽然勇气可嘉，但竟无一命中！这对已然弹尽而毫无反击能力的“西京丸”，何止天降福音，简直令人匪夷所思！这个战例已成为世界海军战史的笑柄。须知二战中德军仅用2枚鱼雷就击沉了英国航母。所以以北洋水师18艘舰艇参战的计算是不严谨的，反而给后人日本舰队以少胜多的印象。实际上午1点开战时日本联合舰队战斗序列比北洋水师多出2艘战舰。英国人泰莱在《甲午中日海战见闻记》认定中日参战军舰是10:12。李鸿章在战后奏报朝廷时也认定是“我以十船当倭十二船”。因而10:12基本还是为中外所公认的。

北洋水师的实力实际连日本方面也心有余悸，在战前日本大本营曾忧心忡忡地认为“预料陆战可操胜券，但对海战的胜败如何尚抱疑虑”。在丰岛海战中日本联合舰队第一游击队偷袭我方得手，利令智昏，野心膨胀，遂开始多次在中国黄海西部寻找北洋水师决战，甚至一度逼近北洋水师威海卫基地和旅顺军港。

北洋水师的优势在于坚船重炮，日方优势则在于快船快炮。北洋水师炮（门）总计为近200门，日方总计为近300门，且多为速射炮。日舰大炮共28门，22门为速射炮，北洋舰队大炮仅6门，而且无一门速射炮。因而在炮火一项日方已占绝对优势。据后来统计，北洋水师主力舰“镇远”“定远”每发一弹，日舰“吉野”同时可发6—8弹！所以李鸿章在战后奏报朝廷时感叹：日本舰队“船快炮快，实倍于我”。

其次，舰上兵员众寡亦为重要因素。中日双方兵员的受训基本为英式海军训练，素质相差无几，只是北洋水师水兵无作战经验而已。黄海海战中参战兵员北洋水师舰队共为2100余人，日方则达3500余人之众。这就与舰炮装备配属紧密相关，炮多自然兵员就多。

其三，从吨位上看，“定远”“镇远”各7335吨，而日舰“松岛”“严岛”“桥立”各重4278吨，但在总吨位上，北洋水师黄海海战参战的7艘“远”字号舰总吨位为27300余吨，日本除“比睿”“赤城”“西京丸”三小舰外，9艘舰计33400吨。

其四，在铁甲厚度上，中国“定远”“镇远”二舰铁甲厚度超过日舰。其铁甲厚达35.6厘米，炮台厚达30.5厘米，司令塔厚达20.5厘米，而日舰“松岛”“严岛”“桥立”三舰司令塔铁甲厚度仅为10厘米，抗炮火击打能力逊于北洋水师主力舰。

其五，从双方舰队速度上看，日本舰只速度均在18—23节，一般为16—19节。而北洋水师舰只则最高时速为17—18节，一般在15—16节。“镇远”“定远”两大铁甲舰时速仅有14—15节。

其六，服役年限我方舰只较长，以主力舰为例：北洋水师八年未更换一舰一炮，“定远”“镇远”“济远”进水年代均为1880—1883年；“经远”“致远”“靖远”均为1886—1887年，唯“平远”为1889年。日本主力舰“松岛”“平岛”“桥立”进水年代分别为

1890、1889、1891 年，与北洋主力舰进水年代相差起码 10 年。日本联合舰队其他主要舰只入水分别在 1878—1892 年之间。

北洋水师黄海海战作战序列

舰名	舰种	排水量（吨）	航速（节）	炮	鱼雷
定远	铁甲舰	7335	14.5	22	3
镇远	铁甲舰	7335	14.5	22	3
来远	铁甲舰	2900	15.5	17	4
经远	铁甲舰	2900	15.5	14	4
致远	巡洋舰	2300	18	23	4
靖远	巡洋舰	2300	18	23	4
济远	巡洋舰	2300	15	18	4
广甲	巡洋舰	1296	15	10	
超勇	巡洋舰	1350	15	12	
扬威	巡洋舰	1350	15	12	

日本联合舰队黄海海战作战序列

舰名	舰种	排水量（吨）	航速（节）	炮	鱼雷
松岛	海防舰	4278	16	29	4
严岛	海防舰	4278	16	31	4
桥立	海防舰	4278	16	20	4
扶桑	巡洋舰	3777	13	21	2
千代田	巡洋舰	2439	19	27	3
比睿	巡洋舰	2284	13.2	18	2
赤城	炮舰	622	10.25	10	
西京丸	代用巡洋舰	4100	15	4	
吉野	巡洋舰	4216	22.5	34	5
高千穗	巡洋舰	3709	18	24	4
秋津洲	巡洋舰	3150	19	26	4
浪速	巡洋舰	3709	18	24	4

黄海决战中日双方最重要的优劣之分是心态：日本联合舰队求胜心切，集中日本所有新老主力舰，一直游弋、寻找北洋水师决战，急兵躁进，远离本土，只图速胜速决。这已犯了兵家之大忌，可惜清朝中枢和北洋水师没有充分利用敌人的这一不利之处，把握时机，以逸待劳，击溃“远师”（须知中法战争法国舰队也是劳师远征，但李鸿章一味主和迁延而坐失良机）。

北洋水师最高统帅李鸿章在战后为北洋水师黄海海战失利向朝廷的报告中强调：“以北洋一隅之力，搏倭人全国之师”，尽管有掩饰之意，但不无道理。当时国际政界、军界事先对双方胜负多有预测，一部分权威人士如俄国驻华公使希尼说：“日本海军有很多缺点，中国无论在船只及管理方面都较日本为强。”英国海军远东舰队司令安利曼特则指出：中日两国海军实力“可相提并论，不必有所偏重”。而北洋海军总顾问琅威理则更对北洋水师的实力充满信心，他认为日本海军“大非中国之敌”，剔除对北洋水师的感情因素，他的观点确实代表了西洋军界的主流观点。

在黄海海战中，当时日舰采取“鱼贯纵阵”（即单纵列“一字竖阵”）。北洋舰队时正停泊，待发现是日舰时，立即起锚，以 10 艘舰只排成“犄角鱼贯阵”（即“双纵阵”式的左右鱼贯形阵，收视率甚高的《北洋水师》电视连续剧中说先排“雁行阵”是不正确的）。在接近日舰时，发现其欲“直攻中坚”（旗舰“定远”位置最前），丁汝昌发令改行进中之“鱼贯小队阵”为“雁行小队阵”，并令加速以 7 海里时速迎击（原速为 5 海里）。

北洋水师原作战阵形分 5 个斜形梯队：1. 定远、镇远；2. 致远、靖远；3. 来远、经远；4. 广甲、济远；5. 超勇、扬威。改变后的阵形应为如雁行般的两队横行阵式。但因时间不够，阵形尚未完成即以与敌舰队开战。实际等于排成了“人”字形阵势。

这种阵式是否是被动挨打的阵式？过去流行的观点一直认为

是丁汝昌不懂军事，排错阵形导致被动，从而致使海战失利。这其实亦恐非是。北洋水师在丰岛海战后一直有与日本舰队决战的心理准备，丁汝昌虽非海军出身（他原为太平天国军人，投降后逐步受到李鸿章重用），但多年任北洋水师提督，耳熟目睹，已非全然门外汉，况有刘步蟾为副。现有史料证明，北洋水师在决战前已有阵形预案，绝非仓促迎敌。而且以当时海战角度来看，当时北洋诸舰未能及时更换，速缓炮弱，只重主炮，舷侧炮少，又大缺速射炮。因此这种阵形可以舰首主炮击敌，且各舰前均无障碍，极利进攻。当时黄海海战之后外国海军权威人士评论："定远""镇远"两铁甲主力舰并列第一梯队中央是"适得其当"，因为这两舰侧舷炮可保护后续之舰，每舰依次延续的火力保护可防御整体舰队被对方攻击。

从黄海海战实战效果看，这种阵形在海战伊始即将日本联合舰队"鱼贯纵阵"拦腰截为两断，阵形左翼之舰迅速重创"赤城""比睿""西京丸"诸舰。倘若不是日本舰队的单独编队（第一游击队）及时回援，日本舰队必将更受重创。

海战失利的主要因素在于日舰炮火、速度上的优势，更重要的是日本舰队将 4 艘快速巡洋舰单独编队，机动突击余地大，与作战梯队互为配合，对北洋舰队形成包围之势。日舰"吉野"时速 23 海里，而"赤城"仅 10 节航速，悬殊甚大，故日本司令官伊东祐亨将参战军舰分为两个编队，将快速机动的作用发挥到极致。曾有人分析如果北洋舰队也采取编为两个作战梯队的阵式（五、五或四、六编队），机动突击反包围，转内线为外线作战，重击敌之腹背，战局则比"人"字形阵式作战效果应更为可观。

当然，战场上的变化瞬息万变，以不变应万变，处变不惊才是上策。"人"形阵式也非尽善尽美，不同舰种、不同速度的舰只混杂编队，首先就牵制了快速舰的航速，"镇远"等快速巡洋舰的突击作用被大大降低，再有这种阵形布形海域太大，不利迅速改变航向和变换阵形。

可以假设，如果日本舰队不采取卑劣的偷袭伎俩，北洋水师主动寻找日本舰队决战，掌握海战主动权，发现敌人及时争取时机布阵，便不会仓促应战变换阵形。当然，如果及时更换新舰，速度及时，也不会在这一点上被动输给对方。

总之，黄海海战失利，绝非输在阵形上，阵形本身无可非议，况且北洋水师在战前已有预案，见日舰单纵迎来，故改变队形，以双横队迎敌。双横迎战单纵，自然优势加强。但可惜由于航速参差不齐，侧翼舰只落后，结果是逼近敌方时，竟形成了单横编队。这绝非丁汝昌本意，但已无法调整。日舰第一游击队绕过北洋主力战斗阵形正面，直奔北洋舰队右翼。丁汝昌在洋人泰莱提议下，想再次改变阵形，以迎战日舰，但已完全没有时间了。

丁汝昌、刘步蟾的指挥基本上并无失误，在这一点应为北洋水师的指挥官正名。《甲午风云》等影视剧的渲染是大错特错的，像《甲午风云》中竟把刘步蟾说成是贪生怕死的无能之辈，更是写历史剧的大忌——完全违背史实，使这位为国而死的反帝爱国将领九泉蒙耻，冤哉！

如以黄海决战的结果而论，日本联合舰队的作战目的是“聚歼清舰于黄海”，应该说它完全没有达到这一战略效果，反而也受到重创，被迫首先退出战场。实际，日方在下午3时半左右已开始退却，因北洋水师穷追尾随炮击，不得已又回头迎战。北洋水师虽然没有全歼日本舰队，但也给予日本舰队痛击，北洋水师损失略高于日本联合舰队，但未伤元气，主力舰仍在，重整旗鼓应是有所作为。

据史料统计，中日双方在黄海决战中互有胜负，日本方面虽无舰只沉没，但各舰均受伤损，旗舰“松岛”几乎沉没，被迫退出战场更换“桥立”为旗舰。从中日双方作战损亡统计中可以看出北洋水师两艘主力舰不在损亡之列。

甲午海战牺牲的北洋水师外籍雇员

甲午战争迎来120周年的祭日，一时报刊有关文章风起云涌，无论是否专家，皆大放舆论，细观则一些文章根本置史料于不顾，亦不深入研究，只从表面老调重弹，一些观点是根本站不住脚的。亦有名为反思云云，实似贬低，实在有愧于甲午战争中抵御倭寇为国捐躯的先烈。

例如依旧将甲午战争战败归结于甲午海战的失利、将甲午海战的失利归罪于北洋水师等等，既有悖史实，也极不公平。北洋水师不是罪人，其倾尽全力，在丰岛、黄海及威海卫三次与日倭拼死血战，使日倭严重受挫，并迟滞日倭的战略企图，应该予以公正评价。国人对北洋水师的种种指责、歪曲，何啻自毁自弃乃至自污？甚至当年日倭对北洋水师的造谣诬蔑，时至今日仍津津有味加以传播，遑论此心甚不可问，更是令人匪夷是何居心?！日本当年编造出北洋水师水手在主炮上晾晒衣物的谣言，绵延至今仍被国内外有关北洋水师和甲午战争的学术著作当作北洋水师腐败和管理不善的“罪证”，近年来国内有关北洋水师和甲午海战的文学作品包括影视，更是以之当作典型情节大加渲染，使北洋水师百余年来始终背负骂名，是可忍孰不可忍?！研究甲午战争的权威专家、山东甲午战争专业委员会委员陈悦先生早就通过对北洋水师“主炮晾衣”舰只、事件发生地、谣言流传过程等进行过缜密考证，揭露这其实是日倭的卑鄙造谣。但真实的历史就是不被认可，谬论仍在被国人流布。

另外，多少年来，有关甲午海战的书籍、文学作品、影视作品、文章只谈外国人对北洋海军的种种祸心，包括英国人马格禄在刘公岛鼓动劝降等等，绝口不提在北洋水师军舰上服务的外国雇员，奋不顾身与中国官兵并肩作战直至英勇牺牲的事迹。对于此，我一直耿耿于怀，这些外国人牺牲于甲午海战对日倭的战斗中，他们的名字绝不应该被湮没。

北洋海军在建军之初引进装备之日，即开始聘请外籍雇员，其性质不是服役加入北洋水师，而是所谓的“客卿”，即按工作性质，分任北洋水师高级顾问、教官、技术军官、医官、工程技术管理人员，甚至舰艇战术军官；也有一部分外籍人员是临时聘用，按职务高低不等支薪。外籍雇员最高为高级顾问，由北洋大臣李鸿章特聘协助北洋水师高层进行舰队的日常训练、作战及管理。有的外籍人员因工作出色，还被清廷授以职衔、品级甚至有赐予花翎顶戴者。

我们至今无法知道北洋水师中外籍雇员的准确数字，除了高级顾问，只从当年北洋水师各种奏折等史料可见外籍雇员的名字和职务。以教官和舰艇战术技术军官为多，其职务有教习（分枪炮、鱼雷、练船、炮台、洋号、管轮、管炉、操炮、督操、水雷、管驾、船缆等各种类型教习，职务分总、正、副、帮教等），还有总医士等职务。每年出现的外籍雇员名字约有十数人至数十人不等。至 1894 年甲午海战爆发时，从目前史料看仍有 8 名外籍雇员在北洋水师作战军舰上工作，职务最高者为冯·汉纳根，聘为北洋水师总教习兼副提督，另有 4 人在“定远”舰任职，分别为管炮教习（即管理炮务）尼格路士、管炮教习佘锡尔（也有译为纪看，他的名字第一字“佘”，常被报刊错登为“余”）和帮办副管驾戴乐尔（又译为泰莱），以上3人均为英国籍。还有帮办总管轮德国籍阿壁成（也有译为亚伯烈希脱）。有3人在“镇远”舰任职：襄办管带美国籍马吉芬，总管炮务德国籍哈卜们，最后一人记载有出入，有记为工程师晋菲士，国籍不明。台湾学者王家俭从戴乐尔《甲午中日海战见闻记》考证出似为英国人马格禄。以上是从当年李鸿章有关“海防报销折”中得知上述名字的。是否其他舰艇上还有外籍雇员，不得而知，因为从目前资料中得知，北洋水师在1889年和1890年还分别雇用外籍教习等各为34人和29人，为何在两三年后只剩下8人？其实，据李鸿章奏折中可知，不仅在威海卫海军基地有外籍人员，在其他非主力炮舰上仍有外籍6人在担任交通运输工作。

但就是这8位直接在主力舰上服务的外籍雇员，在黄海大战中与北洋水师官兵同仇敌忾，忠于职守，不避炮火，英勇作战，“定远”管炮尼格路士、余锡尔英勇牺牲。汉纳根、阿壁成、马吉芬、哈卜们等四人重伤。八人中无一人脱逃，无一人怯懦，充分体现了这些外籍雇员的素质和敬业精神。如尼格路士，在黄海海战中，发现舰首管理火炮者受伤，疾趋至船首，代理职务指挥战斗。当他发现军舰舱面被日军炮弹击中燃起大火，又不避危险奔去舍身救火，不幸在救火过程中被日倭炮弹击中牺牲。余锡尔在舰上被炮击重伤，但他依然不下火线，继续战斗，最终与舰殉难牺牲。又如阿壁成，在战斗中双耳均被炮弹震聋，但他毫不畏缩，依然在舰上往来救火。汉纳根职务最高，他是李鸿章特派到北洋水师任总教习兼副提督，参与指挥黄海海战。汉纳根出身于德国贵族军人世家，为德国陆军尉官。1879年退役后经天津海关税务司德璀琳介绍至中国天津武备学堂任教官。从此受到李鸿章的注意，聘为军事顾问，参加了北洋水师的建军过程，如他曾奉李鸿章之命往旅顺口，查勘修建炮台、船坞，并先修建了黄金山炮台，后又负责修建威海卫炮台工程，但曾被英国人泰莱（戴乐尔）指出布局设计存在缺点，即内陆炮台的保障不到位，不仅利于敌人进攻，一旦被敌人夺去港内舰队和刘公岛基地还极易被敌炮击。

在威海卫岸防炮台完工后，汉纳根即返回德国，再来天津时欲与德璀琳之女完婚。闻说日本在朝鲜不断向中国挑衅，便向李鸿章请命至朝鲜观察形势，李遂同意他乘“高升号”去牙山前线。但据说汉纳根实际上是受李鸿章委托去牙山指导清军修筑炮台，以应付日倭发动的战事。日倭后来有调查报告来佐证汉纳根并非以“私人名义”搭乘“高升号”。1894 年 7 月 25 日，丰岛海战中，汉纳根在“高升号”上与日倭“浪速”舰大尉人见善五郎谈判，坚持“高升号”要回到原出发港口。“高升号”被日倭“浪速号”击沉后，汉纳根落水游到丰岛，又乘渔船到达仁川港，说服一艘德国军舰“伊尔达号”开赴丰岛，营救了落水后游到丰岛上的 200 多名清军官兵。此后，他被李鸿章授以北洋水师总教习兼副提督之职，在黄海海战中协助丁汝昌指挥战斗，被日倭炮火击成重伤。

以此来看，北洋水师外籍雇员，由高至低，不仅未忝职守，在对日海战中，英勇作战，非死即伤，无愧他们自身的军人荣誉。

不可否认，他们对北洋水师的建设起到颇大的作用，不仅在平时承担舰队和部门训练，包括技术兵种训练，及至练习舰训练和平时操练教育，更有直接负责军舰具体部门的操作，在战时更是不惧炮火，将生命置之度外，直至英勇牺牲，这理所当然应该受到我们的尊重与纪念。

值得指出的是，参加黄海海战的幸存外籍雇员，之后还撰写有关回忆，分析得失，为研究甲午海战提供了较为珍贵的史料。曾在黄海海战中负重伤的“镇远”帮办管带马吉芬在战后撰文回忆失利原因之一即是弹药供应严重不足。他指出，在海战结束前半小时，“镇远”舰 305 毫米口径主炮的爆破弹全部发射完，仅余 15 发穿甲弹；而 150 毫米口径炮的 148 发炮弹也全部告罄。据他所了解，“定远”炮弹使用的状况亦是如此。他不无沉痛地写道：“如果再过 30 分钟，我们的弹药将全部用尽，只好被敌人制于死命。”马吉芬认为作战舰弹药不足的责任应由天津军械局负责，是贪污腐化所致。而供应弹药的天津军械局总办即为李鸿章外甥张士珩。汉纳根曾受命办理舰队催办补充弹药，是在黄海海战前半个月。但据最新史料发现北洋水师弹药统计档案，天津军械局已向北洋水师发货供应足够的弹药，极有可能是没有全部上舰而置于威海卫基地仓库中！

在海战中亦负伤的“定远”帮办副管驾泰莱在战后也著有《甲午中日海战见闻记》，记述了中国海军官兵的英勇，给今人留下研究甲午海战的宝贵资料。他对威海卫岸炮利弊的分析，实践证明很有见地。

汉纳根的职务高于马吉芬，他所发现的问题当然更具全局性视角。他负伤后曾向李鸿章建议，黄海海战中失利的重要问题之一是：“中国海军近八年中未曾添一新船，所有近来外洋新式船炮，一概乌有，而倭之炮船，皆系簇新，是以未能制胜。”当然“未能制胜”的原因绝不仅仅是未添“新式船炮”，但这确实是非常重要的因素。因而汉纳根据此建议迅速向德、英等国购买“快船”，聘请外籍人员，新旧合成，重新组建。但清朝没有采纳他的建议，而且迅速裁撤了北洋水师的建制，汉纳根怏怏离开了他曾付出心血的北洋水师，本来他还想要求清朝政府同意他去出任新建水师的提督，这个梦想也一同化为泡影。

汉纳根虽然离开了北洋水师，但却没有离开中国的土地，这个身上流淌着普鲁士军人世家血液的前德国陆军低级军官，又开始为清朝军队绞尽脑汁规划了整套训练新式陆军的整军方案，这套训练方案最后应用到了袁世凯小站练兵的新式陆军上。

需要指出的是，在甲午海战中，还有 6 位洋雇员在北洋海军服务，他们是摩顿（“利运号”管驾）、卢义（“图南号”管驾）、士珠（“海淀号”管驾）、惟柏（“仁爱号”管驾），以上均为英国籍；还有两位美国籍雇员毕利腾（“新裕”管驾）、温苏（“镇东”管驾），虽然这六人并未直接参战，但对于战时运输物资却做出了很大贡献，李鸿章鉴于他们的出色表现曾向朝廷奏奖以示表彰。

另外，在北洋水师“操江号”上还有丹麦籍雇员弥伦斯，因船搁浅被日军俘获。弥伦斯获释后也写了回忆文章，记载了日军对被俘北洋水师官兵的凌辱及官兵奋勇反抗遇难的珍贵史料。

历史永远铭记着甲午海战及威海卫保卫战、陆地战斗牺牲的北洋水师和陆军将士的英灵：邓世昌（“致远”管带）、林泰曾（“镇远”管带）、林永升（“经远”管带）、陈荣（“经远”帮带大副）、陈京莹（“经远”二副）、黄建勋（“超勇”管带）、陈金揆（“致远”帮带大副）、林履中（“扬威”管带）、杨用霖（“镇远”护理管带）、丁汝昌（水师提督）、张文宣（北洋护军统领）、戴宗骞（陆军威海统将）、沈寿昌（“济远”大副）、黄祖莲（“广丙”大副）、刘步蟾（右翼总兵）……以及英勇牺牲的甲午海战 2.5 万名绝大多数没有留下名字的水师水兵和陆军士兵。

历史同样也应该铭记，在黄海海战中与中国北洋水师官兵英勇抗倭的 8 名外籍勇士，因为在北洋海军被炮火硝烟熏染的军旗上，也染上了他们的鲜血……

从北洋水师建军谈起

有人认为："北洋水师早就败了，不是败在1894年，不是败在大东沟、刘公岛，而是败在1840年，败在更早的'寸板不得下海'的《禁海令》，败在民族文化开始僵化不前、妄自尊大、固步自封的更久更远的时候。"（陈君明《古来忧患发人醒——观〈北洋水师〉随感》，载1992年4月25日《中国开发报》），这是把失败之因归于政治了。陈文还引申为清廷因此并不把"国防看得比一座园林更重"。这里，我们姑且先不论西太后挪用海军经费，可以先回顾清廷为什么要建北洋水师？

过去有一种观点认为：建北洋水师是为借鉴太平天国起义，为防止内患而要"船坚炮利"，这是不正确的。

中国有水师之建溯源极早，且不说周秦之前即有船队至"倭国"（比徐福还早），也不说三国时大规模的水战；早在明代征高丽、下西洋时就已经蔚为壮观了。清季也有水师，当然是旧式的，难于抵挡"船坚炮利"的外夷舰队。但即使这种木船水师，在1840年林则徐的领导下，奋勇迎战，使强大的英国舰队不能越雷池一步，只好绕道而去。这岂是"早就败了"呢？当然，林公也承认英舰"在海上来去自如"，"所向无不披靡"，因此他开始仿造西洋船炮，并计划筹建强大的近代水上舰队。他的思想很明确："师夷之长技以制夷”，即为保卫国防。当然这一计划因他的被发配伊犁而终未实现。

20年后，时值太平军兴，曾国藩奏请“购买外洋船炮”，兴建近代舰队，清廷立即照准，不过此时建近代水师之目的在于“以资攻剿”太平军。当时太平军连克宁波、杭州等。清廷一夕数惊。曾国藩从军事战略上认为，要攻取苏州、金陵、常州等地，光凭陆军和洋枪队不行，非有近代海军不可。后总理衙门委托英人购买了7艘兵舰，但因后来发现英人要控制舰队，所以清廷下谕令全舰队驶回变卖。

太平军失败后，抵御列强又成为第一急务。左宗棠首议建船政局，自己设厂造船，因“泰西各国群起轻视之心，动辄寻衅逞强，靡所不至。此时东南要务，以造轮船为先著”。可见左氏造船建舰队之议，实为“捍卫海疆”。次后又开办前后两学堂，连同船政局，为北洋水师之建奠定了基础。1874年日寇侵台湾，清廷认清日本“为中国永久之大患”。当时为“隐为防御日本之计”，福建巡抚丁日昌草拟《水师章程》，议建北洋、东洋、南洋诸水师。清廷原则同意，但因财力所限，先定创北洋水师。1879年，北洋水师在英国订购“镇东”等6艘炮舰。1881年，暂任北洋海防督操的丁汝昌赴英接“超勇”等2艘快船归。随后，丁汝昌正式擢任北洋水师提督。1885年，德国订造之“定远”、“镇远”铁甲舰及“济远”快船共3艘归国。1888年，“致远”等4艘快船又由英、德驶回。至此，北洋水师正式建军，共有铁甲巡洋舰2艘、快船7艘、炮舰6艘、鱼雷艇12艘、教练船和运兵船8艘，总计35艘，总吨位约5万吨。与此同时，福建水师和南洋水师亦初步建成，中法战争后还建立了广东水师。可见清廷当时是决心要船坚炮利抵御外侮的。这岂是“僵化不前”“固步自封”呢？要说“妄自尊大”，如对日本而言，这是在中国士大夫头脑中一种长期的观念。在朝廷和士大夫的眼里，“弹丸小国”的“蛮夷”从来是遭到蔑视的。先秦古籍《山海经》中“倭”属燕国的记载也许不太可靠，但汉朝册封的“汉倭王印”在今天日本是奉为国宝的。盛唐时，大唐舰队在白江口海战中几乎全歼日本舰队，由此奠定日本派出遣唐使崇拜学习中国的先河。元代忽必烈讨伐日本的10万人远洋舰队遇风沉没，也许是个巧合。到明代，倭寇海盗骚扰我海疆，朝廷震怒。永乐初，日本遣使讨封“日本国王”，向成祖发誓不纵倭骚扰。永乐二年（1404）倭寇扰我浙江。成祖立遣郑和组建远洋舰队东渡，晓谕日本不得违誓。日王源通义即捕倭首，倭乱乃平。只需一纸文书，日本自己就围剿了倭贼。当然，这离不开郑和强大的舰队去威慑做后盾——不战而屈人之兵。明朝曾联合朝鲜与日本进行过海上决战，彻底终止了日本觊觎朝鲜的野心。清代日本明治维新后，对中国开始心怀不轨，把征服中国看成是征服世界的跳板。北洋水师初建确实在实力上超过了日本，因此以醇亲王和李鸿章为代表的“陶醉派”一直在自鸣得意，这就在主观上影响了北洋水师继续加强实力，也促成了西太后挪用海军经费。实际日本不甘落后，一直锐意扩充海军，决心在舰船上超过北洋水师，有时年度军费预算竟达国家预算总额40%。在北洋水师建成至甲午战争八年中，日本平均每年度购置2艘新式战舰，并大购速射炮以替换旧式炮。这种现象中国士大夫层只有一少部分人在感到忧虑。

过去一直认为李鸿章是投降派代表，这并不符合历史。李鸿章一手筹建水师八年未添一船一炮，是不能完全由李鸿章负责的。但他身为北洋水师最高统帅，终究难辞其咎。山东巡抚张曜曾奏请淘汰陈旧船只，以节约经费“另造铁甲坚船”，这还是可行的，但仍被以缺饷为借口不了了之。

北洋水师覆灭的重要原因之一是军备不修、缺乏弹药，李鸿章安插其外甥张士珩为军械局总办负责军火调拨，却使北洋水师长期奇缺弹药（其人战后被正法）。这一点导致了北洋水师黄海海战失利，再有李鸿章一贯视北洋水师为己之家底，光绪曾令北洋水师出战，李鸿章总顾左右而言他，最后导致刘公岛全军覆灭。

既有功绩又有失误，李鸿章就是如此一位矛盾人物，如他一直警惕洋人要谋取水师指挥权而加以抵制却又不断聘请洋员顾问。孰不知刘公岛之役就是洋员们鼓噪投降而瓦解军心的。水师之覆灭，非战之败也！

毁誉参半的悲剧人物

李鸿章这个人，过去一直被认为是投降派代表，特别是一些影视作品，把这位洋务运动的核心人物塑造成卖国贼的形象，这并不符合历史。李鸿章引进西方先进科技，一手筹建北洋水师，又极力主张整顿海防，抵御日本侵略扩张，其功绩恐怕不能一笔抹杀。

有人认为李鸿章是北洋水师最高统帅（他身兼北洋大臣，连朝廷对北洋水师的命令，也须经他方能生效），却不知兵，这直接导致了北洋水师战、守两端，最后全军覆灭。这种看法是不正确的。从中国军事史和战争史来看，李鸿章算得上是一代名将。虽然他出身儒生，但却经过战争的磨炼而成为清代有名的军事家。中国自古有儒生领兵的传统，远的不谈，至明、清始蔚为壮观。如明代王阳明、于谦、袁崇焕、洪承畴等，有清以来，单是太平军之兴，便造就了曾国藩、左宗棠、胡林翼等一大批以儒生而提军旅的军事家。李鸿章就是逢于此时应运而生的一代战将。

李鸿章 1844 年应乡试中举，三年后中进士授翰林院庶吉士、编修等职。太平军兴，李氏以团练大臣身份回籍，1856 年他参加攻巢县、无为、和州等地之战，赏按察使衔。1865 年建淮军，败太平军慕王谭绍光，授江苏巡抚。其后建淮军炮队，此为中国炮兵之发轫。次年攻陷苏州、常州，以军功封一等肃毅伯。1866 年以后率军剿捻，又以军功赏太子太保湖广总督协办大学士。1870 年又援剿陕甘回军，直到筹办海防建北洋水师，由此可见，李鸿章是一直以知兵和军功擢升到北洋大臣高位的。

对于李鸿章来说，他注意引进西方科技，历经战事而知兵。又手握北洋水师的最高权柄，原应有所作为，但最后却以北洋水师的最后覆灭而饮恨终身，实令人百思不得其解。

或曰北洋水师八年未添一船一炮，李鸿章难辞其咎。那拉氏挪用海军经费是一个原因，但也并非是个借口，山东巡抚张曜曾奏请淘汰陈旧船只，以节约经费“另造铁甲坚船”，这还是可行的，但仍被以缺饷为借口不了了之。不过，未添一船一炮仍然不是全军覆灭的原因。须知，甲午海战时中日双方基本优劣相差不大。

或曰北洋水师覆灭的重要重要原因之一是军备不修、缺少弹药，李鸿章曾安插外甥张士珩为军械局总办负责军火调拨，却使北洋水师长期弹药奇缺（其人战后被正法）。这一点当然是导致了北洋水师黄海海战失利的原因。但是，刘公岛之役却并不能再以弹药缺少为借口。北洋水师的最后覆灭于刘公岛，恐怕与李鸿章一贯视北洋水师为自己的家底有关。光绪帝曾令北洋水师出战，但李鸿章总顾左右而言他，最终丧失良机，导致刘公岛之役全军覆灭。

北洋水师学堂毕业生之一的严复曾有挽李鸿章联：“使先时竟用其谋，知成功之不止此；倘晚节无以自见，则士论又当如何！”李鸿章的“谋”究为何事，史载明见，这恐怕要归于他战略上的失误。再好的战术如在错误战略的指引下，也不可挽回大局。毁誉参半，既有功绩又有失误，李鸿章就是如此一位矛盾和悲剧人物。如他一直警惕洋人要谋取水师指挥权而加以抵制，但他却又迷信洋人，不断聘请洋员顾问。孰不知，刘公岛之役和覆灭原因之一就是被洋员鼓噪投降而瓦解军心的。水师之最后覆灭非战之败也。最高统帅的战略失误令人遗恨。李鸿章无愧于一个军事家，但他的军事思想却趋于陈旧，整顿海防而囿于固守海防，把舰队看成是一个移动的炮台，不敢抢夺制海权，畏于在海上决一雌雄，徒有“利器”无用武之地，这才是导致北洋水师覆灭的要害。

性命攸关的制海权

被誉为世界十大军事论著之一的美国人马汉的《海权论：海权对历史的影响（1660—1783）》一书，以雄辩的事实论述了制海权思想在军事战略体系中的重要性。当年英国舰队与西班牙无敌舰队争夺制海权，而西班牙的败北则导致了大英帝国的崛起——这就是制海权的威力。二战中美国对日作战的胜利转折，也是1942年中途岛海战先控制主动权、1944年莱特湾大海战后控制太平洋制海权。

《孙子兵法》名列十大军事论著之首，李鸿章无疑是熟读兵书的。与孙武同时的军事思想家伍子胥更是倡导水军建设的先驱。这二人皆提倡重视战前准备（包括物质和精神），这一点李鸿章恐怕未曾学到。中日甲午战争中我国海军的失败及最后覆没，与李鸿章的军事战略有最直接的渊源。

在甲午战争前，李鸿章并无明确的战略方案，一直不敢出击去争夺制海权。而日本则非常明确：陆军入朝鲜牵制清军，海军与北洋水师决战夺取制海权，最后登陆渤海湾，在直隶平原与清军主力决战占领北京。中日宣战时，清廷才拟定海守陆攻的战略：即陆军赴朝作战，各舰分守各防区内海口，北洋舰队游弋于黄海，拒守渤海海峡保卫京畿门户。

从战略眼光看，舰队一方面保卫门户，一方面策应陆军，还不失为正确。但丰岛海战后，李鸿章却放弃了他制订的控制仁川、大同江口的策略，训示丁汝昌率舰往巡时“惟须相机进退，能保全坚船为妥”。这时他完全不要控制制海权，而提出了“保船制敌”的愚蠢战略。中日宣战后，李鸿章的包袱更重，他既担心舰队远出有失，又忧虑日军袭击北洋防区。所以8月9日日本舰队佯攻威海、旅顺港，实则诱北洋水师回航让出制海权。李鸿章本也不想要制海权，即令“全队回防”，让出制海权。光绪帝更担心沽口有失，也电谕丁汝昌“不得远离”。从此，北洋水师再无远巡之举，仁川、大同江海口的制海权悉由日本舰队控制。

8月26日，因此北洋水师机动舰队多次出巡无功，朝野愤然，光绪将丁汝昌革职“戴罪自效”。李鸿章则为丁汝昌辩护并正式提出“保船制敌”的战略方针，认为“海上交锋，恐非胜算”，“论海军功罪，应以各口能否防护，有无疏失为断，似不应以不量力而轻进转相苛责”。光绪本不是雄才大略的军事家，他一直想亲政后显示出有所作为，但因胸无韬略，故对日宣战后一直在自相矛盾，战守不一。至此，他最终同意了李鸿章的错误战略，从此北洋水师放弃与日本争夺黄海制海权，主动退守“北洋各口”，即不远离口岸，不出渤海一步。在这一错误战略方针的指导下，日本顺利从海上支援侵朝陆军，导致清军在朝鲜的全面失利。

其后，黄海大战再次失利，不能不说是李鸿章战略思想的失败，但尽管如此，北洋海军仍有实力。黄海大战中日双方胜负悬殊不是太大，李鸿章如果改弦更张，坚决出击控制制海权，鹿死谁手也仍未可知。但李鸿章反而更加信为“仅足守口，实难纵令海战”。在刘公岛之役，他更主张陆、海军坚守龟缩，“不得出大洋浪战”。后来由于日军突破鸭绿江防线，攻占辽东岛，护送2万陆军在成山角登陆，李鸿章才有所悔悟，几次电令丁汝昌“出海拼战”，但由于丁汝昌未执行命令，终导致北洋水师全军覆灭。

实际上，李鸿章早在《筹议海防折》中就早已提出“守定不动之法”。其实，这是一种愚蠢的战略思想，舰队应具有机动性和进攻性，李鸿章只把舰队当成要塞的活动炮台和辅助炮台，这样还要海军干什么？

但是，李鸿章虽败，却败得明白，刘公岛之役丁汝昌倘若坚决执行李鸿章“出海拼战”这一新的战略方针，大局仍有可为，起码不致全军覆灭。北洋水师之败，李鸿章犯了战略方针的错误，尽管战局之末他才明白，但毕竟是太晚了。

谁促成挪用海军经费?

北洋水师的覆没，中日两方海军实力的差距不能不说是一个重要因素。这一恶果该谁负责？过去认为是李鸿章难逃其责。此论略欠公允。

武器是决定战争胜负的重要因素。李鸿章对此一项是颇为重视的，他一手创立了北洋水师，目的即为“隐为防御日本之计”，“为制驭日本起见”。李鸿章为此不遗余力，北洋水师成军终于在实力上超过了日本。当时日本2000吨级以上战舰只有5艘，总计14783吨；而北洋水师建军伊始则已2000吨以上战舰共7艘，总计27470吨，是日本海军的2倍。这曾使李大中堂大为陶醉而自鸣得意。

1891年5月，李鸿章校阅北洋水师，看到舰队的军威和实力，兴奋不已，马上上奏朝廷称“但就渤海门户而论，已有深固不摇之势”。李鸿章这道奏折还是符合当时实际情况的，同时他也指出“目前限于饷力，未能扩充”，但仍掩饰不了他的得意心态，由此埋下了“骄兵必败”的种子。而他的这种估计确乎造成了北洋水师不可撼动的概念，客观上促成了西太后暗示、索要海军经费。

北洋水师在成军不久，朝廷即下诏停购船械。原因即是总理海军大臣的醇亲王为拍慈禧马屁，做主将2000多万两海军经费去修颐和园为西太后祝寿之用。在封建时代，皇帝君临天下，但也并不是任意胡为，也要有一套程序才可。挪用海军经费，大家都反对，西太后也难能遂愿。当时光绪皇帝怕担“不孝”的罪名，不便说也不敢说。原来主持军机有主张敢说话的恭亲王被那拉氏换掉，醇亲王虽然总理军机，既不知兵也无主见，只知一味迎合讨好。李鸿章虽然主张发展海军，但他只寄希望于买船，加上他自鸣得意的心理，亦未坚持己见。唯一敢顶的是户部尚书阎敬铭，多次拒绝西太后索款，致使西太后无法挪用。后被西太后以“不能仰体朝廷”的罪名撤职，换上了光绪的老师翁同龢。

近年来在一些反映清代历史的影视剧中，翁氏给人的印象似乎是一个非常令人同情的人物。但实际他在挪用海军经费这一事件中却充当了一个卑劣的角色。在这件事上，他唯命是从于西太后，且向李鸿章施了一枚暗箭。翁氏胞兄翁同书曾任安徽巡抚，纵属下滥杀肆虐，被李鸿章奉旨查办将其革职充军。翁氏因其兄之罪一直怨恨李，并且也不满李氏权柄益重。翁的门生王伯恭在《蜷庐随记》中记载了挪用情况：翁同龢即划拨海军储款2000万修颐和园，500万修三海，不但一分不留，还向朝廷奏定五年北洋舰队不得添一船一炮。事实上，北洋水师因无一分经费，八年中未添一舰一炮，致使日本海军坐大，北洋水师力不抵敌。翁同龢以私怨而致国家利益于不顾，何其卑劣也。所以《马关条约》后，时人传诵对联讥讽道：“宰相合肥天下瘦（李氏乃合肥人），司农常熟世间荒（翁氏乃常熟人，‘司农’是对户部沿书的尊称）”，可见人心之评判昭然。

挪用海军经费的恶果使甲午海战北洋水师失利，北洋水师八年未添舰炮，吨位、速度、炮火等均与日本相形见绌。右翼总兵刘步蟾等多次通过丁汝昌上报李鸿章，云我军装备远逊日方，如不添船更炮必为我患。但被李鸿章压下未再上奏。1894年3月丁汝昌再致书李氏，请添置特快炮，李鸿章始奏报朝廷，惜为时已晚。5 月，李氏二次校阅海军会操，明白了日本“岁添巨舰”，实力超过北洋水师，“窃虑后难为继”，立即上书陈情，但朝廷不置可否，“着交部议处”。李鸿章虽然忧虑，但为时已晚。其实，即便此时添船增炮也已来不及了。

李鸿章有责任，但真正的罪魁还是醇亲王和翁同龢（包括见识短的西太后），是他们葬送了北洋水师。

刘公岛悲歌——最后的安魂曲

黄海大战后，北洋水师仍有实力，但由于客观条件限制，手握北洋舰队直接指挥权的丁汝昌不敢再战，一直坐等全军覆没。可以说，北洋水师最后的安魂曲——刘公岛之役，丁汝昌是应负主要责任的。

丁汝昌本身并不以知兵名，更不懂海战。他原本是长江水师出身，后入淮军李鸿章而受到李的赏识。北洋建军即受领督操之职，后正式授提督重任。他确为北洋水师付出了不少心血，但他确又不懂海军事务，平常的训练演习都委托刘步蟾主持。长期以来，丁汝昌受李鸿章“保船制敌”战略思想的影响，一直不敢言战。

他的出身使他一直小心谨慎。在李鸿章“保船”方针的影响下，丁汝昌多次出巡无功，被震怒的光绪革职“戴罪立功”，从此他更加谨小慎微。丰岛海战前，丁汝昌没有控制大同江，受到李鸿章的斥责。黄海大战中丁汝昌带伤不退，他是抱定必死之心的。战后李鸿章认为“以北洋一隅之功，搏倭人全国之师，自知不逮”，坚持“守口”不战的方针。这更影响了丁汝昌。

李鸿章的分析不能说没道理，但也有视北洋水师为家底的思想作祟。当时日军开始登陆作战，清军转为全面防御。李鸿章在当时提出了“多筹巨饷，多练精兵”的持久战战略但未被清廷采纳。慈禧不愿打仗影响祝寿，光绪抱负很大，但他没实权，只是名义上的武装部队统帅。

日军在海军护航下开始登陆后，竟未受到北洋水师的任何阻击。在花园口登陆后日军推进实际很缓慢，但丁汝昌率舰队由威海抵旅顺，竟未敢袭击日本登陆部队。日军占大连湾后，丁汝昌竟率队又回威海，李鸿章曾予以严斥。丁汝昌又回旅顺，但一天之内又返回威海。数日后旅顺即失守，进而辽东半岛大部失守。这时李鸿章亦被“革职留任”。

此时，清廷最高统帅部估计日军必会逼山海关攻取北京。所以在京畿屯兵计200余营约10万军队，山东半岛布署40余营约2万人，且散落成山至登州500里长之地段。荣成仅4营1400余人。实际日本却是虚晃一枪，兵锋直取山东半岛。

当时只有威海卫守将戴宗骞是聪明人，他向李鸿章提出了“宁力战图存，勿坐以待困”的良策，即陆、海军皆可出奇兵袭击。但李鸿章怕出击有失，仍取防守之势，令陆、海军“效死”坚守。1895年1月20日，日军2万人登陆成山角，1400守军不支而退。这时李鸿章才明白“守定不动之法”误了大事，但他不愧是久经战阵的兵家，于23日急电丁汝昌“出海拼战”，“即战不胜，或能留铁舰等退往烟台”。此时若按李鸿章的电示办，或尚可挽回危局。但丁汝昌却拒不执行，回电表示“惟有船没人尽而已”，他认为“屡催出口决战，惟出则陆军心寒，大局难设想”。这一拖便失去了宝贵的7天，日本陆、海军攻占南帮、北帮炮台，至此陆上据点皆失。日军利用南帮炮台终日炮轰北洋舰队，日本海军则完全封锁和围住了北洋水师。

当李鸿章知南帮炮台失守，再次急电丁汝昌，令他“挟数船冲击……勿被倭全灭”，或“事急时将船凿沉”，但丁汝昌竟仍然拒绝执行，又失去了宝贵的7天！2月5日至6日，日本鱼雷艇连续攻毁北洋数舰。7 日，又全部俘获突围的北洋 12 艘鱼雷艇队。9 日，“靖远”被击沉，刘步蟾自杀。10 日，丁汝昌才令沉船研究突围，但为时晚矣。在一片大乱之形势下，不得不服毒自杀。余存的 10 艘舰船和大量军械皆被敌所获。

现已查明，以丁汝昌具名的降书是洋雇员伪托的。丁汝昌大节不亏，但自卑心理太重，优柔寡断，不知兵不善战，而且拒不执行正确的命令（错误的他倒坚决执行，甚至加以发挥），最终成了断送北洋水师的直接责任者。尽管他殉了国，却不是英雄。

风流云散

林则徐晚年及与道光帝的离合

鸦片战争和林则徐，是中华民族历史上值得大书特书的事件和人物。此文就林公评价的若干问题不揣谫陋，以就教于海内外方家。

自林公禁烟以来，中外褒贬不一，毁誉纷纷至今未歇。当年《南京条约》签订之后，竟有广东籍卖国贼公然抛出《辟俗论》，除大肆赞美奸臣琦善并为其翻案外，竟攻击林则徐“贪功启衅”“贪功误国”“削职充军，大其罪所应得哉！”时林公已远戍新疆。这是一篇极有代表性的汉奸言论。而发动鸦片战争的英国人也在当时对林则徐大肆诬蔑，这些犬吠之诬，早已不辩自消。当年马克思在《新的对华战争》《鸦片贸易史》《英人在华的残暴行动》《中国革命和欧洲革命》，恩格斯在《英人对华新远征》等文中痛斥过英国人的侵略行径。但迄今为止，仍有某些西方学者隐瞒历史真相，竟诡称鸦片战争为“通商战争”，须知当年到东方包括中国进行殖民活动的英国人和其他西方国家，正是用鸦片和军舰大炮冲开了中国的大门——而不是什么商品。这些“学者”以墨写的谎言掩盖了血写的史实，这种谬论何以面对当年喋血而死的成千上万的中国军民?！当然，即使在西方，肯定林则徐历史地位的观点亦占主要地位，而诋毁林则徐、歪曲鸦片战争性质的殖民主义观点，在西方学术界也被视为一种偏见。君不见，英国伦敦蜡像馆中很早便赫然矗立起林公蜡像，无数的英国人都来此顶礼瞻仰（虎门之役后收殓关天培遗体时，英国曾在靖远炮台铺设红毯以示敬佩，这实则代表了一种人心向背）。

台湾学界以肯定林公业绩为主流，这以林公后裔林崇墉先生（台湾《中央日报》总编辑林征祁先生之长辈）所编撰《林则徐传》为代表。但台湾学界亦有敢冒天下之大不韪的荒谬观点出世，如蒋廷黻先生公开替琦善翻案，否定林则徐，但拥护者毕竟寥寥乃至受到正直学者的批评。笔者以为，此实乃神人共愤有违至情至理之谬见。此外，台湾学者多有反复论述林则徐寻求"美援"和"亲美"之举，不过是借古人杯酒浇今日之块垒。林公当年与美国人来往，无非是"以夷制夷"，取分化瓦解之意，鲜有其他。内地学者早有辩证，笔者不再赘述。依笔者管见，这与台湾史学界部分人士热衷研究南明史实有异曲同工之妙。林公是近代反抗西方侵略第一人，开眼看世界第一人，向西方学习第一人。台湾史学界过分渲染"寻求美援第一人""亲美抗俄"（林公名言有"终为中国患者，其俄罗斯乎"句）等，实乃偏离主导，误入歧途，有损林公形象。

大陆研究、评价林公，20 世纪 60 年代以前著述不多，可称为论文的不过数十篇。有关林公的评传到 1981 年才有《林则徐传》（杨国桢著，36 万字，人民出版社 1981 年版）、《林则徐年谱》（来新夏编著，34 万字）问世。且至 80 年代初期，一些观点仍失之偏颇，总以晚年"镇压人民起义"相加，笔者以为这亦颇有可商榷之处。

如史所证，林则徐的爱国主义不仅只体现在禁烟抗英之举，在晚年"强边御俄"是他最主要的思想和行动。他在新疆贬戍四年，不计个人荣辱，考察西北大漠边陲，忧心国事，提出"终为中国患者，其俄罗斯乎"的警言。在他生命的最后一年里，在福建侯官（福州）西门定远桥畔家中仍念念不忘国事外侮。1850 年 3 月，他得悉英人背约强占福州城内乌石山神光、积翠两座寺院，即联合当地士绅开展驱英斗争（当时浙闽总督和福建巡抚方面大员颇有妥协之意）。当时林公拖病躯，“数乘扁舟至虎门、闽安诸海口阅视形势”，其爱国举止何其感人！

至于镇压人民起义，这尚需视具体事实而论。历史上出现过的种种暴动并非皆是人民起义，亦有不少属于分裂、割据、暴乱、民族仇杀等等。林则徐晚年东山再起，主要处理“番务”“回务”。近来有学者（内地版《林则徐传》）指出：林则徐进剿青海藏族黑错寺地区，有符合藏民利益的一面（因其纯系寺院领主势力挑起的部落纠纷）。处理云南半年之久的“回务”亦在“客观上对回、汉人民有利”，“减少回、汉人民生命财产损失”（《林则徐传》）。林则徐这两次起兵均处死、惩治了大批藏民、回民（其中当然也包括该镇压的藏族寺院领主势力和杀回抗官暴乱的保山汉族地主武装），但有人称之为“对人民的犯罪”。我以为这其中仍有极“左”思想的影响，因为历史上用兵靖乱，往往不可避免要伤及无辜。笔者认为，如林公不以快刀斩乱麻的干练手法一举消弭“回务”之乱，回、汉之间的民族报复性的仇杀还不知旷日持久到何时？过去，史界对林公处理“番务”“回务”的评价皆认为是“镇压人民起义”，笔者窃以为应予否定。康熙大帝对少数民族叛乱严厉镇压，史界并无异辞，称之为统一和维护中国安定之盛举。何以到林公之用兵，则冠以“犯罪”之名？难道滇、藏并非中国版图？即使林公镇压农民起义（或称人民起义），我以为也不可否认林公是一个伟大的爱国者和民族英雄，这完全是两个概念。作为封建时代的封疆大吏，他当然要听命于“天宪”，当然要维护王朝一统，他有他那个时代的伦理道德，民族英雄岳飞亦如是。而用唯物史观研究历史，是要历史地去看待那个时代人的活动及思想，而不能以今人之标准去强求古人。因此，林则徐的晚年仍不失为一个伟大的爱国者的晚年，这应该是毫无疑义的。

评价林则徐，不可避免要涉及道光皇帝。过去对道光的评价几乎众口一词：惩办林则徐和出卖民族利益的罪魁祸首。笔者认为这也是受极“左”观点影响所致，不能正确评价道光在禁烟运动中的作用。可以说，没有道光，便没有林则徐在历史舞台上有声有色的表演。道光单单挑出林则徐委以禁烟重任，是基于其长年对林则徐的了解和信任。没有道光的支持，林则徐不可能在禁烟运动中风云叱咤；禁烟运动的胜利，道光起了不可忽视的重要作用。所谓“君臣知遇”，在道光和林则徐身上有着极为生动的体现，只不过在极“左”观点的影响下，有人不愿或不敢谈而已。当然，后来发生了谪贬的悲剧，这正是道光作为封建君主的局限所使然，倘若换上康熙或光绪，那么这场威武雄壮、有声有色的史剧也许会是另一个结尾了。道光处在那个时代，自有其缺点，无知自大、摇摆不定、虚荣自私等等，可说终是抛弃了林则徐。而林则徐则是“雷霆雨露总沾恩”，他始终感激道光的擢拔知遇之情，受知则感激涕零，失宠则甘于忍辱负重，置个人福祸荣辱于度外。即使罢官流放也终无一字怨言。这正应了道光内定他为钦差大臣的谕慰：“卿其善体朕心！”“中原若得销金革，两叟何妨老戍边”，这是何等浩然赤诚的襟怀。有人谓此诗“流露了内心对道光皇帝的不满”，其实非也。这正是林则徐不计个人荣辱的爱国情操的深刻体现。须知，那时士大夫以“主辱臣死”为人臣之道，忠君即爱国。他革职后委婉地向道光帝抗争，也仍在向道光帝筹议海防，“苟利国家生死以，岂因福祸避趋之”，这是林则徐当时心情的写真。

道光帝确实赏识和赞誉林则徐，与林则徐在禁烟的识见上亦可说是不谋而合。鸦片战争之前，道光一直支持禁烟论和黄爵滋的奏折。过去范文澜先生在《中国近代史》一书中认为：道光只是看了林则徐那篇著名的奏折，“遂决定严禁”，任命林则徐为钦差大臣赴粤查办，这个论点影响颇广。实则把道光看低了，一是道光不仅看到了林则徐的奏折才下决心禁烟，他早就“是非明”，在此之前就颁布过不少道严厉的禁令。而且，也不仅因这一道奏折才赏识林则徐，而是早已对林则徐有了深刻的了解，林则徐擢升方面大员，完全是道光知人善任所致。道光即位伊始，就对林则徐“印象极佳，甚为器重”。林则徐自嘉庆二十五年（1820）仕宦，道光二年（1822）以道员入觐，道光极为称赞：“汝在浙省虽为日未久，而官声颇好，办事都没有毛病，朕早有所闻，所以叫汝再去浙江，遇有道缺都给汝补，汝补缺后，好好察吏安民罢”（《林则徐集》日记），用语之亲切、评价之高颇可见道光帝对他的赏识。且许愿“补缺”，可见眷宠之意已萌。次年林则徐擢江苏按察使，“民颂之曰：林青天”。后来，道光在他进京时两次召见勉慰有加：“汝系翰林出身，文章学问本好，此数年在外办事亦好”，“汝是精明的人”。还谆谆告诫他：“官职越升越大，仍当与做诸生未中时一样。……好好谨守立品，勉为良臣。”并暗示他很有可能擢升“督抚”，还劝他“用度务宜节俭”，因为“汝明日做了督抚，廉俸自比现在较多，但若不能节省，亦不敷用”（台湾林氏《林则徐传》）。由此可见道光对林则徐赏识到了何种程度？

道光四年（1824），身为江苏臬司的林则徐，因治水患有功，两江总督等会奏，道光朱批赞同林则徐的“器识远大”：“即朕特派，非伊而谁。”道光十一年（1831），林则徐右迁河道总督，道光于其谢恩折论批赞曰：“……由翰林出身，曾任卿吏，出膺外任，已历十年，品学俱优，办事细心可靠，特畀以总河重任。”于此可看出，道光对他整整考验了10年，算是一个工作小结。而这次仍然是一个专门性质的考验。在得知林则徐治河有方、一丝不苟时，道光大加赞赏：“如此勤劳，弊自绝矣。作官皆当如是，河工尤当如是。吁，若是者鲜矣！”第二年林则徐即出任江苏巡抚。道光深寄厚望专谕：“知人难，得人尤难，汝当知朕之苦衷，一切勉力而行，毋负委任，朕有厚望焉。”林则徐也未负道光期望，于任上“贤名满天下”。道光十七年（1837）升湖广总督，于任上忠实执行道光的禁烟法令，道光甚为宽慰，谕旨称赞。道光称誉林则徐的谕批，《清宣宗实录》记述甚多，限于篇幅，兹不尽举。

在道光令全国督抚讨论禁烟事宜中，林则徐上奏折坚决支持。道光宣他进京廷对陈述禁烟方略，八天中竟召见八次，史称为“国初以来未有之旷典”。旋被授为钦差大臣，并授以独断之权。由此可看出，道光林则徐君臣际会相得，十数年如一日，几乎到了亲密无间的地步。林则徐亦对道光感激涕零，“君恩每饭总难忘”，为报答道光的知遇之恩，“无一事不尽心，无一事无良法”。广州禁烟大胜，道光功与有焉。不选拔林则徐，国耻则不雪，国威则不张，这正是道光知人善任、独运匠心之举。虎门销烟的壮举，当有道光的坚决支持。因此，没有道光的知人善任，林则徐亦不会应运而生、叱咤风雷。道光亦绝非卖国之君，否定、抹杀道光功绩的观点是不足取的。

至于他贬斥林则徐，也正体现了他时逢“数千年未有之奇变”所体现的内心复杂性。道光不是奇才，“乾纲独断”的皇权性质更决定了他的悲剧。一看到禁烟胜利，便要全面禁止正常贸易；一遇事变又惊慌失措，迁怒于林则徐，加上琦善之流的谗言，认为抛出林则徐当替罪羊便可化干戈为玉帛。谁知事与愿违，所以他几次宣战，就是这种心理的体现。林则徐抵广州之初，道光批阅他奏稿，当阅至“誓与此事（指禁烟——笔者按）相始终”之语时，曾激动万分，当即批道：“览及此，朕心深为感动，卿之忠君爱国，皎然于域中化外矣！”曾几何时，“诸臣欺罔”“伪言荧惑”使道光动摇了对林则徐的信任。但，林则徐流放看似很重，其实还是网开一面。须知明、清两代，戮杀封疆大吏的事多得很，因“外衅”掉脑袋的大臣并非无有，慈禧不是杀了几个尚书、学士吗？鸦片战争之前，庄亲王、辅国公溥喜仅吸食鸦片，即被革爵。对林则徐的处分，道光下了不少道谕旨，拖了一段时间，而非像通常“逮京”之类。而西戍途中道光还曾令林则徐折回东河督修河工。道光临死也不愿见林则徐一面，有人谓之恨之弥深，其实这完全是一种内疚之情，如果恨之弥深，完全可以处斩。所以道光谴责林则徐的谕示一道又一道，措辞何其严厉，却是雷声大雨点小，最终只是谪戍。按清代的惯例，谪戍之臣往往是终能够起用。所以，林则徐谪戍之后，人民屡有“讹传林少穆制府复起督师者”，即是一证。林则徐最终被起用，至甘肃平叛，先任陕西巡抚加太子太保衔，赏戴花翎，后又任云贵总督。这当然是一种感情补偿，关键更在于道光一直认为他是人才而不能不用。

道光对林则徐可谓知人善任，然而又不能善始善终。他有“速胜论”的毛病，又自大无知，不仅不晓“民心可用”，也不懂林则徐在军民中的威望。或许他忌讳功高震主，这则是皇帝们大多摆脱不掉的弊病。道光绝非指挥若定的帅才，且昧于国际大势，其举措失当已尽人皆知，倘若林则徐被道光一用到底，则历史很可能就要重新书写了。林则徐本人壮志未酬是一个千古悲剧，但制造这个悲剧的道光本人又何尝不是一个悲剧？正如马克思在《鸦片贸易史》一书所分析的那样：道光和他的大清帝国“不顾时势，仍然安于现状，……竭力以天朝尽善尽美的幻想来欺骗自己，这样一个帝国终于要在这样一场殊死的决斗中死去”。林则徐终以一个伟大的爱国者和民族英雄彪炳青史，而道光，尽管他组织了禁烟运动，造就了林则徐这样的英雄，终不免落下一个误国之君的名声。

一百多年前，道光帝忧死于太平天国风云乍起，林则徐则病逝于驰赴“绥靖”天地会起义的驿道之上。他们并不知道，在今天爱新觉罗后裔的人大代表、政协委员们（亦包括林公后裔的代表、委员），参与投票收回让祖宗割去的香港，而林公的后裔五世孙凌青（林墨卿）作为中国常驻联合国代表、特命全权大使，于公元1985年同英国代表一并将载明中国收回香港的《中英联合声明》，递呈联合国。从而最后涤除了鸦片战争留给炎黄子孙们的耻辱痕迹。不能否认，道光帝临死也在抱恨“夷狄”之辱，他在同意签订屈辱条约后，曾彻夜绕室徘徊长吁短叹。林文忠公更是身先死而泪满襟，他在梦中也在想见驱杀侵略者。而他们的遗愿，由今日的中国和他们的玄孙辈扬眉吐气地实现了。倘若先人九泉有知，该是不无宽慰吧！

皇皇青史和神州华裔将永远铭记着这个不朽的英名——林公则徐。

李鸿章与《马关条约》

春帆楼上折冲日，四万万人下泪时。
骀宕百年犹记恨，几番夜梦灭倭儿！

——题记

1895 年 4 月 17 日（清光绪二十一年），清廷特派头等全权大臣李鸿章于日本签订《马关条约》，这一使中华民族蒙受奇耻大辱的条约规定了一系列使中国丧权辱国的条款：清朝政府承认日本奴役长期与中国有藩属关系的朝鲜（之前中国已失去亲密的藩国琉球）；割让辽东半岛、台湾和澎湖列岛；赔偿战争军费两亿三千万两白银；开放沙市、重庆、苏州、杭州为通商口岸；允许日本在上述通商口岸建立工厂，装运进口机器；并规定在中国制造的货物享受与进口货物一样的优待之权……

《马关条约》签订后，举国上下一致斥责李鸿章丧权辱国，李鸿章在中国近代史上几乎成了丧权辱国的代名词。

造成中国蒙耻受辱，并且以一个曾经最强盛的东方帝国面临被列强肢解与瓜分的险恶之况。李鸿章是否负有不可推卸的责任？

过去史家大多认为:《马关条约》之签订，源于甲午战争的惨败。弱国无外交，自然割地赔款、丧权辱国。而李鸿章身为北洋大臣，手握北洋舰队兵权，应对甲午海战负主要责任。特别是他一再主张“避战守船”，采取单纯守势防御战略，最终铸成大错。尽管他后来有所醒悟，但终为时已晚。当然，李鸿章的海战战略并非一无是处，“保船制敌”从总体来说应是防御与进攻并重，李鸿章太强调“保船”，致使防御不积极，进攻更谈不上。李鸿章并无总体指挥权，当时中日宣战，清廷制订的战略是海守陆攻（见光绪《宣战诏书》）。黄海大战后，清廷为阻止日军向中国本土进犯，将战略方针由海守陆攻改为全面防御。当时李鸿章提出了一个非常重要的战略思想，这一战略思想在今天来看，也是正确的战略方针。他共提了三点建议，其中第一条最重要，即：多筹巨饷，多练精兵，内外同心，南北合势，全力专注，持之以久，而不责旦夕之功，庶不堕彼速战求成之诡计（见《李文忠公全集》奏稿卷七十八）。第二点建议力保沈阳、严防渤海，以固京畿。第三则针对日本可能进犯北京的战略意图，而沈阳地广兵单，应特命重臣督办。后两点核心其实是先保沈阳，然后厚集兵力，最后以持久战消耗日本，取得持久战后的胜利。后两条表面上看是单纯防御，依笔者分析，是应该赢得时间，为第一条总体战略服务。根据当时双方态势，李鸿章这一战略对付日军是非常有针对性的，意义非常重大（战后日本国库空虚，“征兵调及幼丁”，日方是极愿通过和谈尽快结束战争的）。可惜清廷最高统治者那拉氏竟然以女人的狭心，为不影响六十之寿，竟不顾国家利益，一直欲向日本求和。据《翁同龢日记》载：1894 年 9 月 27 日（9 月 17 日爆发黄海大战），那拉氏召见翁氏，拟命其赴津告李鸿章，并请俄国公使出面调停中日争端。李鸿章关于“持久战”的战略是 9 月 19 日上奏的，可见慈禧根本不屑一顾。光绪抱负很大，也确想有所作为；但他并不懂军事，多少有些好大喜功，只希望凭血气之勇出战，其实正中了日本速战的诡计。再者，光绪虽是名义上的全国最高军事统帅，但他后面有垂帘的那拉氏，也无法调动全国军事部队。所以李鸿章的正确战略终未被采纳。

1895年2月12日，北洋舰队覆没于刘公岛。那拉氏惊慌失措，决心全面求和。当天，她就开复了清廷对李鸿章军事失利的一切处分。2月13日即北洋海军覆灭的第二天，便正式任命李鸿章为出使日本头等全权大臣与日本商订“和约”。按惯例，李鸿章起码在几次海战中负有指挥失当的严重责任，理应法办。但旋而成为“商约”重臣，这真是贻笑万邦、滑天下之大稽。

但实际上，这也非那拉氏本愿。1894年10月在刘公岛战役前，日本陆军在辽东半岛登陆，那拉氏已私心欲望议和。她马上起用10年前被自己罢黜的恭亲王，表面上是以亲王之尊督办“军务处”，指挥对日作战。实际恭亲王是老牌“洋务”，只会纵横之术，根本不会决胜帏幄。那拉氏也正要他重新主持总理衙门，开展议和。恭亲王多次与英、俄公使密谋“调停”之事。但清廷提出的中外议和代表（如税务司德国人德璀琳及张荫桓等），日本均予以拒绝，只指名李鸿章有资格与日本开议和约之事。实际日方是有意愿李鸿章担任“和议”代表以促进和谈。因为日方深知李鸿章之子李经方与日方上层人物有很深的交往。

日本倚仗军事上的优势，通过美国公使转示清廷，以割地、赔款、朝鲜脱离中国独立等为议和条件，这无疑是城下之盟。

李鸿章以败将之身，肩负议和之任，可想而知他的心情。平心而论，在与日本和议之初，他并非甘心丧权辱国。李鸿章怎甘愿背上汉奸的耻辱？所以他自天津赴京觐见光绪皇帝时，光绪询问他的议和方针，他慷慨发誓：“割地不可行，议和不成则归耳。”当时陪侍皇帝的翁同龢将李鸿章此语记入他的日记，并有“语甚坚决”的描述。翁同龢作为帝党中坚，一直与李鸿章有宿见，他的记载应该是公正和可靠的，因为假若李鸿章主张丧权辱国，翁氏肯定是作为罪状录以备秋后算账的（李鸿章签订《马关条约》之后，“帝党”把乞和之责都推给了李鸿章）。当时不少大臣如孙毓汶、徐用仪等，都认为不割地恐难议和。李鸿章“割地不可行”的坚决主张应该说是值得肯定的。

李鸿章因为自己的窘境，不可能再坚持“持久战”的主张，更不敢得罪西太后，他只好寄希望于列强“调停”。虽然光绪支持朝中主战派，但终因那拉氏亲自决断，主和派控制了局面。光绪和主战派最终回天无力。这首先丧失信心，继而涣散军心。军心一失，持久战便不可行，而“调停”更属失误。正如当时总税务司英国人赫德所云：“正义完全在中国方面。我不信单靠正义可以成事，正像我相信单靠拿一根筷子不能吃饭一样，我们必须有第二根筷子——实力。但是，中国人却以为自己有充分的正义，并且希望能够以它来制服日本的铁拳，这想法未免太天真了……外交把中国骗苦了，因为依赖调停，未派军队入朝鲜，使日本一起手就占了便宜。”李鸿章幻想折冲樽俎，曾分别拜访驻京各国公使乞援，并发电给清廷驻英法大使和驻俄德大使，密商于四国外交部，请其调停，但各国反应冷淡。李鸿章有所气馁，向朝廷建议：“此次日本乘屡胜之势，逞无厌之求，若竟不与通融，势难解纷纾急。”可见他是想把责任推给朝廷。由于清廷一直磋商割地条款问题，延误了李鸿章赴日时间。狡猾的日本人见清廷只寄希望于议和，放松军事戒备，便突然发动辽河攻势要挟，于3月4日至9日五天之内连下牛庄、营口、田庄台等辽河重地，一时关内震慑，京津告急。其实，不待日军发动攻势，在3月3日，那拉氏已通过庆亲王命李鸿章“以商让土地之权，令其斟酌重轻，与倭磋商定议”（《六十年来中国与日本》第2卷）。这等于赋予李鸿章可以“定议”丧权辱国的全权。当然，李鸿章也曾尽力减少辱国条件，在谈判中一直不同意全面接受日本的苛刻条件。3月19日李鸿章率团至马关，次日始与日方谈判。至24日共举行三轮谈判，双方辩论都甚激烈。但因李鸿章突遇刺客袭击中左颊，一时中外震动。日本考虑有失体面，遂稍作让步，提出修正案。日本首相伊藤博文以战胜者的狂傲坚持条款决不再减，只有同意与否两句话，甚至恫吓要“增派之大军舳舻相接，陆续开往战地，如此，北京的安危，亦有不忍言者”，并威胁李鸿章也难保证其“再安然出入北京城门”。

李鸿章于辩论后极为愤懑，他对随员顾问科士达愤言：“万一谈判不成，只有迁都陕西，和日本长期作战。日本必不能征服中国，而中国可抵抗日本至无尽期，日本最后必败求和。”（见《科士达回忆录》）这其实仍是“持久战”战略的延续，如果李鸿章的设想实施，中国采取强硬态度，一面整军备战，只要拖下去，日本不可能取得最后胜利。可惜，李鸿章并未坚持自己的看法，他只是汇报请旨。4 月 10 日请旨，4 月 13 日清廷即复电：“……即与定商”，李鸿章即于 17 日签约。这一丧权辱国的大耻使“四万万人齐下泪”，使台湾、澎湖列岛、辽东半岛沦丧倭寇腥膻达五十年之久！并且使日本野心膨胀，又于 20 世纪再次发动侵华战争，炎黄子孙血流漂杵，损失无法计算。其罪魁自应是那拉氏，李鸿章难道没有责任吗?!

李鸿章最大的心理障碍是背着甲午海战的包袱，尽管他主张不能割地，甚至主张迁都长期抗战。但他不敢坚持，因为他明白，那拉氏就是让他屈辱求和。如果他抗命，很可能乌纱不保，还会有“抗旨”之罪。但他如果真正抗命，他会成为英雄。而且由于有光绪和主战派的支持，他未必有死罪，无非丢了顶戴花翎，却落个清白。李鸿章把定夺权推给最高决策者，以为可以避免清议，但是条约是他代表中国签字生效的，这个耻辱他怎么能洗刷掉呢？梁任公《李鸿章传》云：“合肥之负谤于中国甚矣”，不是没有道理。他又批评李鸿章“不学无术”，“而仅摭拾泰西皮毛”，虽然苛刻，却不无道理。例如，李鸿章号称通晓洋务，但他去日本议和，居然还携带战前中国驻日公使汪凤藻所使用的电报密码，其实这套密码早在战争爆发前夕就已被日本外务省破译了。在这种情况下，我方在谈判中岂能不步步被动？

另外，李鸿章之子李经方在《马关条约》的签订起了非常关键的作用，不仅奴颜婢膝，甚至甘心卖国，说他是汉奸行径是绝不会错的。

李鸿章赴日“商定和约”，李经方因“曾任出使日本大臣两年，熟悉情形，通晓东西语言文字”，被清廷任为参议随行。谈判中，日方提出两个议定方法，其一为将停战条款全部提出后议定，其二为逐条分别依次议定。若弱国外交，肯定会竭力拖延而采用第二种方案。但李经方却坚决主张采用第一种方案。日方遂提出：一俟条款提出，必须于四日之内答复。李经方亦经已遇刺之其父商定予以应允。因为条款苛刻，清廷尚未回电同意，日方严厉质问，李经方竟恬不知耻告白：“现在我父子之地位极为困难，尚乞谅察……”而且，日方只是危言恫吓“增兵”，李经方竟连续发电国内总理衙门，谎称日方“已遣运兵船二十余艘，由马关出口赴大连湾”，“广岛已派运兵船三十余艘出口，赴大连湾，小松亲王等明日督以继进”，对当时日本国库空虚，征兵困难却只字不提。清廷同意签订条约，李经方无疑对清廷决策是产生了重大影响的。

条约签订后，举国激愤，清廷恐批准而激变，逐令李鸿章改议。应该指出，李经方的卖国行径不能不对李鸿章产生影响，这对父子对日方乞怜，但对朝廷旨意却敢于抗命，借口“已订条约，再行更改，虑腾笑万国”而拒不从命。另外，条约签订后，谁都不敢赴台办理“交割”。后经人推荐，军机处严命李经方负责。他居然希望从速交接，并交出了日方也未提出的台湾全岛、澎湖列岛之海口、各府、厅、县，所有堡垒、军器、工厂及属公物件，并连夜署名盖印。卖国丧地之心，何其爽快！

说父子狼狈为奸，近乎苛刻，但李鸿章对于李经方汉奸行径的默许、纵容，却是不容置疑的。“量中华之物力，结与国之欢心”是那拉氏的国策（这两句写在有关《辛丑条约》的诏书中，为世界各国外交史所绝无仅有），不仅影响了清代后半叶外交活动，而且影响了民国以后的外交活动，如袁世凯对“二十一条”的同意，蒋介石对收复琉球的漠然、收回外蒙和收回香港谈判的失败，等等。凡我炎黄子孙，岂可忘记上述奇耻大辱！

李鸿章与《马关条约》遗辱后世，反对割台的台湾义士丘逢甲的诗句："宰相有权能割地，孤臣无力可回天"，代表了当时大多数士大夫和百姓的看法。但也不能因此就判定李鸿章为"汉奸投降派"。他在谈判中还是一直竭力坚持维护国家利益的。但，正如梁任公所云："李鸿章此次议和情状，殆如春秋齐国佐之使于晋"，是极艰难、屈辱、忍气吞声的外交谈判。在中国近代外交史上，只有薛福成的与英国中缅划界谈判、曾纪泽的中俄谈判未曾丧权辱国。李鸿章的官爵比薛、曾二人高得多，在他之前与之后，拒签条约的不是没有，如巴黎和会上的顾维钧。当然，这里有一个国家利益和个人得失的权衡，清名与骂名的矛盾，因为后人永远不会忘记，在《马关条约》上签字的是——"特简大清帝国钦差头等全权大臣太子太傅文华殿大学士北洋通商大臣直隶总督一等肃毅伯爵李鸿章"！

台湾人民最为痛恨李鸿章，在割台后发出《讨李鸿章檄》，表示与之不共戴天。对于《马关条约》这一对中华民族带来的奇耻大辱，李鸿章自己有何想法，史无明载。但据许姬传《七十年闻见录》载：李鸿章对此事极为愤恨，发誓从此不踏日本国土。后来他从欧美出访归来停靠日本，果然拒绝邀请上岸。但是光绪二十七年（1901 年 9 月 7 日）李鸿章又一次充当了丧权辱国的签约者：他会同庆亲王与德、奥、比、西、美、法、英、意、日、荷、俄 11 国签订《辛丑条约》，又一次给已疮痍累累的中华民族再添耻辱。这个条约仅赔款连本带息即达 9.5 亿两，其他诸如包括驻军等等，国家主权已丧失殆尽。李鸿章在签署《辛丑条约》两个月后，在举国上下的诅咒声中孤寂地死去，据说他的遗诗是："秋风宝剑孤臣泪，落日旌旗大将坛。"但是，任何辩解都苍白无力，中国人永远将他的名字和奇耻大辱联系在了一起！

四公子杂考

中国历史上屡有“四公子”之称。早在战国时，齐之孟尝君、赵之平原君、楚之春申君、魏之信陵君，便被呼为“四公子”。汉朝的贾谊在《过秦论》中称“四公子”是“皆明智而忠信，宽厚而爱人，尊贤而重士”，可见“四公子”是一时俊彦的美称。

明末也有“四公子”，即冒襄（辟疆）、陈贞慧（定生）、侯方域（朝宗）、方以智（密之），皆为复社中人，以诗文飘逸风流倜傥而名冠天下。在孔尚任《桃花扇》剧中对这“四公子”皆有生动的记叙，可见名声之盛。尤其冒襄、侯方域分别与江南名妓董小宛、李香君的缠绵悱恻，更为后人所津津乐道。

清末和民初也各有“四公子”，其声名亦曾显赫一时。清末四公子一般指谭嗣同、陈三立、徐仁铸和陶拙存（一种说法认为不是徐仁铸而是沈雁谭，见《梁实秋怀人丛录》)。《一士类稿》则认为是谭嗣同、陈三立、陶拙存及广东水师提督吴长庆之子吴彦复。书中还记录了一种法，认为四公子中陶拙存应为福建巡抚丁日昌之子丁惠康。不过谭嗣同、陈三立、徐仁铸三人是无异议的。

谭嗣同、陈三立、徐仁铸、陶拙存四人在当时都是钟鼎玉食、肥马轻裘的官宦子弟，如谭嗣同之父谭继洵为湖南巡抚，陈三立之父陈宝箴是湖北巡抚，徐仁铸之父徐致靖为户部侍郎，陶拙存之父为两广总督。而这四公子也几乎是大清朝的“臣子”，如谭嗣同是江苏候补知府、四品衔军机章京，陈三立是主部主事，徐仁铸是湖南学政使。但他们都无意于功名利禄，而醉心于维新变法。这四公子在当时与康有为、梁启超相呼应，锐意变法图强，很为时人所瞩目。戊戌变法失败后，谭嗣同决心以血激励后人，在北京菜市口刑场大呼“有心杀贼，无力回天”，含恨赴死。陈三立、徐仁铸皆以“招引奸邪”之罪褫夺官职。他们的父辈陈宝箴、徐致靖也受到牵连，以保荐康梁“奸党”之罪，一个被摘去顶戴花翎“永不复用”（陈宝箴最终在八国联军攻陷北京之前被那拉氏密诏令他自尽），一个被那拉氏下旨押入天牢“永远监禁”，后因义和团之变，犯人都作鸟兽散，狱卒劝他回家，他不肯自行逃走。那拉氏回京后听说认为他老实，才得以放他出狱隐居。民国以后，徐仁铸的叔伯兄弟徐凌霄、徐一士在报纸上连载《凌霄一士随笔》，专谈清末掌故，对他们的那位“仁兄”每有唏嘘之笔。老一代的名报人徐铸成先生，也是他们的同族，生前在香港出版《旧闻杂忆》，亦谈及过徐仁铸及四公子的逸闻。

四公子中以诗文称誉者为陈三立，他是清末诗文宗伯和“同光体”的领袖人物，是当时有名的“海内三陈”之一。后来清廷开复他原职，他却拒辞不受。晚年在北京时，曾拒绝伪满洲国和北平日伪统治者的拉拢，拒不下水，以85岁高龄绝食而死，其爱国气节极为时人所钦佩。他的两个儿子陈师曾、陈寅恪，一为大画家，一为国学大师，也是极有名气的。《辞海》中陈宝箴、陈三立、陈师曾、陈寅恪一家三代同入传，足见陈家在中国历史和文化史上的地位。清末四公子入传《辞海》者，除陈三立外，还有谭嗣同与徐仁铸。

民国初年以后，也有四公子出现。在20世纪20年代报章上，“四公子”大名是屡屡提及的。这四公子是：孙中山之子孙科、张作霖之子张学良、段祺瑞之子段宏业和当时浙江督军卢永祥之子卢筱嘉。

四公子当时都是二十岁上下，子因父显，风云一时。1922 年直奉第一次大战之后，孙中山先生曾与奉系、皖系订立策略性的反吴佩孚的三角联盟，这四公子便互相酬酢，为联盟穿针引线。除孙科、张学良二公子，卢筱嘉、段宏业二人却不太为世人所知。其实这两人都是典型的公子哥。卢筱嘉一生最“烜赫”之举当为大闹上海共舞台、痛打黄金荣一事，这是当时报纸的头号“要闻”，其实起因只不过是为了看戏捧坤角。段宏业在四公子之序中虽非骥尾，但却最为默默无闻，他不像袁世凯的“储君”袁克定那般醉心于“接班”而出入政坛。据说他擅长下围棋。段祺瑞一向自命纶巾儒将、纹枰高手，还养了一批棋手如潘朗东、过旭初、顾水如、吴清源（吴氏在当时还没有什么名气）等陪他下棋。徐铸成曾谈过，据说某次段“执政”兴致之余试其子棋艺，自以为稳操胜券，不料“鏖战”之后，老子竟然败北；“执政”也全然不顾体面，一气之下将棋盘掀翻，指着段公子大骂：“你这不肖子，什么都不懂，就会胡下棋！”不过，像段公子这样挨顿骂恐怕还算好的。据吴清源先生家属回忆，段“执政”第一次与吴清源对弈也输了，只是一言不发拂袖而去，但包括吴清源在内的所有清客当天却不给开饭了（陪段下棋的清客们除月支大洋外，每天是必管饭的）。这点就不如过旭初聪明，段祺瑞下棋有个特点：赢得太多或故意输都会令其生气。过旭初经段宏业介绍与其父下棋，两盘输一子、和一局，段“执政”大为高兴，马上答应留下过旭初当清客。段公子虽然“什么都不懂”，但也不亏大节。段祺瑞下野后，不买蒋介石的账（段祺瑞是蒋入军官学校时的老师），也拒绝日伪拉拢。临终时嘱咐其子：“别跟老蒋掺和”，段公子果然照办。1949 年全国解放后，段公子由人民政府安排生活，得以安享晚年。四公子中只有张学良将军最长寿，以百岁高龄而逝。

如晚清四公子一样，民初四公子说法也不尽相同。

有一种说法是蒋介石的两个儿子蒋经国、蒋纬国（蒋纬国实际是戴季陶在日本时的私生子，后交蒋介石抚养）、戴季陶的儿子戴安国、孙中山秘书金某的儿子金定国；四人的名字均为孙中山所起，寓“经纬安定”之意，且互结金兰。但四人在当时并非活跃人物，也无名气，尤其金氏之排列颇为勉强。

已故的南社老人郑逸梅先生说四公子是张学良、卢筱嘉、袁世凯之子袁克文（寒云）、张季直（张謇）之子张孝若。民国年间名负一时的大诗人林庚白则认为“四公子”并无袁克文的份——而是孙科，他的理由是：民国五年以后，袁世凯已非风云人物了。笔者曾请教过全国政协文史专员沈醉，记得他认为是：孙科、张学良、段宏业、袁克文。

还有一种较为广泛的说法是：张学良、袁克文、溥侗、张伯驹。此见于张伯驹著《续洪宪纪事诗补注》。但笔者以为，袁克文、张学良、溥侗、张伯驹四公子说法之形成，主要得源于北方的北京；并不同于孙科、张学良、段宏业、卢筱嘉四公子有政治背景和显赫身份，张伯驹只是袁克文的表弟，溥侗也不再是王侯而是沦为票友，张伯驹、溥侗加上张学良、袁克文都是以玩乐风流闻名，故此称之“京华四公子”也不无道理。

溥侗号红豆馆主，是清恭亲王奕䜣的孙子。辛亥革命后，失去了“铁帽子王”的衣食饭碗，只以诗词歌赋、琴棋书画加上变卖祖产为生。尤擅昆曲，是京津名票，还在燕京大学开过戏曲课。可惜晚节不终，汪伪时下水当了汉奸，任职于“考试院”。抗战后潦倒以终。

张伯驹，是袁世凯的表侄，其父张镇芳替袁世凯管钱。袁世凯曾培养他入“军官模范团”骑兵科，因不谙武事，做了银行襄理。张伯驹是极有名气的收藏家、鉴赏家、书画家和诗人。多次花重金收购流失的国宝，后捐献国家。20世纪50年代成为“右派”，他的文采曾受到毛泽东的称赞，周恩来还关心、安排他工作。笔者年轻时曾去什刹海畔其寓所拜访过他，印象中他并不多言，经历过数场“运动”风霜，已不复“公子”的风采。20 世纪 80 年代故去。

袁克文是袁世凯的二子，天生风流，极具才华，自比曹植。他是诗人、书法家、鉴赏家、名票友，因反对其父称帝而博得人们的同情。被袁世凯软禁后，从此穷困而死。袁克文的儿子袁家骝和儿媳吴健雄，都是世界著名的物理学家和诺贝尔奖获得者。

四公子的“传统”后来一直延续到台湾。“四大公子”是“副总统”“行政院院长”陈诚之子陈履安，及连震东之子连战、钱思亮之子钱复、沈宗翰之子沈君山；父辈皆是高官，本人皆为公子哥，后来基本从政，如连战历任“行政院长”“副总统”，现为国民党名誉主席。不过，也有一种说法，台湾“四公子”中沈君山应为宋楚瑜。

有趣的是，20 世纪 30 年代，还出现了女“四公子”，都是当时著名的女作家：庐隐、王世瑛、陈定秀、程俊英，因为名噪京华，遂被时人呼为“四公子”。到了 20 世纪 90 年代北京亦流行“四公子”之说法。记得 1994 年吴祖光之子吴欢写了一篇文章介绍“四公子”，发表在《北京晚报》。笔者只记得有他自己和万伯翱，别的两位记不清了。万伯翱、吴欢两位都是笔者的朋友，都是影视剧作家，出过书，有名气。吴欢只不过借“四公子”写了四个人，却很别致，所以这篇文章，颇有影响。但据伯翱兄说却招致了其长辈的不满，这是后话了。

清末三才女

清末有“三才女”，即吴芝瑛、徐寄尘与秋瑾。这三才女都曾互换过兰谱，不仅互相倾慕，而且生死相托。

三才女中秋瑾是佼佼者，所作诗词慷慨悲壮，又喜击剑走马，自号“鉴湖女侠”。后来参加光复会，组织反清起义，不幸事泄被捕，在刑讯中不吐一字，唯书“秋雨秋风愁煞人”七字慷慨就义。而其他两位则为秋瑾之名所掩，其实吴芝瑛、徐寄尘也是极有才气和肝胆的。

吴芝瑛是当时极享盛誉的女书法家和诗人，在清季闺秀中鹊起文名。她是安徽桐城人，为晚清桐城派大家吴汝纶的侄女。其夫乃无锡举人度支部郎中廉泉，曾办文明书局，印行过大批珂罗版碑帖书画。吴芝瑛书法秀丽遒劲，书名冠绝一时。并曾抄录经文、古碑、古诗及自写诗三十余种行世。因与其夫寓居西湖小万柳堂，故以自署。故世人又尊称其为小万柳堂夫人。

吴芝瑛与秋瑾小住京华时的故宅都在南半截胡同，因而相识。吴芝瑛清高自诩，“于时人少许可”，却独倾倒于秋瑾。吴芝瑛曾赠其对联曰：“英雄尚毅力，志士多苦心。”秋瑾亦有诗赠吴芝瑛云：“芝兰气味心心印，金石襟怀默默谐。”可见二人倾折之情谊。后来吴芝瑛又资助秋瑾东渡日本留学，并赠诗一首：“驹隙光阴，聚无一载，风流云散，天各一方。”秋瑾殉难十日后，吴芝瑛即写《秋女士传》，继而又写《记秋女侠遗事》。至今仍为研究秋瑾的开山史料。其中颇有史太公笔法，如述她宴秋瑾罢，“女士拔刀起舞……歌数章……歌声悲壮动人”，可见其人其襟抱。秋瑾墓之营建，亦得力于她。吴芝瑛后来在北京的煊赫一时的快事当为她上书袁世凯，劝其勿恋帝制。后来琉璃厂坊间曾出过吴芝瑛上书的刊印本，题为“万柳夫人上容龛先生书”，“容龛”为袁世凯室名。

秋瑾确有侠气，有持佩剑照，英气逼人。她爱舞剑，曾与徐寄尘饮酒豪谈，兴起舞剑，问徐：“我如古时何人？”徐答：“子好兵器，刚毅英勇，如孙夫人（刘备妻）……”

徐寄尘为浙江石门宿儒杏伯老人女，为南社社员。本名自华，因少年守寡，儿女早殇，孑然一身，故别署“寄尘”。她素承家学，师事南社大诗豪陈巢南，自号忏慧词人，著有《听竹楼诗集》《忏慧词》《秋心楼诗词》等。寄尘与秋瑾结识于南浔女校，一见即各自倾倒，日夕谈论家国之事，遂定兰契之盟。随后与秋瑾赴上海办《中国女报》，吴芝瑛那时也由北京迁家沪上。吴芝瑛、徐寄尘二人在经济上多方资助《中国女报》。报纸停办后，秋瑾回浙江组织起义，寄尘尝与其密侦杭州城厢内外径道，绘为军用地图。二人谒岳坟时，秋瑾相约若因事泄赴义即请寄尘埋其骨于岳坟侧。后秋瑾因备义举竭于用资，寄尘慨然将家产悉数变卖交与秋瑾。秋瑾大为感动，脱臂上翡翠腕环相赠为纪念。秋瑾就义后，寄尘冒风雪渡钱塘江，于昏夜秉烛文种山，将其遗骨舁至杭州西湖，买岳坟侧地安葬，又含泪写了碑文。当时吴芝瑛正在病中，闻耗大恸，写《秋女士传》等诗文哭之，又亲笔书就“呜呼鉴湖女侠秋瑾之墓”的墓碑及墓志铭。寄尘后来又与南社同人结秋社和办上海竞雄女校（竞雄亦为秋瑾之号），以示继志。寄尘待秋瑾之女长成，将腕环交与，并撰《返钏记》。当时中学国文课本曾入选此文，其感情真挚，令人为之动容。上了年纪的老人大约还有印象呢。

从纪晓岚、刘墉说到乾隆

2015年是纪晓岚逝世210周年，据说有关纪晓岚、刘墉及乾隆的电视连续剧续集仍然要拍下去，也仍然是戏说。有些青年人问我：清代君臣关系及纪晓岚、刘墉、乾隆的本来面目是那样吗？

戏说的描述纯属虚构。纪晓岚、刘墉的传说在北方流传最广，公案小说、评书极多，但当不得正史读。刘墉比和珅年长30岁、纪晓岚比和珅年长26岁，刘墉、纪晓岚两人虽然位居大学士，但从未担任过军机大臣，与和珅的枢相地位相差颇远，不可能以下犯上；正史和清代奏档中也无记载，况清代官场等极森严，见面说话极讲分寸，如此口无遮拦、插科打诨绝无可能。据《清朝野史大观》载：只有协办大学士嵇璜戏弄过和珅，但终受到和珅的倾陷。记载中真正与和珅抗衡的是军机大臣阿桂、大学士王杰、董诰等元老重臣。况且，乾隆与刘墉、纪晓岚二人的关系也绝非如电视剧中所渲染那样亲密无间。刘墉是个和事佬，乾隆曾斥之为遇事模棱圆滑，比不得他的父亲刘统勋——其父官至军机大臣，父子俩一同在朝当官。刘统勋后来死在上朝路上，被谥文正（清代只有8位大臣谥文正），但他也犯过错误。在新疆战事时，他竟奏请乾隆放弃哈密以西国土，惹得乾隆震怒，将刘统勋连其子刘墉一起“发往军前效力自赎”（清代一种流放形式），看来乾隆对刘墉是很有看法的。不过，刘墉作为清代四大书家之一，后人却是大为称赞的（见包世臣《艺舟双楫》、康有为《广艺舟双楫》）。纪晓岚的文才受乾隆欣赏，但也受到过乾隆的批斥，认为他读书虽多却不明事理，受过处分甚至流放的重罚。历史上纪晓岚不仅没有反对过和珅，和珅还曾请他改诗，看来关系起码表面上是融洽的。

清代与中国以前唐、宋、明等朝代不同，爱新觉罗氏以少数民族入主中原，满洲贵族大臣无论地位多高，一律是奴才。汉大臣表面优容，本质无二。而且政治上一直猜忌汉人，所以君臣关系如当前清代题材影视剧所描写，岂非天方夜谭？仍举纪晓岚为例，他本一侍读学士，在乾隆南巡时见其劳民伤财，进行劝阻。不料乾隆勃然震怒："朕以汝文学尚优，故使领四库书馆。实不过倡优蓄之，汝何敢妄谈国事！"（《清代外史》）乾隆还曾公开谕示："其派出之纪昀，本系无用之腐儒，原不足具数"（《东华续录》卷 101）。谁说乾隆风雅？那种游猎民族的野蛮之气，那种对汉族知识分子的蔑视和羞辱，是何等入木三分？纪晓岚也算个名士，也是品秩不低的朝臣，把他与戏子妓女相提并列，我真不知纪晓岚当时心里作何感想，应该是血泪吞声吧！当然乾隆还算是手下留情，没有使出他大兴文字狱杀戮士子的残暴手段来。但是，他也并未放过纪晓岚，终于像猫捉老鼠一样，欲擒故纵（先示意要抄他姻亲、两淮盐运使卢见曾的家，使得纪晓岚去通风报信），最终导致纪晓岚被流放乌鲁木齐。这样的君臣关系，岂是戏说所能漫画化的?!

康、雍、乾三代皇帝，对汉族的高压政策非常残酷，文字狱不断；但又都雄才大略，这在众多的清代影视剧中都得不到体现。尤其是乾隆最被丑化，嬉戏闲逛，吃喝玩乐，微服狎游，对待大臣像密友一般，使今天的人以为清代的皇帝就是如此这般面慈心善、和蔼可亲，这是误人子弟不符合历史真实的。乾隆享尽人生，自号“十全老人”，然而好大喜功，不惜代价。无节度巡游，大兴土木，穷兵黩武，耗尽国帑民膏。频繁屡兴文字狱，痛恨有思想的汉族知识分子。他的“十全武功”多有牵强之役，他的文治也含有消灭异说的心理。他恣意生杀予夺，“嘉定三屠”“扬州十日”的血腥暴戾之气在乾隆身上得到了最生动的体现，迄今为止，有哪一部清代影视剧真正描述出了乾隆所谓“英主”的本性呢?

纪晓岚与刘统勋、刘墉父子关系应该很密切。纪晓岚应顺天府试，刘统勋拔其为第一。刘统勋后来还专门向乾隆推荐流放归来的纪晓岚为《四库全书》总纂修，可见私密匪浅。不过，纪晓岚泄密案也是刘统勋侦破的。刘墉与纪晓岚更为亲密。纪晓岚晚年以词臣擢升礼部、兵部尚书及御史，政治上无建树，更无“立德、立功、立言”，但清廉口碑却广为流传，连藩属朝鲜君臣都知他“清白节俭”，也知他与刘墉“终不依附”和珅。所以，嘉庆皇帝后来派刘墉查办和珅，恐怕也是有渊源的。

按鲁迅所说堪称中国脊梁的标准，纪晓岚、刘墉恐怕都不够格（当然，纪晓岚的笔记在中国文学史上还是有地位的，鲁迅在《中国小说史略》中称《阅微草堂笔记》“后来无人能夺其席”)。正史上所记载与和珅做斗争的人不是没有，但真正是凤毛麟角，不是在乾隆死之后，而是和珅气焰最为嚣张之时。如御史曹锡宝、内阁学士尹壮图，都曾参劾和珅及党羽，均被革职、下刑部论罪；又如云南人钱沣，官位不高，却一直不屈不挠与和珅及其爪牙做斗争，至死无憾。可惜，没有人将他的事迹写成电视剧。

范伯子与散原老人

画家范曾（范伯子曾孙）曾写过一首《题为云君所著书论》，诗云：

云君乘兴说钟繇，
洗尽诗人万古愁。
想象昱景照胆剑，
霜风挟雨墨中流。

诗后附有注云："云君散原老人裔孙，散原与曾祖伯子先生两老契好，遂结儿女姻缘，真文学史之奇迹也。"注中提到的"散原老人"即清末同光体诗坛盟主陈三立，散原是他的号。散原老人字伯严，江西义宁人。他是清末民初的诗文宗伯，与湖北浠水陈曾寿、福建闽侯陈衍并称"海内三陈"，因而有"吏部诗名满海内"之誉。散原老人不仅以诗名重一时，而且颇有爱国气节。他早年参与过戊戌变法，其父陈宝箴为湖南巡抚，戊戌维新时积极推行"新政"，罗致和保荐过不少维新人士如黄遵宪、谭嗣同、梁启超、杨锐、刘光第、林旭。散原老人当时亦多参与规划。时人誉他与谭嗣同、徐仁铸、陶拙存为维新"四公子"。变法失败后，其父以荐主革职永不叙用，他也以“招引奸邪”之罪革去户部主事职衔。此后，清廷虽开复他原职，但他却不肯再仕，“凭栏一片风云气，来做神州袖手身”，而专心致力于诗与古文辞的写作了。

辛亥革命后，散原老人思想有些守旧，但却很注意民族气节。1933 年他迁居北平，时年过八旬已白发盈耳。他谒见他年轻时的座师陈宝琛，不顾别人劝阻，仍行跪拜之礼以尽弟子之情。当时郑孝胥、罗振玉看他如此“遗老风度”，便拉他去伪满洲国“排班”，不想散原老人却以此为汉奸行径而凛然拒绝。当时他很忧愤时事，在日寇进犯上海时日夜不安，曾于梦中大呼杀敌。北平沦陷后，日军占领当局以他名望，多次请他出任伪职，他坚不理睬。日军占领当局竟在他宣武杨梅竹斜街的宅前布下侦探监视和威胁，气得他让仆人持帚驱赶。1937 年 9 月，他忧患成疾，以报国无望绝食 5 日而殁，终年 84 岁。

散原老人与其父陈宝箴及两个儿子历史学家陈寅恪、大画家陈师曾皆列传于《辞海》之中。而陈师曾便是范伯子的女婿，算来该是上述写诗画家的姑祖。

范伯子是前面提到的画家范曾的曾祖，也是同光年间开一代诗风的诗坛巨擘和领袖人物，有《范伯子全集》传世。他的诗集曰《伯子集》。伯子先生的远祖为北宋一代名臣和词家范仲淹，先祖为明末大诗人和文学家范凤翼，《明史》上有他的本传。范伯子在《辞海》也入了传，曰：“范当世（1854—1904）清末文学家。初名铸，字无错，后字肯堂。江苏通州（今南通）人。岁贡生，曾为李鸿章幕僚。从张裕钊学古文，又同吴汝纶、陈三立等结交。所作散文属桐城一派。也能诗，与弟钟、铠齐名，称通州三范。有《范伯子诗文集》。”《中国人名大辞典》也有“范当世（伯子）”条目，云其“有才名”，“能合苏、黄之长”。至于清末民初以来的诗话笔记中提到的范伯子的记载就更多了。范伯子在青年时代就以诗文名重，与南通另外两位才子张謇、朱铭盘竞一时之俊彦。

伯子与桐城派大家吴汝纶相交，伯子之妻便是桐城派领袖姚鼎之女姚倚云。姚倚云亦能诗，有才女之誉，著有《蕴素轩诗》。范伯子在同光年间开一代诗风，所作多有睥睨千古的气概。散原老人当时与伯子声气相求，对伯子极为推崇，盛赞他是“苏（东坡）、黄（庭坚）以下，无此奇才”。伯子的诗颇有声动山川的气概，他自己曾写过一首七古评自己的诗：

我与子瞻为旷荡，子瞻比我多一放；
我与山谷作犹健，山谷比我多一练；
惟有参之放练间，独树一帜非羞颜；
径须直接元遗山，不得下去吴王班。

这似乎是伯子作诗追求的纲领。这在晚清确实是开一代诗风的。晚清的诗人夏敬观有《读伯子诗集题其后》诗：

伯子平生龙鹤气，蜿蜒夭矫入篇中；
能教天下翕然变，岂谓其文穷始工；
齐楚太邦真不愧，同光诸士谁能雄？
诗苑骚艳多疑义，犹及生前一折衷。

夏敬观不仅推崇，而且认为同光体的开派宗师应属伯子。明末清初以来，范家的谱系中出了近百位诗人、文学家和画家，画家范曾的诗不乏伯子的流风余韵。伯子推崇苏东坡、黄庭坚，画家范曾喜欢通读的古诗人中除了屈原、辛弃疾，便是东坡了。

值得一提的，范伯子和散原老人这两位中国诗史上同光体诗坛上双峰并峻的巨擘，不仅声气相求而桴鼓（《伯子集》《晚清诗抄》颇有两人唱和之作），而且契好之下还结了儿女姻缘。散原老人之子、近代赫赫有名的大画家和诗人陈师曾便做了范伯子的东床快婿，这不仅是中国诗史上齿有余香的佳话，而且滥觞出了以提倡“以诗为魂，以书为骨”的新文人画的渊源。

陈师曾在近代以画、诗、书、印冠绝一时，有诗集《槐堂诗钞》《染仓室印存》《陈师曾先生遗墨》《中国绘画史》《文人画之研究》等。誉为“才华蓬勃，笔简意绕”。梁启超更佩服他的学问，对他的殁世曾叹为中国文化界的“大地震”。特别是陈师曾提倡文人画并身体力行，对后世影响颇巨。

大江南北两刘三

幼时听长辈谈清末民初风云人物，知道有大江南北两“刘三”，行事不同，风范亦不同。当时在南方有一位名冠江南的南社诗人和义士刘季平，因其行三又颇行侠好义，故取清人龚自珍诗：“刘三真义士”，别号“江南刘三”。他之义名远播起于曾冒险营葬邹容骸骨。邹容因著《革命军》被清廷下狱致死，一时无人敢收骸骨。刘三闻之不避问罪之险，毅然将其骸骨埋于自己的家乡上海华泾县。章太炎为邹容作墓志铭有云：“海内无不知义士刘三其人。”当时章太炎、章士钊、柳亚子等很多人都竞相写诗相赠，称他侠肠义胆，做了一件千秋不朽的好事。刘三不仅“郭解朱家侠气横”，且精于书法、善吹箫，又写得一手好诗，是南社诗坛的倜傥人物。

另一位“刘三”便是后来在北京北大任教的刘师培，亦称行三，故名。其人不修边幅，蓬头垢面，鬓发蓬松，衣履不整，时人因有“疯子”之称。但他早年却不是这等模样。19岁中举，被保荐知府充学部谘议官。他又长于音韵训诂之学，其先人自曾祖刘孟瞻起，世代治《春秋》《左传》之学，其祖、父之列名于《清史稿》，至他集其大成，学著极丰，海内无不知其大名。后来革命排满风起，他少年气盛，最为醉心鼓吹种族革命，是当时同盟会中最为激进的人物。他还羡慕“流血五步，伏尸二人”的暗杀之举。他密谋行刺广西巡抚王之春。但没有多久，这位名字都改成“光汉”（即光复汉族之意）的“志士”，却转而投靠两江总督端方成为密探，提供情报，出卖同志，极为猖狂。因此险些被浙江会党首领王金发杀死。辛亥革命那年，他随端方往四川平乱，端方被起义士兵所杀，他亦被拘留，后来章太炎、蔡元培联名吁请保释，又电请南京临时政府营救，经孙中山电令，才得以不死。但此公下此贼船，又上了“洪宪”黑船，成为“筹安六君子”之一。袁世凯赏识他，先后授公府谘议、参议政院参政等职，还授之为“上大夫”。洪宪驾崩之后，他成了通缉归案的帝制祸首。幸被权要以“人才难得”疏请保释。他因此由北京避居天津，生活极为困苦，时蔡元培念及故旧之情，聘为北大教授，他又迁回北京。当时北大文科教授分为革新与守旧两派，他与林琴南及黄侃等自然属旧派。1919 年 11 月 20 日，他病逝于北京白庙胡同大同公寓，年仅 36 岁，据说他临死前曾遗言其弟子黄侃曰：“我一生应当论学不问政，只因早年一念之差，误了先人清德，而今悔之已晚矣！”看来两位刘三，刘师培可谓有才无德，徒有虚名而已。

努尔哈赤与四大疑案

电视连续剧《努尔哈赤》，反映了叱咤风云、威名赫赫的清朝开国之主努尔哈赤的一生，其间穿插了历史上有名的清初四大疑案。

电视剧中所反映的四大疑案，基本是依据史实的，当然也不乏虚构之笔。这四大疑案历来扑朔迷离。因清王朝入关后所修的正史，多为努尔哈赤粉饰避讳，后人无从领略。只有满文老档及一些野史有所披露，使我们略窥端倪，知道了为多民族国家形成和中华民族繁衍建树殊勋的“英明汗”，在晚年是怎样刚愎自用，滥行杀戮，甚至猜忌、杀死同胞兄弟、亲子及妻子，酿成一个又一个冤案的。

舒尔哈齐之死是后金建立后统治集团内部权力角逐白热化的集中反映。舒尔哈齐与努尔哈赤为一母同胞兄弟，他自幼随兄起兵，骁勇善战，征战沙场，屡立功勋，特别在大破乌拉一战中军威大震，为努尔哈赤统一事业做出了巨大贡献。然而，正当他年富力强48岁壮龄之际，却突然不明不白地死去，清朝的正史一字不提死因。实际上很多野史特别是明朝史学家们指出：舒尔哈齐是被努尔哈赤所杀，这一点满文老档及当时朝鲜国的史书也有佐证。舒尔哈齐长年征杀，多谋而骁勇，而且统帅精兵猛将，其势逼人。

功高招忌，遂引起了哥哥的不满。努尔哈赤力图对他控制，但舒尔哈齐欲摆脱，力图争平等并以功论高低。他曾试图“出奔”以避祸，但最终仍被努尔哈赤所杀。他的两个儿子也相继被亲伯父斩杀。

成为努尔哈赤巩固极权统治的第二个牺牲品的，则是他自己的亲生“皇长子”褚英。褚英和叔父舒尔哈齐一样能征善战、足智多谋，骁勇无比。17 岁时征伐东海女真，为努尔哈赤创业建国立下奇功。他因军功累累，被赐以“洪巴图鲁”（英勇之意）和“阿尔哈图土门”尊号（足智多谋之意）。后又被立为嗣子执掌国政。但是后来却不明不白地死去。后来的官史只说是“置于国法”“以罪伏诛”，究竟为何，却讳莫如深。其实从满文老档中可以看出，褚英是被努尔哈赤所杀，本来以褚英之才、智、勇、勋及长子地位，继承汗位是理所应当的。努尔哈赤在当初也是这样打算的。但褚英的四个弟弟及开国元勋大臣们并不服气，联合起来反对褚英继承汗位，因为他们明白，一旦褚英大权在握，他们势必权势下跌。因此，四位弟弟为置其兄于死地，联合五位德高望重的开国元勋，屡屡向努尔哈赤控告，甚至以躺倒不干威胁。努尔哈赤既深怕自己被架空，也怕自己创下的基业分崩离析，终于幽禁并斩杀了自己所钟爱的亲子。而这个做了皇权角逐牺牲品的才将，死时仅 36 岁。

第三个成为皇位之争牺牲品的竟是与努尔哈赤长期共患难创业建国的大福晋富察氏。如同舒尔哈齐之死一样是一起大冤案，所不同的是这起冤案是经过精心策划的，是一起政治阴谋案件。这时的努尔哈赤听不进任何意见，对谁都不信任。清史记载富察氏是“获罪赐死”，并且言之凿凿，并列了四大罪状，如勾引大贝勒、私藏财帛、私赐财物等。实际纯系无中生有和小题大做，所谓“欲加之罪，何患无辞”！实际上大贝勒代善被立为嗣子，即将继承皇位。努尔哈赤也宣布百年之后，由代善“善养”大福晋及幼子。皇太极嫉妒代善，小福晋代音察因失宠对大福晋不满，一些属于皇太极阴谋小集团的大臣也对代善不满，种种利益使这些人联合起来先整倒富察氏，告发、陷害、做假证，使尽了一切手段。实际上努尔哈赤自己也不相信。但是，为了巩固自己的权位，他不惜休弃了自己患难与共的妻子，使之成为皇权之争的无辜的牺牲品。

随着大福晋命丧黄泉成为冤鬼之后，代善的悲惨结局也行之不远了。尽管他屡立功勋，神勇无伦（他被赐的尊号“古英巴图鲁”即“硬如钢铁之英勇”，是清代独一无二的），尽管他忠厚和善，尽管他以“太子”之身被宣布为皇位继承人，尽管他被努尔哈赤视为“心肝”而执掌军国大政，但最后仍被废黜。代善勇猛异常，也有谋略，是一个治邦主国的领袖之才。最重要的是他谦让宽厚，加上为后金国南征北讨建立卓著功勋，深孚众望，威信极高。他的缺点只不过是爱听“枕边风”，做了一些错事，并不碍大局，但因代善有独立见解，加上顶撞过努尔哈赤，他忌代善功高震主，才干超过了自己，深恐众心所归，大权旁落，故起了杀机。只因代善还算聪明，亲手杀死了妻子，盟誓求“不处死刑”，才得以不死。

这是清初四大疑案的真相。“古来才大难为用”，功高才大招忌，小人忌才，英主同样也忌才。加上努尔哈赤一向抓权不放，深恐别人篡权，对谁都不信任，最终导致了杀弟、杀子、杀妻的冤案和悲剧。这也是封建时代的一条规律吧？

江南曹家：树倒猢狲散的悲剧

电视连续剧《红楼梦》播出后，在观众中引起了巨大的强烈反响。特别是该剧的结局，完全与高鹗的四十回续本迥异，再不是仍寄幻想于封建制度的什么“兰桂齐芳”，而是按曹雪芹原意安排了获罪、罢官、抄家，最后“落了片白茫茫大地真干净”，这一点却为一些观众所不解。有不少人提出了疑问。

《红楼梦》作者曹雪芹的家世确实是蕴含着“一把辛酸泪”。曹雪芹祖上是满洲正白旗人，或称“内务府包衣旗人”，是世世代代与清朝皇室有特殊亲近关系的奴隶。虽然身份“下贱”，但皇室又非常需要和离不开他们。曹家祖先曹世选是随多尔衮进关的“从龙勋旧”。曹雪芹的曾祖母孙夫人是康熙的保母。曹雪芹的曾祖曹玺、祖父曹寅、伯父曹颙、父曹頫三代人共做了60年江宁织造。这个官职只有皇帝最亲近的奴才才可以做，因为不仅要替皇帝搜罗财物，还要允当特务的角色——不断向皇帝密折奏报南方一带各种情报，因为南方反清意识最强，因此密报的重点是各阶层人士不满情绪等政治情报；并负有安抚南方士子反清情绪的任务。康熙和曹家的关系是极为亲密、不同寻常的。我们现在从历史档案中主仆往还的奏折中就可以看出。康熙南巡时四次住在曹家，可见关系之密。然而，也正是由于这种亲密的关系，孕育了后来曹家悲惨的结局。

“一朝天子一朝臣”，这是封建时代皇权产物最显著的特点之一。康熙是清朝最有作为的一代皇帝，在统一祖国、反击外侵等方面做出了杰出贡献。然而，由于他晚年在立废皇太子问题上举措失当，被他第四个儿子胤禛（雍正）谋害，窃据了“九五之尊”宝座。雍正的阴险残暴在清朝皇帝中是有名的，他仿效明代的厂卫创立了自己的秘密特务机构——“粘杆处”，用以对付一切不信任的人。他登基之后的第一件事便是凶残地幽囚和杀害自己的手足兄弟，康熙的旧臣一概被铲除殆尽。由于他占据帝位，是用非法和见不得人的手腕侥幸获得的，因此对自己谋害亲生父亲一事的知情者特别要杀人灭口。对于知晓“宫闱秘闻”的近侍、家人之类，开始寻找各种借口予以处置。如康熙身边最亲近的太监梁九功等人便只好自杀。对曹家这样的奴仆尤为嫌忌，尽管安分守法，也根本不信任，像鸡蛋里挑骨头那样来整治追查。

雍正登基的第一年，便以追查接驾康熙亏空的名义，首先将户部右侍郎管理苏州织造李煦（李煦是曹寅的内兄，李煦之母文氏也是康熙的保母）下狱，抄家没产，逮捕了所有子女家口奴婢人等，房屋则赏给了雍正的“新臣”。这时依附于雍正的大臣们则开始讲曹頫的坏话。雍正五年（1727）借口李煦、曹頫与雍正的兄弟兼死对头胤禩、胤禟有交往，虽然后者二人早已被毒死，但雍正仍不放过，因为他终于找到了一个能治人于死地的借口。已罢官的李煦被流放“打牲乌拉”（黑龙江），两年后因冻饿病死。曹頫则被抄家封产，大部分田地、房屋、奴仆都赏了“得烟儿抽”的新贵。

这时的曹頫或许因为有人讲情，还保留了一些房屋和少量奴婢。但和曹家有亲戚关系的人则纷纷倒台，如担任要职的曹寅的妹夫傅鼐、长婿讷尔苏等人皆被革职流放或“圈禁”。

但是，雍正的“夺嫡”和杀伐康熙势力，太不得人心，舆论的力量他自己也掂量得出来。故而他放松了对曹家及亲戚们的追治，傅鼐等又被复职了。雍正“驾崩”乾隆继位之后，曹頫也做了一个内务府员外郎之类的官职。乾隆也不过比雍正表面而显得宽容而已。他将雍正朝的冤案加以推翻，只不过为了收买人心，等到地位巩固便操起老子的旧伎俩来了。因为被雍正害死的对头的儿子们有的仍然是亲王，如被雍正害死的亲兄弟胤礽的儿子弘晳便是乾隆时的亲王，这样的世仇双方都不会忘记。刚刚有些中兴的曹家又开始“走背字儿”了。乾隆登基的第四年曹家又一次发生了被抄家的巨变，并牵及许多亲王、贝勒、贝子、公的革免和罪谴。这次政治案起由是雍正对头允禄等被怀疑“篡位”，曹家由于关系复杂，仍然被牵连进去，最终导致彻底败落。

这是封建时代不可避免的悲剧。曹家是康熙的家奴，他们的命运必须和康熙拴在一起，《红楼梦》一书中“一损俱损，一荣俱荣”这句话说得再尖锐不过了。康熙一日不死，他们就一日无事；康熙一死，“树倒猢狲散”则是必然的结局。所以，我们说电视连续剧《红楼梦》的结局是确有所本的，由此可以看出清代皇室政治斗争的残酷及包衣奴隶的悲惨命运。而高鹗续书中却是采取高高举起轻轻打下的描述，违背了曹雪芹原意与历史真实。

毓朗与《述德笔记》

承研究清代皇族贵胄谱系专家冯其利先生赠我一册《述德笔记》（民族出版社，2009年版），读来饶有兴味，对于了解清末王公贵族的日常起居及参与政局不无裨益。

作者爱新觉罗·毓盈，其爵为三等镇国将军，为清末著名的“两王三贝勒”之一的贝勒毓朗之弟。“两王三贝勒”均为清末受那拉氏重用、手握权柄之天潢贵胄。“两王”指醇亲王载沣与庆亲王奕劻，醇亲王载沣为监国摄政王，庆亲王奕劻为军机大臣、内阁总理大臣，最受那拉氏宠信，“两王”均为食双俸的“世袭罔替”亲王（俗称“铁帽子”王）。“三贝勒”指载涛、载振和毓朗。载涛为醇亲王的七弟，留学法国索米骑兵学校，归来任军谘大臣，专掌兵权。载振为奕劻之子，任御前大臣、农工商部尚书。“两王”中奕劻以贪鄙昭著，载沣以无主意误事而著称，载涛、载振均是典型的纨绔，载涛的特长是唱戏、相马，我所认识的李万春先生生前酩谈时曾向我述及他师从载涛学戏三年，专攻猴戏，可见载涛于此道造诣之深。我曾据李老所谈还写过一篇专文。涛贝勒相马也到了极致，所以解放后不仅被任为全国政协委员，而且毛泽东亲下任命状，聘其为中国人民解放军马政局顾问。但他的军谘大臣却是个“架子花”，隆裕太后在武昌起义的炮声中，急召廷议，恳切问其战事如何进行，涛贝勒唯叩头嗫嚅：“奴才没带过兵，不懂打仗。”载振更是荒唐，因为买妓杨翠喜案，被谏臣章奏攻之丢了官。溥仪说过：“清亡就亡在‘两王三贝勒’”，可见激愤。其实，“两王三贝勒”中毓朗对政局还是有识见的，在晚清乱局亦不乏政治智慧。日常起居亦较严谨和清明，无劣迹，有一定才干，这在清末颟顸自负、无所事事的皇族贵胄中已属出类拔萃者。

毓朗在《清史稿》中无传，只在“安定亲王永璜”条下有短短40字：“……子毓朗，袭贝勒。光绪末，授民政部侍郎、步军统领。宣统二年七月，授军机大臣。三年四月，改授军谘大臣”（《清史稿》，中华书局版，第30册P9092）。从皇家玉牒谱系中可以爬梳出，毓朗这一支脉出于乾隆皇帝长子定安王永璜之后，毓朗之父为定慎郡王溥煦，溥煦则为绵德曾孙，奉诏承袭“为后”。毓朗排行老二，按例考封爵位不过是三等镇国将军。虽然在十年前的光绪二年即赏戴花翎、二品顶戴，但并未进入仕途。

但是毓朗很快在仕途上开始升迁，说明他的才干和沉稳受到朝廷的注意。光绪二十八年（1902）被授鸿胪寺少卿。两年后改光禄寺卿。虽然这两个职务不是重要岗位，但对于毓朗应该是个历练。在毓朗任光禄寺卿一年后的三月至九月间，即被任命为内阁学士兼礼部侍郎衔、巡警部左侍郎等职。此后一年内（光绪三十二年至三十三年），承袭贝勒爵位，次年赏食双俸，由此可见他已进入皇族中“显爵”之列（清制“显爵”有五：亲王、郡王、贝勒、贝子、公）。同年底，被朝廷派充专习训练禁卫军大臣。宣统二年（1910）授军机大臣，越年改授军谘大臣。此时的毓朗已进入权力中心。上述只是记毓朗一生中重要官职，诸如工巡局监督、法政学堂总理、步军统领等，他都曾署理，可见他在各部门是多所历练的。民国后，毓朗还参选过参院议员，参加过一些社会活动，也仍然被溥仪的小朝廷所倚重，在宗人府担重要职务，并参修玉牒事务。1922年逝世，年59岁。

由上述毓朗简历中可以窥见，他在晚清政治格局中是占一席之地的。书中有毓盈所记《记兄依肃邸之始》《记兄自记赴日本考查土木警察事》两文，对于清末警政史应是有所补充。过去治史多认为肃亲王善耆引进近代警事制度，我曾读肃亲王之孙爱新觉罗·连绅所著《清和硕肃忠亲王善耆》（未刊本）一书，有专章谈及警政，却并未谈及毓朗。如今所观，毓朗亦应与闻其事的，不可无记。

晚清的政治格局不仅风雨飘摇，亦复杂诡谲、风云多变，毓朗一生历经清代的光绪、宣统两朝及民国初期的十年，没有一定的政治眼光、智慧和卓识远见，他不可能在政途上善始善终。尤其在进入民国后的1921年2月，还参与筹划裁并各衙门事务，可见他对政治局面和大势所趋的把握度。应该说，在思维定式及齿序上，他属于清末王公贵族中的少壮派，期望改革，延续统祚。但他比良弼、铁良、溥伟那些铁腕式的剑拔弩张般的风格迥异，多有沉稳之态，幸而善终。过去，治清史者对于清末皇族中的铁腕少壮派多有贬评，其实不免皮相之见。据记载，在隆裕太后召开的关于退位御前会议上，毓朗是反对向南方革命军开战的，由此可见他的深谋远虑。当然，毓朗是保皇派，1911年参与宗社党，1912年又组织“君主立宪维持会”，反对溥仪退位。1917年还与张勋复辟有染，终其后半生，对复辟大清一往情深，恋恋不舍。

毓朗为人行事多低调，这从他自号“余痴”，别署“余痴生”，亦可见用心。大智若愚，痴亦非痴，为人多低调自谦。他在《述德笔记》书成后写了寥寥数语的短跋，其中云：“惟对于余多溢美之词，实余学浅，平日有不能自抑处流露齿颊间，为所记取有以启之余之过也。读者视为敬爱之言，别白观之可也。”谦逊之态溢于字里行间，斯时已入民国之季，可见仍存敬畏之心。毓朗的祖辈载铨承袭王位后，因喜好诗画题咏，与皇族、汉官“拜认师生”被检举，“罚王俸两年，所领职并罢”（《清史稿》卷二百二十一），也许毓朗接受了教训，其实毓朗本人非大多同辈间王公贵族那般，醉心锦衣玉食、肥马轻裘、歌台舞榭，他属留心好学之人，毓盈所写《记兄升巡警部侍郎事及入陆军学堂听讲》一文亦可见端倪。又，《记兄自记赴日本考查土木警察事》一文中记毓朗在日本考察期间，公务之余“至丸善书肆，购东文甚伙。其书虽多为中文已译者，然每于其精密深到处，辄为中文所无，疑为译者所弃也。即如地文学·气象一门，求如东文天气预报论所述者，渺不可得。警察中侦探之方法、户籍之勾稽、饮食之取缔、娼妓之禁否、研求之法，皆有专书。遍征各国现行制度之利弊，然后斟酌本国国情，如名医之于疾，三折肱矣。宜其失之者鲜也”。可见用心之深，也可见他的卓识。其他诸如《记辛亥禅让事》《记余兄选参院议员事》等颇有史料价值，其他所记对研究清末军政部门、皇家内政有关设置、职务等亦有与正史典籍可资对照互补。除此之外，我个人认为，书中大量篇幅记述毓朗日常起居、趣事爱好，亦颇可取。对今日研究清代皇家制度下的贵族生活不无参考。据我目力所见，辛亥革命以来，王公贵族能书者少，史料稀稀。20世纪50年代以后有资格写史料者更属凤毛麟角，全国政协曾组织编写出版《晚清宫廷生活见闻》（文史资料出版社，1982年版），虽然史料价值颇高，但所述难成系统。我的忘年交、已故肃亲王后裔金寄水先生文笔极佳，但晚年因病弱不能执笔，遂请人帮助写成《王府生活实录》（中国青年出版社，1988年版），但只叙亲王日常起居、规格典章等。最有资格写回忆录的载涛先生没有留下系统的著述，只在《晚清宫廷生活见闻》书后附录一篇《清末贵族之生活》，过于简略，这是一个遗憾。因为清代有关王公等级、规格的典籍载之甚详，唯日常起居后人多不甚了了。金老所著填补王一级显爵日常生活的空白，唯贝勒之生活起居无人详记。

因而，笔者认为清代贵族毓盈的这部纪实笔记堪称是填补之作。该书刻印于1921年，印量颇少。冯其利先生得其一册，一直精心保藏至今付梓，使今人得以了解清末显爵贝勒的生活一面，应该说是填补了清代野史笔记的一个空白。

附带提及，毓朗袭爵后的府邸在北京西城区缸瓦市。笔者少年时，每逢学校放假，必去缸瓦市羊皮市姑姑家长住。笔者姑家为羊皮市胡同进去不远一小院，出门可见迤逦往东之高墙，其气象非平民所有。亦有云之为王府邸者也。今日掩卷思之，抑或朗贝勒府邸？西城多王府、贝勒府，然仅存涛贝勒府尚见格局。据考证，今第二炮兵招待所等单位及老字号砂锅居，均为府邸旧址。世事沧桑，已不复旧貌了。

轶事撷拾

右翼宗学的名人遗迹

记得当年北京唯一留有曹雪芹雪泥鸿爪的清代右翼宗学遗址将被拆除，著名学者周汝昌、吴晓铃、杨乃济等纷纷予以呼吁，结局如何我后来没关注，但却令我一直感慨系之。

曹氏在京华的遗迹如芷园老槐园等，而今皆已荡然无存。位于西单牌楼石虎胡同七号的右翼宗学遗址，则不仅与曹氏有关，且与清代和近代名士巨子多有因缘，清代大学士马齐、裘曰修、吴三桂之子吴应熊、乾隆长孙绵德、民国初年教育总长汤化龙等，都在这条胡同居住过。且不说敦敏、敦诚兄弟诗人，近代梁启超、蔡锷、徐志摩、张君劢、陈叔通、蒋复璁等皆在这所历尽沧桑的庭院留下过遗迹。著名的"新月社"也在这所庭院宣告成立。

20 世纪 20 年代，蔡锷病逝之后，他的老师梁启超为纪念这位名噪中外的得意弟子，于 1923 年在右翼宗学遗址办松坡图书馆，他自己捐了 10 万册藏书。该馆还收集了大量与蔡锷有关的报章杂志、书籍等资料，当时著名的新月派诗人徐志摩任该馆干事，并协助处理有关英文函件。徐先生在此期间，还写了一首题为《石虎胡同七号》的诗，描写这所故宅的景致，台湾蒋复璁、梁实秋主编的《徐志摩全集》收有这首诗，而蒋复璁先生当年也曾在该馆服务过（他曾任台北故宫博物院院长）。1923 年，蒋先生肄业于北大哲学系，与张君劢住于此处，并在馆里任编辑。有意思的是：蒋先生是有名的军事家蒋方震（百里）的族侄，而蒋百里先生与蔡锷为同窗挚友，当年在日本官学校留学时并列“士官三杰”，是赫赫有名的。这也算得是历史上的一段佳话吧。

至于松坡图书馆，它本身在北京文化史上也应有一席之地。开馆以后，常来这里的名人不计其数，周树人（鲁迅）、周作人似乎都去过此处。后来，松坡图书馆一度迁到北海公园内澂观堂里的蔡公祠。20 世纪 50 年代后，由陈叔通先生一手经办，移交给了文化部。此后蔡公祠和松坡图书馆均被关闭，用作文化部仓库之用。20 世纪 70 年代，某地拍摄电影《小凤仙》，摄制组曾到蔡公祠和松坡图书馆查阅资料，据说蔡将军的遗物军刀、望远镜等仍在，而且发现了大批与蔡将军有关的书报杂志，其中蔡锷的大幅原版相片，竟成了拍摄电影中蔡将军的造型依据。当时报载，还发现有梁启超在内的签名纪念册（可惜未说明其他名人的名字），可见这类文物单位保存的珍贵资料不少。曾偶见报载：北海澂观堂已由文化部交还北海公园，对外开放，但蔡公祠与松坡图书馆将如何处理，却不得而知。如今右翼宗学遗址有可能拆除，而有关的名士皆已作古，其中的文物资料若不抢救、整理、运用，将会造成无法弥补的损失！

也谈雍正篡位

《团结报》第二四九期“茶馆”载文《关于雍正矫诏篡位》，结论云“胤禛确是康熙临终指定的皇储，他的继位是合法的，并非篡位”，窃以为非是，因不揣浅薄，就教于方家识者。

清际正史或野史均未提及康熙临终指定雍正继位。康熙共有皇子35人，第一子早夭，康熙十四年立皇二子允礽为皇太子。四十七年九月被废黜，但四十八年又复立。五十一年再次废黜。事实上允礽被废，与其他皇子（包括雍正）阴谋陷害、谗言诬陷有关。以后再未册立太子，但康熙晚年意中继位人实乃手握兵权的抚远大将军胤禵（皇二十三子，雍正同母幼弟），并非像《清世宗实录》所云是什么“天心默定，神器攸归久矣”（指传位于雍正），实际暗定的是胤禵。所以，考史者早已考出，陷害皇太子者主于雍正，后幽禁胤禵者亦是雍正。

康、雍之际权争最烈。所以那时的“实录”之类也最不可信。特别是《团结报》载文所引《清圣祖实录》之类，完全是雍正玩的把戏。清代自顺治以降各代实录，以康熙卷数最少。这本已令人奇怪（康熙文治武功超出各代）。而修实录者张廷玉，完全是奉雍正之命主修的。所以张廷玉不仅生前受宠，雍正“大行”之前，竟特别“遗命”将张廷玉配享太庙。但即便如此，张廷玉也不敢公然篡改历史，而只是顾左右而言他。像《东华录》那种记载康熙临终前宣布，“皇四子人品贵重，深肖朕躬，必能克承大统，著继朕登基，即皇帝位”等等，纯属子虚乌有。而据野史载，康熙临终已不能言，据说康熙临终前还怒掷一挂数珠于雍正，但雍正正好借此宣扬此乃“父皇”传位重器大宝。更有史家考出康熙之死由雍正谋害等等。总之，雍正的阴谋残暴、权术多变是闻名的，助他篡位的隆科多、年羹尧等后皆被杀，即是一证。其他兄弟手足害之颇多，手段之残酷，史载颇细。

矫诏之说当不可信。雍正也并不是什么“皇四子”，据《皇清文典》玉谱册文载，他始终是皇十一子。当年修正史时清史馆即早已查核无讹。胤祯也非“十四子”（胤祯即胤禵之前名），而是二十三子。《团结报》载文中说“祯”改“胤”，当误。应为“祯”改“禛”（雍正本名胤禛）。而且，“皇位传十四子……”并不合清代诏书制度，儿子前必需冠以“皇”字。《团结报》文中已谈及。清史记载中雍正、乾隆、嘉庆、道光秘密立储之诏传位者，均冠以“皇”字。目前，尚保存有道光立储“朱谕”“御书”“遗谕”，均有“皇四子奕詝著立为太子”字样，且图记、戳记、签名、封条、匣套等极为繁谨。而雍、乾、嘉三朝君主只是召见王公大臣同示密旨，分发遗诏。道光则更严谨，除立储御书外同时密藏遗谕，临死前还亲书朱谕。所以像《东华录》那种记载康熙临终宣布雍正即位的事，不太可能存在。因为“口说无凭”，这是寻常百姓分家析产时也懂得的道理。

袁世凯洹上垂纶的背后

在百年前清末（约1909年前后）的报刊上，有一件全国瞩目的新闻，《东方》《北洋画报》等刊载袁世凯身披蓑衣斗笠在河南洹上怡然垂纶的照片。袁世凯那时已被监国摄政王载沣以宣统小皇帝的名义下旨“开缺回籍养疴”，实际上，袁世凯直隶总督兼北洋大臣的高位重权，被彻底剥夺了。那袁世凯“回籍”后何以大肆宣传隐逸垂纶？是向外界表达何种信号？袁世凯真是“无官一身轻”，以垂纶颐养天年了吗？

封建时代被贬斥的官员都要回原籍，天威难测，命运未卜，表现却各异。如明朝严嵩之子严世蕃，欲思重掌机枢，蓄养招募兵丁，结果被检举正法。又如光绪时军机大臣翁同龢被夺职回籍“交付地方官严加管束”，翁同龢还算聪明，一举一动都慎之又慎，整天涂抹自己的日记。再如袁世凯时代的蔡锷，有反袁之心，被袁世凯软禁在北京。蔡锷为了脱身则采取流连八大胡同（当年北京最有名的红灯区）与名妓小凤仙缠绵的韬晦之计，果然使袁世凯放松警惕，使得蔡锷逃出北京，在云南发动护国起义，天下响应，袁世凯最终在一片声讨中死去。

富有戏剧性的是，袁世凯本身就是韬晦避祸的高手。光绪皇帝死后，溥仪以三岁冲龄登基，光绪皇帝之弟载沣摄政监国，他欲杀掉袁世凯，但遭到奕劻、张之洞等重臣反对，又怕袁世凯控制的六镇新军精锐失控，只好将其“开缺回籍”。袁世凯从此告别26年官场逢迎升迁的仕途，携家小离开北京锡拉胡同寓所，回到河南彰德洹上庄园，开始了隐居三年的生涯。

袁世凯是行贿高手，左右逢源，常人望尘莫及。而且因人而异，效果卓著，他为何不故伎重施，行贿于摄政王呢？因为在明发上谕“开缺”之前，袁世凯已听到风声，他完全可能有机会拿捏摆平。

袁世凯平生送礼各有不同，厚薄有别，因人而论，但无论多寡，被受者皆大欢喜。如慈禧太后不便送金银，所以宫中第一辆自行车、第一辆汽车，便是由袁世凯进呈。慈禧不喜古董，却爱西洋“奇技淫巧”，所以袁世凯的孝敬深讨慈禧欢心。李莲英喜欢钱，所以袁世凯出手就是20万两银票，以求慈禧召见时关照。李莲英母丧时，丧仪即封40万两银子。庆亲王奕劻也是袁世凯重点行贿的对象，奕劻将入主军机处时，袁世凯孝敬的“零用钱”即10万两。为其子载振赎身女伶杨翠喜亦出手10万元“赠奁”（袁世凯为自己的嫡系阮忠枢也花钱赎赠过妓女）。

而且，袁待人接物并不以权高位重为标准。如袁世凯进京拜见满籍大臣察氏，对察氏之子亦非常客气，第三天即差人送来五箱书，察氏之子当时还是小孩子，以致从此对袁世凯留下了非常深刻的印象。

但袁世凯却并未向载沣施以重贿，因为他非常清楚，如果依向慈禧、奕劻等行贿的招数，必然正好成为借口，直接引来杀身之祸。

袁世凯在青年时代弃文从军，41岁（1901年）时当上直隶总督兼北洋大臣，他历经戎旅，无暇其他，难道他有闲暇垂纶的癖好？目前所见有关他的回忆资料，似乎并无雅好垂钓的记录。我所见只有一例孤证，是袁世凯的嫡长孙袁家融回忆祖父“还喜欢钓鱼”（见《袁世凯家族》，中国青年出版社 1991 年版，P259）。

但袁世凯的女儿袁静雪一直随父亲生活，晚年也写过回忆录，但从未提到父亲有钓鱼的业余爱好。我猜测，幼时的袁家融大概是把洹上垂钓的伪装看成是袁世凯的爱好了。

袁世凯是好动不好静的人，从少年时代起兴趣完全不在读书，整日打拳、下棋、赌博、宴饮、冶游，十二三岁时即擅驰马。两次乡试均名落孙山，盛怒之下，将所作诗文焚之一炬，从此掷笔投效戎旅。那么，是不是袁世凯被“开缺”回到彰德洹上，真的拾起钓竿，死心塌地终老于此？

其实非也，袁世凯是一个有勃勃野心的人，他并不甘心贬谪，一直筹划东山再起。但他又怕引起载沣的警惕，故用种种伪装迷惑对手，他不是钓鱼爱好者，却装出闲云野鹤、看破红尘、超然物外绝不问政之态。

他把刚辞官归乡的三哥袁世廉接到洹上别墅，品茗对枰、垂纶舟上，并请人摄了一张非常著名的照片，这幅照片因为被袁世凯送到当时发行量很大的《东方》《北洋画报》等发表，故得以存世。照片中袁世凯坐于舟上，身披蓑衣，顶戴斗笠，旁置鱼篓；其兄袁世廉艄公打扮，持长篙立于舟头。好一幅淡泊风雅的洹上垂纶图！据他女儿回忆，袁世凯也常独在别墅内花园钓鱼，但绝非与世无争、惬意悠悠，而是屏去仆人家眷静心在筹划待机而动之策。他的高明之处是将垂钓照片送去公开发表，以向朝廷和世人表明他已成为“野老”，再不会对朝廷构成潜在威胁了。

除此之外，袁世凯重操吟诗旧业（他年轻时好写诗文，还组织过两个诗社），大写特写有关垂纶的诗，还广招名流诗家雅集唱和。袁世凯自未中乡试焚毁诗稿之后，就再不写诗。何以诗兴重张？因为他不仅拿出去发表，而且让二子袁寒云汇编成《圭塘唱和集》（圭塘是洹水的桥名），广为散发。“游园”“登楼”“看月”“渔舟”……此类诗题在集中俯拾皆是，仿佛真的超然物外、不闻世事，而且大写垂钓诗，以表明“散发天涯”的姿态，如《自题渔舟写真二首》：

其一

身世萧然百不愁，烟蓑雨笠一渔舟。
钓丝终日牵红蓼，好友同盟只白鸥。
投饵我非关得失，吞钩鱼却有恩仇。
回头多少中原事，老子掀须一笑休。

其二

百年心事总悠悠，壮志当时苦未酬。
野老胸中负兵甲，钓翁眼底小王侯。
思量天下无磐石，叹息神州持缺瓯。
散发天涯从此去，烟蓑雨笠一渔舟。

袁世凯的诗，用他女儿袁静雪的评价：“确实做得不算好”（《我的父亲袁世凯》，载《八三十天皇帝梦》，文史资料出版社 1983 年版），还是很中肯的，但“诗言志”“诗为心声”，一组两首诗两次出现相同的诗句：“烟蓑雨笠一渔舟”，真可窥见袁世凯的良苦用心。其他诸如“鱼浮绿水源”“棹艇捞明月”等等，都在用以显示“曾来此地作劳人”的姿态。当然，掩耳盗铃总会露出马脚，“吞钩鱼却有恩仇”表达了他对载沣的不满，“野老胸中负兵甲，钓翁眼底小王侯”（他诗集中还有“漳洹犹觉浅，何处问江村”“开轩平北斗，翻觉太行吟”）更是隐隐透他不甘寂寞、待时而动的心绪。实际上，在他隐居期间，洹上别墅建有电报房，终日电函不断，朝野要人往来于途络绎不绝，只不过载沣昏聩不察罢了。事实证明袁世凯最终东山再起，逼迫清廷退位，窃取辛亥革命成果，当上了民国大总统。根据他女儿回忆，他后来当上大总统在北京中南海居住期间，傍依粼粼碧波，再也不曾垂钓了。

巧借垂纶来掩饰，最终功成起洹上，袁世凯可谓剑走偏锋。同是钓鱼，古人说：“渭水钓利（姜太公），桐江钓名（严子陵）”；汉代名将韩信钓鱼是落魄中聊以果腹，而绝大多数人是怡然养性。但袁世凯却是以垂纶避祸，用兵法中的迷惑对手之计（三十六计中的第二十七计曰：“假痴不颠”）运用丝竿舟上，袁世凯是练兵整军的高手，又沉浮宦海数十年，他的叔父袁保庆曾将自己数十年官场风俗、带兵心得写了一本书《自义琐言》，其中云：“人言官场如戏场，然善于做戏者，于忠孝节义之事能做得情景毕见，使闻者动心，睹者流涕。官场如无此好角色，无此好做工，岂不为伶人所窃笑乎？”袁世凯追随叔父效力数年，这些韬晦之术自然对袁世凯默化潜移。所以，袁世凯的洹上垂纶确乎无愧是一个“善于做戏者”的匠心之笔！我想，如果有人有兴趣写一部《中国名人垂纶史》，袁世凯借垂纶避祸大概是仅有的特殊一例。

历来言行不一、巧饰祸心之人不在少数，也不仅仅是大奸巨贼，小奸者祸人，大奸者祸国，“洹上垂钓”足以为世人戒。

孙龙拂其人

笔者祖籍是山东，所以很留心山东的人文史典。例如在清代，山东淄博曾经出过两位有名的人物。

一位是蒲松龄，这位“遄飞逸兴，狂固难辞；永托旷怀，痴且不讳”以写《聊斋志异》闻名世界的文学家，人们是很熟悉了。

另一位是孙龙拂（之獬），这位在清朝初年闻名全国的人物，现在人们是很陌生了。笔者去过淄博，也问过不少淄博人，皆不知其详。不过，稍有历史常识的人都知道清朝入主中原后颁布的“剃发令”，即剃发改满装。“留头不留发，留发不留头”，这种残酷之做法改变了中华民族数千年的生活习俗，在当时严重伤害了汉族人的自尊心，被视为奇耻大辱。而其首倡者竟然就是这位汉人知识分子孙龙拂。

孙龙拂自幼聪慧，善谋略。明天启二年（1622）考中进士，授翰林院侍讲等职。以后投靠魏忠贤逆党，在任乡试考官时，竟录取魏党不会作文者，引起大哗而声名狼藉。崇祯帝登基后，孙列入“逆案”被削职归里。清顺治元年（1644），孙龙拂竟然投降清朝，散家财练乡勇剿灭淄川举人王桢的抗清义军。因“功”，被清廷授官至兵部尚书等职。在清初，汉人“衣冠服履一尊旧制”，明朝降臣皆长袖大服。而孙龙拂竟首先剃发改满装，而且令家人也改换服饰。

蒲松龄在《聊斋志异》“罗刹海市”篇中曾嘲笑过此事。孙龙拂犹不以为足，竟然上书清廷请改“衣冠束发之制”。孙龙拂从此成为中华民族最臭名昭著的罪人。

剃发之倡激化了民族矛盾，引起汉族人民的愤怒反抗，也因此死去了无数反抗的志士仁人。天下之人无不愤恨引起剃发事端的汉人孙龙拂。他家乡的人民也异常痛恨他，顺治四年（1647），山东高苑义军攻占淄川。城内居民蜂起响应，一举生擒了刚到江西搜刮民财归里的孙贼。此事蒲松龄的《聊斋志异》中有记载。

当时愤怒的人们将孙贼“独缚至十余日，五毒备下，缝口支解”……而且他的一家全部被杀死。凡所闻者都无不称快，正在山东的顾炎武连夜写《淄川行》一诗大为称颂。

孙龙拂是典型的读书人，聪慧而有才，善谋略，又能领兵打仗，何以如此下场？《研堂见闻杂记》曾云孙氏“原其心，止起于贪慕富贵，一念无耻，遂酿荼毒无穷”。孙龙拂不喜诗文，精于交际之术。他本性狡黠，进入官场后更擅巴结拍马之术。羡富贵而贪财，品行不端为官亦不清廉。这些终使一个有才的人走向末路。

蒲松龄也是读书人，他正好与孙龙拂相反，屡试不第更铸就了他的为人：不羡富贵，不媚权要，善心向人，困厄毕生，终于成就了一代文豪。他被千古传颂，而孙龙拂却遗臭万年。

何以如此冗文谈起古人？

鲁迅先生说过：“读经不如读史”，“学了历史来看现在，有如隔岸观火”。今天是昨日的延续，历史是今天的明镜，古人是今人的写照。今天发生的一切事情，在古代几乎是都发生过的，只不过形式上、词语上变化而已。

像孙龙拂那样的读书人，在今天不是仍然不乏其人吗?!

附记：由“掌掴”事件引发到算不算汉奸的高度，兼及普通人是不是有话语权？强势媒体一超独霸？百家讲坛变成一家讲坛？清朝的历史定位？等等。其实，历史不是任人打扮的女孩子，不让普通人有话语权也罢，粉饰血淋淋的“吃人”历史也罢，历史怎么可能改写呢?！这是我很多年前发表过的一篇文章，谈及汉奸的下场。也许可以有一点点启迪。

其实，掴一掌比孙龙拂的下场要幸福不知多少倍！在德国、奥地利等国家为希特勒辩护是要坐牢的！

我绝不仅仅是同情弱者，也不赞成祖辈汉奸的血统论。

但为衣冠者要正直、操守、信仰真理，绝不可以哗众取宠，将文人千百年来养成的浩然正气丢掉！

陈三立与姚家胡同

北京西四白塔寺往西历代帝王庙旁有个胡同叫姚家胡同，其中3号院至今犹存。这里曾居住过清末有名的维新政治家、诗人陈三立和他的儿子——国学大师陈寅恪。

陈三立（1853—1937）是清末民初知名度极高的人物，原名成牧，12岁时改名三立，字伯严，号散原老人，江西义宁人。进士出身，官吏部主事，参加过戊戌变法，又是清末民初诗文宗伯，与湖北浠水陈曾寿（陈是溥仪皇后婉容的老师）、福建闽侯陈衍并称“海内三陈”，名震海内。又与清代同光年间另一位诗坛领袖范伯子（范伯子是当代画家范曾的曾祖父），不仅两峰并峙，被誉为同光体诗坛的巨擘和领袖，还结为儿女亲家（陈三立长子陈衡恪娶范伯子之女范孝嫦）。我记得当时《同光诗坛点将录》将陈三立列为“呼保义宋江”，可见诗名之重，无怪时人誉为“吏部诗名满海内”。

陈三立不仅以诗文驰誉，在政坛亦为一时之翘楚。他的父亲陈宝箴为湖南巡抚，于戊戌维新时积极推行新政，罗致和保荐过不少维新志士，如黄遵宪、谭嗣同、梁启超、杨锐、刘光第、林旭等。陈三立亦曾多所参与规划、襄助，他与湖北巡抚谭继洵之子谭嗣同、户部侍郎徐致靖之子徐仁铸、两广总督陶模之子陶葆廉并称为清末“四公子”，一时颇受时人瞩目（亦说四公子中或有福建巡抚丁日昌之子丁惠康、广东水师提督吴长庆之子吴保初）。

陈三立于光绪八年（1882）壬午乡试中举，于光绪九年（1883）癸未、十二年（1886）丙戌、十五年（1889）乙丑三次进京应试，列乙丑科三甲45名。历任吏部行走、主事。据考，此时居于宣武杨梅竹斜街。后因倦于酒食征逐，请假回湖南随父襄助纳士招贤，论文讲学。《民国人物碑传集》尝谓湖南新政如时务学堂、湘报馆、南学会等创立，天下俊贤齐聚长沙，“皆先生所赞襄而罗致之者也”。百日维新失败，因杨锐、刘光第、谭嗣同均为陈宝箴所荐，陈三立参与新政，故那拉氏下诏谕严谴陈宝箴、陈三立父子“以封疆大吏，滥保匪人，实属有负委任。……着即行革职，永不叙用。伊子吏部主事陈三立，招引奸邪，着一并革职”（《光绪朝东华录》）。此后，褫夺官职的陈宝箴携子陈三立隐居南昌城西西山，傍夫人墓筑室，光绪二十六年（1900）“微疾”以七十龄逝。但野史史料载陈宝箴乃被那拉氏“赐死”，实为“自缢”。同年，陈三立携家迁南京，在家中创办了颇具现代化色彩的思益学堂，除四书五经，亦有数学、英文、音乐等课程。陈三立之子陈寅恪及茅以升、周叔弢、宗白华等都为此学堂之学生。

后来，清廷虽开复他的官职，但陈三立却不肯再仕，其赠梁启超诗中明志云：“凭栏一片风云气，来做神州袖手人”，专心致力于古诗文辞创作和思益学堂教务，而且陈三立思想并不守旧，于光绪二十年（1894）春始，自费送子陈衡恪（师曾）、隆恪、寅恪兄弟赴日留学。

陈三立诗风宗韩愈、孟郊和江西诗派鼻祖黄庭坚，词句深邃隐晦。他曾将诗稿交“同光体”的另一位领袖郑孝胥删定，郑大为赞赏，称其“源虽出于鲁直，而莽苍排奡之意态，非可列之西江社里”。梁启超称他“不用新异之语，而境界自与时流异，醇深俊微，吾谓于唐宋人集中罕见伦比”（《饮冰室诗话》）。当时诗坛是将三立老人奉为泰斗地位的，一直持续到民国初年。陈三立的古文也颇有成就，后人评其为“兼有《后汉书》《三国志》的长处，绵密精炼，又蕴含着桐城派注重义理、书卷、考据和行文雅洁的特点，自成一家”（吴定宇《陈寅恪传》）。陈三立盛名之下，后学请教颇多。但他无架子，极平易近人，对后学每每循循善诱。但对权贵，陈三立却不无啸傲之态。1932 年 9 月，陈三立在庐山松门别墅过八十大寿，门生故旧毕至，陈寅恪及兄弟均往祝寿。正在牯岭避暑的蒋介石闻讯派人持寿金来贺，却被陈三立严拒。

陈寅恪 1926 年 7 月至北京清华国学研究院报到，1928 年与台湾巡抚唐景崧之孙女唐筼结婚。1929 年春，中央研究院史语所由广州迁北平北海静心斋办公，傅斯年聘陈寅恪为该所历史组研究员、主任。当时陈寅恪已为清华中文、历史两系教授，住清华园新西院 36 号寓，因两处不便，故在城内租赁西四牌楼姚家胡同 3 号四合院，宽敞且舒适，随后将父亲陈三立由南京接来，并安装了当时尚为稀有的电话。陈三立与儿孙辈含饴，甚为惬意。陈家儿女周末与老人欢聚，遇天气晴朗之际，老人还同儿女们遍游京郊名胜西山、八大处等地。

陈三立 1933 年迁京一直到 1937 年逝世皆居于此院，共住四年。他初到北京时，一向被视为遗老，但他为人颇正直，恪守道德，特别注重民族气节。他初到北京时，谒见他年轻时的座师陈宝琛（宣统帝溥仪的师傅），时陈宝琛 87 岁，陈三立也已 82 岁，白发盈耳，但不顾别人劝阻，仍行叩拜之礼以尽弟子之仪。观者都为这“白头师弟”的一幕而感动（《一士类稿》）。当时在场的郑孝胥、罗振玉看他如此遗老风度，便拉拢他去伪满洲国追随故主“排班”，但陈三立却以此为汉奸行径而凛然拒绝。陈三立与郑孝胥同属“同光体”诗派，从此之后即与其割席断交。同与郑孝胥断交的陈衍曾与人谈起陈三立与郑孝胥的区别时说：“你不要看散原小事弄不清楚，你要知道他对于国家大事，他看得十分清楚呢。”1936年，曾克耑至姚家胡同拜谒三立老人，多年后回忆：“……和他讨论时局和政府措施，他都能见到大处，并不像一般遗老的看法。他对于国家民族的复兴，是寄有绝大希望的；他对于外族的侵凌，是绝端痛恨的。”(《陈散原其人其诗其字》)

1932年，淞沪抗战爆发，三立老人日夜不安，特订上海航空版报纸，“报至则读，读竟则愀然若有深忧。一夕忽梦中狂呼杀日本人。全家惊醒”(《陈寅恪先生编年事辑》)。“七七”事变后，日伪当局以他名望，意欲诱使其出任伪职。多次派人至姚家胡同陈家游说，老人坚不理睬，断然拒绝。日伪竟在姚家胡同宅前布下侦探监视与威胁。老人知之大怒，令女仆持帚驱赶。面对山河破碎，生灵涂炭，倭寇凶焰，老人情绪低沉，纵有儿辈劝慰，亦忧愤难平。病卧后逢来探望者，辄询问：“时局究竟如何，国军能胜否？”偶传中国军队胜利，老人必详问是否确切。尝有悲观者云中国非可敌日本，必弃平津而至全国，老人怒目而斥：“中国人岂狗彘不若，将帖然任人屠割耶？”言毕不再进食及药，誓以死明志。平津沦陷，老人闻后伤绝悲号：“苍天何以如此对中国邪！”绝食五日后，于1937年9月14日气绝而逝。终年85岁。

陈三立在《清史稿》中无传，但陈三立与他的父亲陈宝箴，两个儿子陈衡恪、陈寅恪皆入《辞海》，祖孙三代四人，可谓史无前例。陈衡恪为陈三立与第一任妻子罗淑人所生。陈寅恪为陈三立续弦所生，寅恪的妹妹嫁与俞大维，而寅恪之母恰为俞大维的嫡亲姑母，是真正的“两代姻亲”。至于俞大维与蒋经国做了儿女亲家，那是题外之话了。

陈三立除有诗集外，其子陈隆恪编辑有《散原精舍文集》。陈三立的书法亦颇可观，其取法黄山谷，参以北碑，而自写胸襟。尝自称“字第一，文第二，诗第三”。但就是这与“乌、方、光”之“馆阁体”迥异的书法使他在丙戌科殿试上“楷法不中律，格于廷试，退而学书”，三年后再次来京补乙丑科殿试才过关。今天北京成贤街文庙里的进士题名碑上，还有陈三立的名字。所以，时人不仅仰慕陈三立的诗文，来到姚家胡同吁求其墨宝者也很多。另外，鉴于陈三立父子的名望，姚家胡同实在是一个名流沙龙，来此拜访的名人可以排成一长串名单。陈三立逝世一个多月后，陈寅恪兄弟为之料理后事，陈寅恪一家未及将丧事料理完毕（未满“六七”），便携妻女及用人于 1937 年 11 月 3 日，离开姚家胡同 3 号，向长沙逃亡。八十年白驹过隙，这座名居不再诗声朗朗、人流不息，它已经变成一座大杂院了。

湘绮老人王闿运

易宗夔《新世说》“言语”条云：“王壬甫硕学耆老，性好诙谑。辛亥之冬，民国成立，士夫争剪发辫，改用西式衣冠。适公八十初度，贺者盈门，公仍用前清冠服，客笑问之。公曰：‘予之冠服，固外国式；君辈衣服，讵中国式耶？若能优孟衣冠，方为光复汉族矣。’客亦无以难之。”王壬甫即湘绮老人王闿运。

民国初年以后，王闿运不仅仍着“前清冠服”，也还留辫。那时长沙市上常有一鹤发童颜的老者，身穿长袍马褂，马蹄袖子摆来摆去，加上脑后垂着辫子，往往令行人为之侧目。此翁即乃为世所称的国学大师王闿运先生。

王闿运别号湘绮楼主，因之世称湘绮先生。他博通经史，尤精帝王之学，于历代王朝兴亡得失如数家珍，他与曾国藩同乡，早年充其幕僚。当曾氏创立湘军杀伐太平天国而权倾朝野之后，王闿运屡与密谋，劝其当机立断，取大清天下而代之。他历数历代帝王杀戮功臣之事，尤其满族以少数民族入主中华，对汉族屡兴文字狱，故应有警惕。他一再劝曾国藩：“树大招风，古之常训。公今功高震主，天下归心，及今不取，后必噬脐。”这无疑是鼓动造反，所以曾国藩每每“聆听教诲”，只吓得伏案作书，不敢正面相觑。曾氏一生虽引进湖南人颇多，唯独对于这位鼎鼎大名的国学大师，竟无片言保奏，就是怕其出言不慎，祸及自己。斯时曾氏手握兵权，连西太后也要让他三分。如他采纳王氏之谏，大清国的“龙脉”恐怕就要断了。

后来王闿运急流勇退，以诗酒自娱。并在衡山东洲石鼓书院讲学，一时弟子颇多，其中佼佼者即后来成为筹安劝进的风云人物杨度。杨度学到了乃师的帝王之学，便极为袁世凯登基鸣锣开道。他还竭力拉人下水，以为“辅弼”。他曾拉过三个知名人物：第一是梁启超，任袁政府司法部长。但恰恰是这位当年“君主立宪”的信仰者，首先登高大呼“异哉所谓国体问题”，乱了阵脚，天下震动，“使朕位几不保”。第二是蔡锷。他更是演出了一场好戏，表面拥戴之声高唱入云，实则另有打算。一声护国，八方易帜；难怪老袁大骂杨度是“蒋干”了。第三个便是他的老师兼姻亲王闿运。袁世凯慕王闿运文坛耆宿之名，于1914年电请北上，并派杨度亲赴湖南迎接。到京后，袁即聘为国史馆馆长。但王闿运并不是复辟派，他预感到袁氏“洪宪”王朝的未来并不妙，时代不同，袁世凯岂能与曾国藩相比？于是他为避免“为天下笑”，几个月之后便挂印而去。离京回湘时，杨度送他上车并请教诲，王闿运唯一言：“还是少说话为妙。”竟拂袖而去。王闿运还对他的另一位弟子、袁氏内府长史夏寿田云：“世事无可为，且相从还山读书，不愁无饭吃。”可见王闿运看出袁氏必败，所以离京时对门生都有引退韬晦的劝导。他的弟子中还有后来鼎鼎大名的齐白石，怜其有才，而使之就学。齐白石自负“诗第一”，得于当年王闿运培植之力。他辑有《湘绮楼词选》，对古人词作往往窜改，辄惹非议。他的信札颇可成诵，故民国时文明书局印行《近代十大家尺牍》收有他的信札数十通。

明人张岱尝云：“忠臣义士多见于国破家亡之际。”王闿运非反袁志士，但他不肯与腐朽专制的袁世凯同流合污，亦颇可贵。王闿运著有《湘军志》，不失为研究清末历史的重要著作。

关于苏曼殊

孙中山与苏曼殊

苏曼殊（1884—1918）为清末民初“却扇一顾，倾城无色”的大诗僧，且于小说、绘画、书法、翻译、佛典等皆有极深造诣；又是弃家投身反清会党革命之少年志士，追随中山先生至死不渝。中山先生与曼殊大师的密切关系，向为治辛亥史及清末民初史者所疏。

中山先生与曼殊同为广东香山县人，系小同乡。中山先生长曼殊 17 岁，曼殊向以兄长视之。清光绪二十四年（1898）曼殊 15 岁，随表兄赴日留学，就读横滨大同学校，与同盟会元老冯自由等同窗，竟为莫逆。1902 年张继、蒋百里、冯自由等发起组织以民族主义为宗旨的反清团体“青年会”，曼殊亦为发起人之一。其后始与中山先生相过从。何香凝先生在《回忆孙中山与廖仲恺》一书中云，1903 年秋，廖仲恺、苏曼殊等受中山先生委托，于留日青年中组织义勇队，由黄兴教授枪法，为将来归国起义培训中坚。斯时，曼殊已考入振武学校习学陆军，旋又加入鼓吹尚武、起义、暗杀为宗旨的反清秘密组织“军国民教育会”。

1903 年曼殊因参与反清活动，其表兄停供学费而被迫返国。斯时保皇党颇猖獗，屡屡攻击中山先生。曼殊义愤填膺尝谋划以手枪刺杀康有为，终被陈少白等劝止。其后，曼殊于湖南又与黄兴等参与华兴会起义，在上海亦参与同盟会秘密活动。1907 年参加著名反清团体“南社”。

国民党元老宋教仁被袁世凯刺杀，中山先生发动讨袁的“二次革命”失败后，中山先生与黄兴等逃亡国外，曼殊愤而公开发表《讨袁宣言》，宣称要“起而褫尔之魄！”以示与袁贼誓不两立。随后亦东渡日本。据文公直《曼殊大师之身世》云：“曼殊谒孙中山，颇蒙优遇，受感动，而矢诚加盟于同盟会。”当时，中山先生在南京将国民党改组为中华革命党，曼殊义无反顾慨然加入。曼殊在日本期间，成为党的反袁机关刊物《民国》的重要撰稿人。在此期间，他与中山先生过往甚密，中山先生极赞许其才，对他亦优渥有加。某次发党员费用，有人以“曼殊尝学陆军，胡不与戎事”而“拟吝不予”；“嗣为总理所闻，卒令与之”。由此可窥中山先生爱惜曼殊之一斑。

1916 年，中山先生遣居正为中华革命军东北军总司令赴山东发动反袁起义，曼殊喜极而前往慰劳。但不久曼殊即因过度劳累致肠胃病加剧。他从山东归来后先住上海环龙路 44 号孙中山寓所。病重后，与他的学生陈果夫同住于白尔都路新民里 11 号蒋介石家中，得蒋妻陈洁如悉心照料。此时中山先生已于广州誓师北伐，曼殊于病榻上闻讯，急驰书与友人云：“急望天心，使吾疾早愈，早日归粤，尽我天职……”但正如柳亚子悼诗所云，其“晚失从军靖粤疆”，曼殊欲追随先生驰骋疆场之愿竟成千古一憾。1918 年 5 月 2 日，曼殊终因沉疴而逝，享年仅 35 岁！

曼殊逝后，中山先生颇为感伤，因其身后一文不名，遂与汪兆铭商议筹款，指示曼殊病中所欠医药费用及丧葬款项等均由革命党人负担，并委托汪兆铭为其料理丧事。

中山先生平素颇欣赏曼殊，尤其欣赏其画作。柳亚子诗云“早曾橐笔干真主”。即指曼殊之画为中山先生所“激赏”。曼殊逝世后，老友收集出版画集《曼殊遗墨》，中山先生亲为题名，以示不忘挚友，殷殷情意，跃然纸上矣。曼殊从日本归国时尝留别同志一诗，此诗恰可为中山先生与曼殊肝胆相照风雨同舟之写照：

海天龙战血玄黄，披发长歌览大荒。
易水萧萧人去也，一天明月白如霜。

“千秋绝笔”曼殊画

清末的反清诗社“南社”里有四个和尚：半路出家的弘一法师李叔同、半僧半俗的乌目山僧黄宗仰、酒肉和尚铁禅和梵僧诗人曼殊上人，其中以曼殊上人影响最大。他俗姓苏，多才多艺，尤以诗文小说风靡时人。特别是他的画，清风逸韵有玉树临风之态，极受时人珍爱。至今海外如美国、日本等国及港台地区仍不断翻印其作品集和画集。

苏曼殊的诗一向被人誉为“得香草美人之意”，有“却扇一顾，倾城无色”之喻。更有以“北方有佳人，绝世而独立。一顾倾人城，再顾倾人国”为之盛赞。其实以此喻其绘画，也是颇为恰当的。清末民初一代名士对他的画推崇备至，陈小蝶曾在《近代六十名家画传》中说：曼殊“喜画衰柳孤僧，有万水千山行脚打包之意”。杨沧白说他：“绘事妙天下，牛鼠鸡鹜之抚，皆天机盎然。其山水乃超轶绝尘，萧寥有世外之致。居平不屑为人役，虽槁饿不以片缣求鬻，世尤以此矜视之。”柳亚子更誉其为“千秋绝笔”，足见其画誉蜚然。

其实，苏曼殊的画还是他在文学艺术王国里最早运用的形式。

他自幼即喜绘画，素无师承，纯系天然兴趣，信笔挥洒，不袭前人畦径，亦不从时尚流俗。其淡雅萧疏，绝俗清幽，自成一宗。有人称他的画甚得南宋马远神韵，想来当是偶合。据香港1975年出版的《曼殊大师传补遗》，曼殊幼妹苏惠珊述忆道：曼殊幼年读乡塾时，即“卷卷笔生”。他的日本籍养母河合氏在《曼殊画谱叙》中称其幼年所绘皆为“月离中天云逐风，雁影凄凉落照中”。他15岁即赴日本横滨大同学校留学，以画名闻于同窗，致有“潇洒绝尘，似不食人间烟火”之谓。20岁后，他的画技愈益纯青，大受友人章太炎、刘师培、柳亚子、陈仲甫（独秀）所称赏，并始见诸报端。曼殊在日本亦曾追随中山先生，以诗画鼓吹反满革命。太炎先生在东京编辑出版《民报》特刊《天讨》，刊登了曼殊所画《陈元孝题崖山奇石壁图》《猎孤图》《岳鄂王夜游池州翠微亭图》《徐中山泛舟莫愁湖图》等精品。刘师培所编的《天义报》亦相继刊出他的8幅画作。民国元年（1912）创刊的《中华民报》，首期即刊出他的多幅墨迹。《文学因缘》一书也收进他的画作9帧，可见当时曼殊画名之盛。他的画曾数次被汇集出版，他的女弟子何震辑有《曼殊画谱》，早已绝版；他的好友、南社诗人蔡哲夫将所藏曼殊绘画22幅辑成《曼殊上人妙墨》，由章太炎题序影印出版，但印数亦不多；另一位南社诗人萧纫秋亦将其珍藏的曼殊画稿24幅，请柳亚子编辑，由中山先生亲笔题笺铜版印行，现在海外仍屡次印行，深受时人钟爱。

当时名人多有曼殊所赠之画。如与曼殊有特殊交谊的南社诗人和侠士刘季平，得过《黄叶楼图》《白门秋柳图》等多帧横幅、团扇、折扇等，皆是精心之作。陈仲甫早年与他诗画唱酬，也得过他的赠画。一些南社诗人亦多有他的赠作，如曼殊曾赠高天梅《万梅图》，赠黄晦闻《风絮美人图》，赠黄侃《梦谒母坟图》，赠程演生《江湖满地一渔翁图》，赠周庄叶《汾堤吊梦图》等等。可惜今多亡佚，令人常以为憾。

画虽为曼殊一绝，但他却不轻易挥毫。文公直在《曼殊大师传》中说他“秉性奇特，非踌躇满志时，虽至好相干，亦不肯著笔。但然诺所许，则虽死不移”。如他一生浪迹，至三餐不继，亦未曾卖画求生。有位权贵请他赠画，他再三推却仍不得脱，不得已展纸作画，先绘数株枯树，继而又绘一轮皓月，权贵大悦。不料他笔锋一转，画巨绳重重缚住皓月，使得该权贵悻悻然拂袖而去。他与辛亥志士赵伯先为生死之交互相仰慕。曼殊先后赠他《终古高云图》《绝域从军图》并允再绘《饮马荒城图》；未成而赵伯先因黄花岗役败呕血而死，埋骨香港。曼殊不负旧诺，将画绘成托人焚于伯先墓前，并从此绝笔不再绘画。柳亚子诗：“千秋绝笔真成绝，忍对荒城饮马图”，便是吟咏此事。而且，“早曾櫜笔干真主”，孙中山也颇“激赏”他的画。因而当时人为求获曼殊墨宝，不惜绞尽脑汁。如南社社友叶楚伧想请曼殊为其绘图，然而颇自矜持的曼殊却不肯轻易下笔，尽管二人友善，催讨几次亦不见铺纸挥毫。无奈之余，叶楚伧便备下香醨佳肴及纸笔请曼殊赴宴，待其入室便反扃其门。并云：不偿画债，决不启锁。酒酣之后的曼殊只得为其挥毫。这幅图卷后来还曾石印付刻，广为流传，一时誉为佳话。

曼殊的画之所以名传海内，自然因其画艺高超，更在于他是一个无双佳士，不从流俗；挥洒之间，皆成妙品。如他在日本街上，眼望妇女发髻，边行边绘，最后画成《女子发髻百图》出版。可见其敏捷之至。他在绘画时也是“独行之士”，与众不同。如他在西湖，白日高卧，夜月之下却着短褂赤足拖屐，啸傲苏堤、白塘。直至朝霞东染，方归来吟诗作画，兴之所至，不论纸之优劣，连报纸也拿来信笔涂抹，而且几乎从不题款押章。若有人前来求画，亦往往拒之门外，再加上他的画确实“潇洒绝尘”，故别有一番高旷清幽的逸韵。曼殊其诗多寓画意，凄丽清新；而他的画亦每含诗情，淡雅超俗。当时南社诗翁屡有题赞，如柳亚子“淡墨疏林黄叶图，阇黎才思古来无”、高吹万“愧余未解画中境，荡胸灵气成云并”、于右任“世人莫评曼殊画，大彻大悟还如痴”、叶恭绰“疏疏减笔扫寒林，几出人间独往心”、沈尹默“剩看一卷萧疏画，合化荒江烟雨飞”等，确非虚美之辞。他曾为柳亚子夫人郑佩宜绘一团扇，即为画中难得的精品。图中石桥修堤、疏柳飘拂，缀以扁舟双燕，极有王维田园山水诗的意境。又《曼殊上人妙墨》中有赠刘师培莫愁湖画一帧，远山荒城，水波浩渺，垂柳板桥之间泊扁舟一叶，一僧人伫立堤畔，似欲唤渡。意境超脱，格调高古。此画几经辗转，现幸存南社老人九旬老翁郑逸梅处，至于他的杰作《白马投荒图》更是他自己品格的传神写照了。

曼殊之画并非仅仅寄山水以爱国情思，他更利用毫管直接表达其反满思想。

他曾为南社诗人包天笑绘《儿童扑满图》，据包天笑云：“尔时清季，我辈正竞谈革命，扑满者，隐寓扑灭满清之意。”可惜此图后来佚失，客居香港的包天笑先生一直耿耿不忘，曾写诗咏叹云：“剧怜秋扇遭捐弃，难觅儿童扑满图。”他在日本时曾绘过很多借历史人物如岳飞、鲁仲连、荆轲等鼓吹反清革命的画。可惜大多不存，颇令人叹惋。

一代大师苏曼殊以 35 岁华年早逝，倘若天假以年，其画道必更精湛超群，笔者每一念及，未尝不扼腕长叹，惜哉，曼殊！

苏曼殊和他的译作

苏曼殊是辛亥革命前后名重一时的革命文学家，他不仅在行动上追随孙中山先生参加了辛亥革命舆论工作。他的小说和诗画在当时曾颇为倾倒一时，他同时也是南社中最出色的翻译家。他的翻译作品对当时的反清革命起了不小的作用，对当时的青年也有很深的影响。

苏曼殊的著名译作有法国作家雨果的《惨世界》及《拜伦诗选》等。《惨世界》最初发表在1903年上海出版的《国民日日报》上，当时译成《惨社会》，署名为“法国大文豪嚣俄（即雨果）著。中国苏子谷（曼殊字）译”。但发表至第11回，便因报馆被封禁而停止。1904年由上海镜今书局出版单行本，署名苏曼殊、陈由己合译。陈由己即陈独秀，据说苏曼殊译后曾由陈独秀润色加工，故此也署上了陈独秀的名字。全书篇幅也增加了3回即共14回，书名亦改为《惨世界》。这部书后来1921年还由上海泰东图书局再版，可见其影响。

曼殊翻译《惨世界》，并不太忠实原著，而是“加以穿插”（柳亚子:《记陈仲甫先生关于苏曼殊的谈话》）。赵景深也指出：曼殊的这部译著，“前面一小半大约是根据法国嚣俄的《哀史》改编的，后半似乎是创作了”（《关于曼殊大师》）。事实上也是如此，雨果原著颇为浩瀚，而曼殊仅译其中很少一部分，并且就是这一部分也颇多改写：其他大部分（中间6回）即曼殊自己的创作。所以至今这《惨世界》是否是第一个中译本也仍在争议。但综观这部译著即可明白曼殊这样做实在是与清廷“文字狱”做斗争的一种巧妙的策略罢了。如这部译著中的男主人公男德，主张“大起义兵”和使用暗杀起事，这无疑是在隐喻当时的资产阶级革命党人。又如作者借书中人物之口大骂“抢夺了别人国家的独夫民贼”，更是在直接影射清帝，作者译著中人物的名字大都用谐音，如“满周狗”（满洲狗）、“明顽”（冥顽）、“吴齿”（无耻）、“范桶”（饭桶）等，表现了作者对当时社会中的清朝官吏、假维新派、洋奴买办及豪绅的痛恨。这证明作者借翻译雨果《惨世界》之名，而旨在抨击清朝的反动统治，借以鼓吹反满革命。《惨世界》发表后立即遭到清朝政府的查禁，从反面证明了它的进步意义。另一方面，《惨世界》在当时也的确受到了爱国青年的欢迎。据周作人《关于鲁迅二章·鲁迅新论》中谈到，青年时代的鲁迅就很喜欢读《惨世界》。

曼殊的另一部代表译作是《拜伦诗选》，出版于1909年。他用中国古体诗的形式翻译了英国诗人拜伦的《赞大海》《哀希腊》等。拜伦不但是著名的爱国诗人，而且直接参加希腊的民族解放斗争。当时西欧的意、法、德、西等国无不蒙受拜伦作品的影响，而为自由和民族解放而斗争的志士更是从中汲取力量。在当时中国，很多进步青年都奋起参加反清革命，也迫切需要"叫喊复仇和反抗"的舆论呼喊，因而苏曼殊翻译《拜伦诗选》，在当时也确实产生了很大的影响。青年鲁迅在很多年后还不能忘记留给他的深刻印象。他在《杂忆》一文中回忆到："那时Byron之所以比较的为中国人所知，还有别一原因，就是他的助希腊独立。时当清的末年，在一部分中国青年的心中，革命思潮正盛，凡有叫喊复仇和反抗的，便容易惹起感应。"

苏曼殊通晓英、法、梵、日等多种外文，除《惨世界》与《拜伦诗选》外，还译过印度小说《娑罗海滨遁迹记》《英译燕子笺》等。除了文学翻译著作外，还从事过学术方面的翻译工作。如他著的8卷《梵文典》，是沟通华、梵的有价值的学术著作；他还曾编撰过《英汉辞典》《粤英辞典》等多种工具书。据统计，他的译著约有十余种之多，可惜大多失传。近年来，浙江人民出版社版的《苏曼殊小说集》（1981年）和中国社会科学出版社出版的"中国近代文学丛书"之——《苏曼殊小说诗歌集》，以及重新影印出版的《苏曼殊全集》共5卷，其中均收有《惨世界》等译著，使我们重睹这位中国近代最早的革命翻译家之一的作品，真是很令人高兴的。

苏曼殊与《梦谒母坟图》

苏曼殊是清末民初多才多艺、倾倒一时的诗僧。他除了诗、小说、翻译等风靡时人外，他的绘画也颇为时人所推重。

孙中山就颇“激赏”苏曼殊的画，曾亲笔为他的画集题签。他的老友柳亚子也曾写诗盛赞为“千秋绝笔”。曾为邹容收尸的“侠士”刘三（季平）咏道：“苏子擅三绝，无殊顾恺之”；于右任先生亦赋诗感叹云：“世人莫评曼殊画”。这当然是因为他的画“潇洒绝尘”、画中有诗，有极高韵致之故。当时一代名士莫不与之交往，并以能获得其墨宝为荣。但苏曼殊颇不以之轻易许人，且所绘画多有不落款识印章者，因之传世不多。

苏曼殊赠人之画莫非知己契友，否则千金亦不屑一顾。他曾为音韵学大师、南社诗友黄侃（季刚）画过一幅《梦谒母坟图》，并有章太炎题跋、黄侃记文，堪称珠联璧合之珍品。黄侃在“五四”前后曾任北大文科教授，其父黄云鹄乃清末著名经学家。黄侃幼承庭训，后又拜章太炎为师。章氏极欣赏他的才华，将平生所学悉心传授。黄侃后又从师于精于音韵识训诂之学的刘师培，其实黄只比刘小两岁。但刘师培世代家传训诂之学，其祖、父均列传于《清史稿》，因之黄侃心悦诚服。黄侃经过名师点拨，加上学有根基，后来出版了《音略》《声韵通例》《集韵声类表》等书，而致声名鹊起，蔚成大家。

说来有趣，章太炎、刘师培、黄侃三人竟都被同时人呼为“疯子”。章氏在东京主办《民报》，因反对孙中山，致被黄兴斥为“疯子”。刘师培则是因其不修边幅，蓬头垢面以读诗书，因此也被视为“疯子”。黄侃则是出于他的一种怪癖。因其父过世早，他一直与母相依为命。他经常来往于故里湖北蕲水与北京，每次必奉母同行，而每次亦必携带老母的寿材，直至其母弃世乃止。因之人们都把他视为“疯子”。由于苏曼殊在日本与黄侃同寓，又为挚友，所以黄侃请曼殊画了一帧《梦谒母坟图》以寄哀眷之情。那时刘师培已死，所以只能请章太炎题跋。否则黄侃亦必请刘师培赐笔以志不朽的。

苏曼殊当时因对社会黑暗和封建家庭不满而出家为僧，但他又并不认真面壁修行，而是浪迹天涯诗酒笑傲，所以亦被视为“畸人”狂僧。他自己尝有诗云：“无端狂笑无端哭”，这也难怪世人将其视为“疯癫”了。

从一幅《梦谒母坟图》说起，无疑为当时士林写照，也约略反映出那个时代知识分子所谓的“名士”之态。

也谈苏曼殊的出家年龄

1983 年第 1 期《书林》刊载徐重庆撰写的《诗僧苏曼殊》一文中，关于苏曼殊身世的介绍，颇多误谬（徐重庆在 1981 年第 15 期《随笔》上发表的《漫谈苏曼殊》一文，亦有错谬）。兹就浅薄管见，聊述于下。

徐文说苏曼殊“十二岁”剃发为僧，是不确的，近年来有关介绍苏曼的文章亦多持此说（如 1981 年第 3 期《人物》、同年 12 月 6 日《中国青年报》等有关文章）。其实苏曼殊出家，时年 20 岁（1903），是从日本归国之后而非东渡之前。最早造成年龄错讹的是柳亚子先生。1926 年，他陆续发表的《苏玄瑛传》《苏玄瑛新传》，同时他的儿子柳无忌发表的《苏曼殊年谱》，其中有关苏曼殊的出家年龄均被错认为“十二岁”。其后父子俩在编辑《曼殊全集》时，又将以上的那些错误研究成果收入，于 1928 年由北新书局出版。此书流传甚广，贻误也颇深。不久冯自由撰文予以更正（参见《苏曼殊之真面目》,《革命逸史》初集）。嗣后，柳亚子先生改弦更张，直接向曼殊的亲属调查，获得不少第一手资料，重作《苏曼殊传略》《重订苏曼殊年表》，推翻前说。这两篇重要更正之文收进上海开华书局 1933 年出版的普及本《曼殊全集》。文公直先生所撰《曼殊大师传》《曼殊大师年谱》也循此说（详见《曼殊大师全集》，上海新文化书社，1936 年版）。直至 1943 年，重庆正风出版社出版的柳无忌所编《曼殊大师纪念集》，又一次郑重加以订正。但可惜上述的数种书传，发行量很少，致使谬讹殊难厘清。1980 年，柳无忌先生特意从美国寄来《关于苏曼殊》一文，发表在同年第 3 期《人物》上，再次详细阐明若干事实（其中亦包括苏曼殊的出家年龄），澄清了有关曼殊研究的史实。另外，曼殊的亲属们也写了不少回忆文章，均谈到这个问题，如曼殊幼妹苏惠珊写的《亡兄苏曼殊身世》等，恕不一一列举。

此外，徐文中关于曼殊身世还有一些谬误，如徐文说曼殊“名元瑛，字子谷，小字三郎”，不确，这是依照柳亚子的旧说。实际应该是：幼名子谷，无字，到日本后更名苏戬，出家后更名为元瑛（参见冯自由《苏曼殊之真面目》）。又如他的笔名也非徐文所说的“二十多个”，实际是四十余个，见之于张静庐、李松年编《辛亥革命时期重要报刊作者笔名录》(《文史》1962 年第 1 辑)，郑逸梅著《南社丛谈》(上海人民出版社 1981 年版)。再有，苏曼殊到日本时的年龄也不是“13 岁”，应是 15 岁（1898 年）。

最后，关于苏曼殊逝世前的革命活动，如谋刺康有为、参加兴中会领导的长沙起义、在上海参加兴中会革命活动及参加讨袁的“二次革命”、加入中华革命党等等，徐文均未述及，这是令人遗憾的。

苏曼殊在上海二三事

现在的年轻人对苏曼殊这个名字几乎是太陌生了，但在辛亥革命时期，苏曼殊的诗文却整整风靡了那一代青年。他不但是清末最早觉悟的爱国知识分子之一，亦是享誉一时的文学家。他的诗凄丽清新，极富画意，被誉为是“却扇一顾，倾城无色”；他的小说以描述男女爱情去抨击封建礼教，曾使千万青年感动。他最早翻译雨果的《悲惨世界》及拜伦、雪莱的诗篇，借以鼓吹反清革命，对当时青年人影响很深。鲁迅年轻时就受到曼殊译拜伦诗《哀希腊》的熏陶。

曼殊 15 岁时便留学日本，受孙中山先生影响颇深。参加过留日学生的第一个革命团体“青年会”及拒俄义勇队，并随黄兴练习过射击，以备举行反清起义。1903 年回国，到上海任《国民日日报》翻译。与陈独秀、章士钊等同事。名著《悲惨世界》（那时译成《惨世界》）就是这时译出而刊载在《国民日日报》上的。他还为报纸写过不少革命杂文。这期间他与陈独秀关系最为密切。在文字上得到陈独秀不少教益，陈独秀教他写文章、做诗，为他的作品润色，据说曼殊所译《惨世界》就是经过陈独秀润色的，所以曼殊称陈独秀是他的“畏友仲子”。这时苏曼殊才 20 岁。不久因报刊停业，他便到香港投兴中会负责人陈少白，希望在革命事业上有所作为。但因发生了误会，加之封建商贾的家庭要他完婚，他一气之下到广东惠州当了和尚。但他终究不能忘怀祖国沦亡于异族的血腥统治之下，因而他又开始参与了反清革命活动。1904 年他曾准备暗杀保皇派首领康有为，并在长沙参与了华兴会筹划武装起义的计划，因事泄又出走上海。这期间，黄兴在上海召集部分华兴会成员举行秘密会议，决定今后实行暗杀行刺与武装起义的方针，这次重要会议曼殊也参加了。曼殊还揭露过同盟会叛徒刘师培的丑行，虽然曼殊与刘师培为挚友，但他还是将这一消息及时通知了陈独秀，由此可见曼殊的革命立场。

辛亥革命后，袁世凯窃国篡位，曼殊由于看不到出路而消沉。加上他孤苦贫病，遂至病倒。先就医于宝昌路某医院，后又移住广慈医院，终因肠胃病于 1918 年 5 月 2 日逝世，时仅 35 岁。但在曼殊临逝之前，正值孙中山先生在广州誓师北伐。他于病榻之上曾向友人致信表达他从军北伐的愿望：“急望天心，使吾病早愈，早日归粤，尽吾天职，吾深悔前此之虚度也。”如果不是因为他沉疴不起，而能够追随他素所敬仰的中山先生从军北伐，他在革命事业和文学事业一定会大有作为的。

曼殊往返几次到过上海，曾住于孙中山、蒋介石寓所。逝世前的最后来上海是民国元年（1912），主持《太平洋报》笔政，续刊出版了《断鸿零雁记》。曼殊是南社社员，与在上海的南社诗人们每有唱和，可惜流传存世绝少。他有一首诗作，是赠给几位在上海的南社社友的：“寒禽衰草伴愁颜，驻马垂杨望雪山。远远孤飞天际鹤，云峰珠海几时还？”韵致高雅，笔调宜人，是缅怀友人的一篇佳作。

曼殊于上海逝世后，南社社友们无不为之惋惜。他们为曼殊举行了隆重的送葬仪式。1918年6月8日，南社同人奉柩于上海沪北站启程，将曼殊遗体安葬于他生前喜爱的西湖孤山之畔，并立了一座“曼殊塔”，上面镌刻了记载曼殊生平的铭文，以让后人永远怀念这位爱国的诗僧。

苏曼殊在西湖

辛亥革命前后的梵僧诗人和文学家苏曼殊，是清末最早觉悟的爱国知识分子之一。他很早就参加了反清革命活动，并以笔为枪，为革命事业大声疾呼。

辛亥革命后，苏曼殊不满于黑暗污浊的现实愤而出家。他开始漫游河山，浪迹天涯，试图寄情山水以救解脱。他出家后曾多次来杭州西湖游历和居住，秋瑾墓后凤林寺侧的陶社和南屏山下的白云庵，都曾留下他的足迹。他对清逸雅韵的西湖风光，简直是如醉如痴。他虽然披剃，但并不念经，常常白日大睡，到晚上则披短褂赤足拖履，漫步苏堤、白堤，兴浓时竟一直尽情吟啸到天明。吟诗作画是他的嗜好，画兴浓时，不论纸之优劣，连手边报纸也会信笔涂抹。但是曼殊作画从不题款加印，也不轻易送人。据说他在白云庵住过两个夏天，只画过两张加上题款和印章的作品。可惜的是，他的诗画大多散佚，只有《燕子龛诗》辑有他吟咏西湖景色的几首遗诗，今天读来仍有令人神往的情韵，如《住西湖白云禅院》:“白云深处拥雷峰，几树寒梅带雪红。斋罢垂垂浑入定，庵前潭影落疏钟”，也隐约反映出了诗僧寻求解脱的苦闷心情。诗人的内心是复杂和矛盾的，他不能忘怀家国之痛，“近日诗肠饶几许，何妨伴我听啼鹃”，“生天成佛我何能？……尚留微命作诗僧”，这些发自内心的真挚呼喊便是他向往回到现实中的真写照。

也许是他生前那样眷恋西湖的青山碧水，在他逝世后，由中山先生募款，南社社友们把这位老社友柩葬于西湖孤山北侧西泠桥南，并建了一座曼殊塔，上面刻下了诗人生平，在铭文中特别指出是因为诗人“夙恋此湖”才“藏骨于此”的。“天涯终古西泠地，可有当年只屐无？”但人们来到这里凭吊时，是不会忘怀这位被誉为“革命和尚”的文学家的。

苏曼殊在南京

辛亥反清志士和文学家苏曼殊，一生涉迹大江南北，南京为他数度居住之地，并有诗画留存。

1905 年，年仅 22 岁的苏曼殊到南京陆军小学任英文教师，与收邹容尸骨的南社诗人、侠士刘三同事。这是他第一次来南京，尝作《登鸡鸣寺观台城后湖》赠刘三。

苏曼殊早年在日本追随孙中山先生进行反清活动，归国后在湖南参与筹划华兴会起义，事泄后旋赴南京。这期间，他结识了革命军事家、新军标统赵声（伯先），二人成为莫逆之交。苏曼殊在《燕子龛随笔》中云："余教习江南陆军小学时，伯先为新军第三标标统，始与相识，余叹为将才也。"南社老人郑逸梅在《清娱漫笔》中亦有记载："曼殊在南京，常和赵伯先饮酒啖板鸭，既醉，相与控骑于龙蟠虎踞之间，一时称为豪举。"苏曼殊对赵声的军事才干极为佩服，先后绘《终古高云图》《绝域从军图》相赠，后来赵声请苏绘一幅寄托反清壮志的《饮马荒城图》，未及绘成，赵声却因黄花岗起义失败呕血而死，苏曼殊悲恸之余，将画赶成托人焚化于香港赵声墓前，并慨然长叹："此画而后，不忍下笔矣。"

次年，他应同盟会老友刘师培之邀，到芜湖皖江中学堂任教，与革命志士陶成章等订交。在此期间，他又到南京晤刘三，作《莫愁湖寓望》一诗云："清凉如美人，莫愁如月镜。终日对凝妆，掩映万荷柄……"全诗含蓄地抒发了爱国情感，写来如淡墨水画，蕴意深远。

苏曼殊似乎对南京很有感情，他还绘过一幅《莫愁湖图》，后藏南社老人郑逸梅处，据老人谈："画作远山荒堞，水波浩渺，垂柳板桥间，泊一小舟，僧人立堤畔似欲唤，意境很是超脱。"此画几经辗转，保留下来很是不易。

苏曼殊在南京除从事革命、文学活动（如写作《文学因缘》）外，还进行学术研究。1908 年，他曾到南京祇园精舍任英文教师，在此期间他写出了很多有价值的梵文学术著述，可惜湮没无传。

曼殊大师在香港

南社中著名的诗僧苏曼殊，一生中曾经到过不少异域国度，如日本、印度、泰国、锡兰等地，诚所谓萍踪万里，浪迹天涯。他自己亦曾感慨赋道："契阔死生君莫问，行云流水一孤僧"，倒也可为他立照。

曼殊两次去过香港。他第一次去香港的时候还未出家。那是1903年由日本归国后，先到苏州吴中公学教习。不久又到上海，任《国民日日报》翻译并为之撰稿，与陈独秀、章士钊、何梅士同事，他的名译《悲惨世界》(时名《惨世界》)，就是这时译成而刊诸此报的。但不久报纸停刊，大家都失业赋闲，曼殊便想到香港投兴中会负责人之一陈少白谋有所作为。到港后，他住在《中国日报》社，但因他生性孤介，磊落不羁，受到陈少白冷遇。一气之下，曾想谋刺当时的保皇党领袖康有为，被人劝阻便又跑回广东，投入惠州长寿寺落发，但庙中只有一老僧住持，贫无粒米，只以化缘为生。曼殊入门后，日日代师下山托钵募化。他实在耐不下去，只得窃了已故师兄博经的度牒及银洋二角，步行到广州，又乘轮再抵香港，途中竟三日无米沾唇。这是1904年2月的事。从此他便以“博经”自命，并起了“曼殊和尚”的法名。他到香港后，遇到了他以前的西班牙籍老师庄湘，庄湘喜他的才情，有意将其女雪鸿嫁给他。但曼殊却凄然泪下道：“吾证法身久，辱命奈何？”并写下了那首脍炙人口的凄迷绝唱：“乌舍凌波肌似雪，亲持红叶索题诗。还卿一钵无情泪，恨不相逢未剃时。”庄湘叹息之余，只得与他告别。

曼殊往香港本意是加入兴中会有所作为，那时清廷已是大势已去、义军遍地了。不想因为一时误会却使他成了佛门弟子。1929年(苏曼殊已圆寂11年了)，陈少白将这段往事回忆出来刊在《申报》副刊上，字里行间，颇有唏嘘之意。曼殊究竟为何出家？他自己从无谈过。他的一些挚友如柳亚子、章太炎、陈独秀、刘师培等，似乎也从未问过，因此不见各种传忆之籍，以致成为千载遗憾的一桩公案。有人曾猜测，曼殊是因抗拒家庭包办婚姻方逃至香港，继愤而出家的。但这似也不确，因香港1975年版《曼殊大师传补遗》中曼殊幼妹苏惠珊绝口未提此事。柳亚子是研究曼殊的权威，他的《苏玄瑛新传》《苏曼殊传略》《重订苏曼殊年表》等著述亦未道及。由此，抗婚之说只能姑妄听之。

曼殊之死病因谈

辛亥革命前的著名爱国文学家和诗僧苏曼殊，多才艺，于诗文、小说、翻译、绘画等皆有造诣，在近代革命史、文学史、翻译史和学术史上亦自有一席之地。但这位风靡一时的诗僧以35龄华年而病逝，这颇令人惋惜。

曼殊的病因是肠胃病。但柳亚子《重订苏曼殊年表》、文公直《曼殊大师年谱》及近人刘斯奋《曼殊年表简编》都未提及或语不甚详。只有马以君《苏曼殊年谱》叙述较细："一九一七年六月，肠胃病大发，……秋，肠胃病复发"，不久又"加深"，并引"痔疮大发"，次年二月"病情恶化，'不能起立，日泻五六次'"。5月2日便去世了。郑逸梅《南社丛谈》苏曼殊传中曾云"他的死实由于饮食无节所致"，这是很中肯的。

曼殊喜啖吴江的土特产麦芽塔饼，此物积不易消化，常人食三四枚已称胃健，他却一次能吃20枚。他还爱暴饮冰块，在日本时一次竟饮冰五六斤之多，卧榻一夜，人以为死，所幸复活，但仍剧饮如故。有一次他又"欲得生鳆……啖之不足，更市之再，尽三器"，旁观者"大恐"。周南陔《绮兰精舍笔记》载："……尤好食苏州酥糖，一日尽数十包，又好食糖炒栗子"，这皆为不易消化之物。他因病住院后，院长每每由其枕畔搜得糖栗三四包，他死后枕下还藏掖累累糖果。曼殊嗜糖如命，无钱时竟拆金牙去买，还自号"糖僧"，但这只是其一。他之患病，与其身世经历有绝大原因。他因是日本下女所生，自幼便受家族"摈斥"，13岁时患大病，竟被族人放至柴房等死。15岁时东渡日本留学，生活困苦，

"所食白饭和以石灰"（冯自由《革命逸史》初集），以后投身革命，到处漂泊，生活极不安定。有时竟三日粒米未进，出家后更是"马背郎当，经钵飘零"，诚如自咏是"行云流水一孤僧"。曼殊一生足迹遍布粤、湘、江、浙、皖等省及日本、新加坡、缅甸、爪哇、锡兰等地，风雨飘零，饥餐渴饮。他又是一位"独行之士"，不喜名禄，致使穷困潦倒，三餐不继便拥衾高卧数日，阮囊不涩又狂饮暴食。他又性格抑忧，常常"无端狂笑无端哭"。辛亥革命后他愤于国事蜩螗，每每感忧，遂以此"抗浮云"，求解脱。这该是他在精神上的致命点。他肠胃病史至少在死前五年于日本就已连绵不绝，但精神上的病史却始终缠身。

曼殊死前会于病榻上写信致友人，渴望去广州追随中山先生归法北伐，"急望天心，使吾病早愈，早日归粤，尽吾天职。吾深悔前此之虚度也"。但病魔最终仍夺去了他的宝贵生命。这自然不能苛求于他。该是那个时代所使然。

柳亚子与苏曼殊

20 世纪 80 年代末，内地首次出版了苏曼殊的诗集《燕子龛诗》，同时再版了《柳亚子诗词选》。说起柳亚子与苏曼殊，两人可算是中国近代诗史上的双璧。苏曼殊加入南社后。受柳亚子影响颇深。两人的友谊也日渐深厚。曼殊死后，柳亚子怀着对挚友的情谊，开始长期从事苏曼殊研究，著有《苏玄瑛新传》《苏曼殊传略》《重订苏曼殊年表》，为世所推重。并指导他的儿子柳无忌也从事曼殊研究，父子二人并编印了 5 册《曼殊全集》，足见柳亚子对故人的怀念之情。

柳亚子生前写有不少赠怀曼殊的诗篇，亦是今天研究曼殊生平的宝贵资料，并可以窥见二人之间深厚的情谊。曼殊 15 岁即东渡日本留学，后来多次往返香港、东京等地。1912 年，柳亚子有诗送曼殊东渡："红灯绿酒几旬醉，海水天风万里行。正是阳春旧三月，樱花丛里访调筝。"极尽依依惜别之情。苏曼殊尽管后削发为僧，但他始终是一个爱国主义者。柳亚子的赠怀诗亦可佐证曼殊绝不只是一个颓唐绝尘的僧人。1905 年，柳亚子作《题曼殊说部》十首，极力称赞苏曼殊大义凛然的反清著述。1918 年曼殊逝世，柳亚子悲痛欲绝，和泪写下《哭苏曼殊》四首。其二云："壮士横刀事已非，美人挟瑟欲何依？七年絮语分明在，重展遗书涕似縻。"诗中所咏旧事系指辛亥光复时，苏曼殊欢喜兴奋之余，曾慷慨寄诗柳亚子曰："壮士横刀看草檄，美人挟瑟请题诗"两句。曼殊又善画，曾作《荒城饮马图》哀悼辛亥烈士赵伯先，故柳亚子在其三诗中又云："千秋绝笔真成绝，忍对荒城饮马图！"曼殊的画与他的诗一样，风靡时人，享有盛誉。中山先生就很欣赏曼殊的画，曼殊也颇引以自豪。1944 年苏曼殊逝世 26 周年时，柳亚子写下二首七律，其中有"早曾橐笔干真主，晚失从军靖粤疆"之句，第一句即说曼殊画为中山先生所激赏，第二句说的却是曼殊欲参加北伐未成之事。当时孙中山于广州誓师北伐。曼殊染疾，他于病榻中写信致友人云："急望天心，使吾病早愈，早日归粤，尽吾天职，吾深悔前此之虚度也。"如果他不是因为沉疴不起，而能够随他素所景仰的中山先生从军北伐，他的思想一定会发生改弦易辙的巨大变化。他也会像他的老友柳亚子一样。成为一个爱国主义的革命家。曼殊的一生是富有悲剧意味的，这是时代和家庭的局限。"鬓丝禅榻寻常死，凄绝南朝第一僧"，尽管如此，柳亚子仍然称他是"英雄延揽志非疏"。确实。曼殊临死前不是在深悔前此之虚度光阴了吗？曼殊倘若不是早逝，而与老友柳亚子携手跨入新中国，他是会更加热爱他的祖国而"歌声唱彻月儿圆"的。

孔子后裔之悲剧

曾记得在报上看到：内地孔子第七十七代孙孔德成先生逝世，孔德成先生在民国不再是衍圣公，而是改为奉祀官。解放前到了台湾，任“考试院院长”，他的姐姐孔德懋在内地曾当选为六届全国政协委员，由她的女儿整理出版《孔子内宅轶事》。由此不禁颇生出一番感慨。旧时代讲尊孔，故自幼也读过几天“子曰诗云”。后来稍长，听长辈们说及孔圣人家后代的轶事，才知圣人后裔也并非代代人人皆显赫。

孔子在封建时代被尊为“大成至圣先师”，他的后裔历朝历代也被赐爵封公，并且世袭相承，号称“文官之首”。在明清时，“衍圣公”（孔子后裔的爵号）可以在紫禁城内骑马，与皇帝并行。除了山东曲阜有“衍圣公府”外，北京也有其官邸。现在西单太仆寺街，还依稀可窥“圣公府”的旧貌。

尽管孔子后裔号称“天下第一家”，但孔子后裔也并非代代人人尽皆显赫。学书法的大约都知道“玉虹楼碑帖”这一珍宝，前数年还曾在北京隆重展出过。其作者便是孔圣近支后裔孔继涑。孔继涑勤奋治学才华过人，曾主持孔府事务。后来由于北京皇宫中有人观测星象，算到孔继涑要篡真龙天子皇位。在位的乾隆皇帝便立即派人抄其家，因之孔府也把他驱除出族。从此，他十年未下其居“玉虹楼”，而专心苦研书法，集历代名家书法精工摩刻，辑为《玉虹楼碑帖》达584块之多。法帖分14类，分“玉虹楼帖”“玉虹续鉴真”“谷园摩石”等，法帖卷为乾隆时书家张照以行、草、楷多种字体书写，张照在乾隆时负书名，据说受到乾隆皇帝欣赏，常为乾隆皇帝代笔。孔继涑晚年蛰居北京，以长年忧郁竟客死异乡。他的后代世世冠以“罪人之家”，受尽凌辱。

孔继涑的胞兄孔继汾遭遇更为凄惨。孔继汾以衍圣公亲叔身份主持孔府家务，又苦心研究孔氏家族礼仪、典章，著述甚丰。14岁成贡生，后又到北京任国子监中书、军机处行走等职。当时文字狱之风正炽，未料有人将他著述中的一句话“于区区复古之心”说成是对清朝制度不满，山东巡抚便星夜将孔继汾押到省衙审讯，后又奉乾隆之旨将其解往北京交刑部与大学士九卿“严加讯究”。虽经孔继汾一再解释，仍被从重发配伊犁充军。当时孔继汾已经六十多岁，不久就死在充军路上。他之子孔庆森为清代著名汉学家，其著作为当时的学人所重视，但由于乃翁之故，一生亦不得志，颇为落魄。

再有《桃花扇》之作者孔尚任，也是孔圣后裔，生前亦不得志，记得当年笔者青年时代即涉猎过他的诗文，对他之身世颇为同情，还曾抽暇到成贤街访过他的旧居。他在北京当过国子监博士，历时九年写成《桃花扇》，轰动京门，遂引起朝廷不悦。据说康熙帝曾连夜遣人向孔尚任索取稿本，“御览”之后，旋被罢官。但他比孔继涑、孔继汾兄弟命运强多了，总算是平安回里、叶落归根。他的墓至今还在曲阜孔林之中。而当年孔继涑被开除族籍，死后是不能入孔林的，只能葬在孔林之外的野地里，这也是旧时代斯文扫地的一段痛史吧！

秋瑾女侠在燕京

记得以前读《鉴湖女侠传》，大受感动。觉得古时谢道韫、朱淑真之类才女，红线女之类侠女，皆不如秋瑾身兼才气侠胆，就是李清照也为之逊色。还曾看见过一幅秋瑾遗照，气宇轩昂，手持短剑，英姿飒爽之态，颇令人起敬。

后来留意悉心搜读有关秋瑾传略，得知她在北京还曾寓居过，写有不少诗词。

秋瑾出身官吏之家，少时喜读书，尤喜杜诗辛词。不仅能文工诗，还善骑马击剑，大有古侠遗风，因自号“鉴湖女侠”。光绪二十二年（1896），其父将她许配湘潭富绅子王廷钧为妻。王乃纨绔子弟，婚后即捐了个户部主事，光绪二十九年（1903）春携秋瑾到京赴任。住宣武南半截胡同。秋瑾到京后，爱国之心益重，曾写信对友人云：“吾自庚子（八国联军之乱）以来，已置吾生命于不顾，即不获成功而死，亦吾所不悔也。”王廷钧则反其道而行，到京后大肆挥霍，极力讲究排场。他曾为秋瑾买过一对手镯，竟值数百银元。秋瑾容貌清秀，姿态端庄，又娴于辞令。故王廷钧为官场交际，很讲究秋瑾的服饰。秋瑾对此极为厌恶，曾对人慨言：“人生处世，应匡时救局之艰危，以实现己之抱负，怎能长困于家庭琐事了此一生！”并云：“吾谓革命当自家庭始！”

秋瑾最初幻想能够说服丈夫与她志同道合，但王廷钧只想升官发财，毫无丝毫爱国之心。秋瑾失望之余，于此年中秋填了一阕《满江红》:“小住京华，早又是中秋佳节。为篱下黄花开遍，秋容若拭。四面歌残终破楚，八年风味徒思浙。若将侬强派作蛾眉，殊未屑！身不得，男儿列。心却比，男儿烈！算平生肝胆，因人常热。俗子胸襟谁识我？英雄末路当磨折。莽红尘，何处觅知音？青衫湿。”字里行间，剖尽心肺，情意真切感人。此后秋瑾日益苦闷，有一次独自着男装出外看剧，王廷钧得知后竟施以打骂，秋瑾忍无可忍，毅然于次年东渡日本留学，走上了革命救国的道路。秋瑾启程时曾填《鹧鸪天》词一首:“祖国沉沦感不禁，闲来海外觅知音。金瓯已缺总须补，为国牺牲敢惜身。嗟险阻，叹飘零，关山万里作雄行。休言女子非英物，夜夜龙泉壁上鸣！”她的爱国之情是何等挚烈。果然三年后，秋瑾即实践了“为国牺牲敢惜身”之誓言，以33岁芳龄壮烈殉国。

王、秋二人新婚后曾“赤箫携手并斜晖”，恩爱宴尔。进京后王廷钧仕途无望，始成为秋瑾平生一大恨事，并开始争吵不休，亲友常为之调解。但据秋瑾女友、日本人服部繁子记叙，不仅秋瑾说其夫温文善良，服部见到的王廷钧亦温和怯懦。但秋瑾心怀大志、憧憬革命却是不争的事实，或许因此导致了其婚姻不幸。

秋瑾遇难后，曾遗有子女。曾为秋瑾营葬西湖的挚友徐寄尘著有《返钏记》，记述秋瑾起义前曾向徐寄尘筹款，并将手镯留赠。秋瑾之女王灿芝长大后，徐寄尘即把手镯还给灿芝。灿芝后留学美国攻航空与法律，晚年滞居台湾。曾写有《秋瑾传》，但一直未发表，1967年故去。灿芝独生女现于上海某小学任教，面容与其外祖母酷似。据说电影《秋瑾传》开拍时曾邀她饰演秋瑾，因其身体不好乃作罢，这真是一件令人遗憾之事。

刘鹗因赈济得祸

刘鹗由于写了《老残游记》，致使名播海内。清末民初之老北京，均知悉刘鹗因“擅散太仓粟”的“汉奸”之罪被流放新疆的大案。其实，这是冤屈了刘鹗。话还要从他在北京之行事谈起。

刘鹗是位颇有爱国忧民之心的有识之士，思想属维新党。他在北京总理衙门供职，与大名士罗振玉是至交和联姻亲家。1896年因感慨时事，写了一篇《春郊即目》:“可怜春色满皇州，季子当年上国游。青鸟不传丹凤诏，黄金空敝黑貂裘。垂杨踠地闻嘶马，芳草连天独上楼。寂寞江山何处是，停云流水两悠悠。”这首诗当时颇引起一些维新派人士的传诵和共鸣。此诗传到上海，立即引起办《时务报》的年仅20岁的梁启超的感动，曾赋诗以和。

刘鹗是如何被诬陷为“擅散太仓粟”？八国联军1900年攻占北京，烧杀淫掠之后，一时饿殍遍地。此时刘鹗正在南方，闻此毅然冒死进京，筹划救灾扶厄。他曾写信给北京难民救济会云：“今年北省大难……解囊不可稍缓。譬大舟触礁而沉，舟人登陆者半，沉溺者半，则登陆者不当尽拯救沉溺之人乎？譬如通衢起火，已焚其半，余不焚者，不当群起灌救被难之家乎？今日之事，何以异此？弟寒士也，摒挡一切，愿凑捐银五千两，又筹借垫款银七千两，共一万二千两……专作救济北京之用。”当时很多人看到此信，均被此义举感动得“泪下涔涔”。当时太仓被俄国军队所占领，由于外人不食大米，他即设法将米低价买来，全部赈济了灾民。自己由此也背下一身债务，生活颇为拮据。不久即逢除夕，困苦之际写下了一首《除夕》诗：“北风吹地裂，萧瑟送残年。仆告无储米，人来索贯钱。饥鸟啼暮雪，孤雁破寒烟。念我尚如此，群生更可怜。”其慨念苍生之情，大有老杜之遗风。不料数年后，权臣端方为报争执古玩的宿仇，遂撺掇袁世凯以“汉奸”“擅散太仓粟”罪将其流放新疆，次年即死于脑溢血。

除此之外，刘鹗在北京还做了一件于后人极有意义的事情。刘鹗爱收藏古玩，书画碑帖、钟鼎彝器、晋砖汉瓦、帛布印章等皆在搜罗之列。当时河南汤阴出土很多商代铜器和龟板牛骨，当地人均将牛骨烧灰施肥，龟板则售与药商。北京一收藏家王文敏发现龟板上刻有甲骨文，立即全部购收。王死后，其后人为清债务，遂将全部龟板卖给刘鹗。刘鹗得知出处后，立即派人至各地重金搜购达 5000 片之多。后来整理出版了《铁云藏龟》，这是我国第一部有关甲骨文的著述。刘鹗在北京还有 17 重房屋，摆满了他搜集的历代佛像，铜、铁、石、木，各色俱全，有五千之多，可惜后来焚毁于大火，不复流传矣。

刘鹗的《老残游记》，现在流行的本子据说并非全豹，但续集未曾出现即已散落。这是很可惜的事。《老残游记》里的“老残”有刘鹗的影子，已散落的续集中不知刘鹗是否把他在北京的遭遇作为素材写进去？令人无法揣测。但我想，他一定会利用这些素材的，因为这更佐证了他在《老残游记》中发出的沉痛之言：当官的顶子都是用老百姓的血染成的！

铸钟厂和“钟杨家”

老北京有这么一句口头禅：“东四、西单、鼓楼前”，意为此三地均为城内著名的商家稠密、市面繁华的地区。凡是到过这三个地方的老北京人，对那软红十丈、热闹繁华的景象，都是不会忘却的。因笔者家曾居鼓楼附近小石桥胡同、前马厂胡同，所以在少年直到青年时对鼓楼前后非常熟悉。明清一些诗人的诗作，常常将钟鼓楼与什刹海相提并论，所以“暮鼓晨钟”也颇值得玩味。民国初年鼓楼曾改名为“明耻楼”，民国十年前在里面布置了一些图片、模型等，以揭露八国联军抢劫北京的惨况，并售票参观，借以警醒民众。

鼓楼附近的烟袋斜街，至今仍然是条商业化的保留老北京风味的小街，例如那里的澡堂子，一直还保留坐式搓澡。往西也颇多古迹庙宇，如铁狮子胡同的那对铁狮，辛亥革命后即由当时京兆尹移到鼓楼保存，摆在鼓楼下正门两侧。麒麟碑胡同那块汉白玉石碑，清末民初出土后，也移存到鼓楼。从鼓楼往西有条影壁胡同，存元代铁影壁一座，辛亥后移到北海公园。钟楼后酒醋局胡同，原为皇家宫廷内府机构，高房栉比，可想见当年之况。由鼓楼西大街或由旧鼓楼大街，都可拐进铸钟厂胡同（现名铸钟胡同），比邻就是前马厂胡同，进胡同可望见一大片青砖大瓦房，一直占据到后马厂胡同，前门在前马厂，后门在后马厂，当年里面有戏楼、花园、亭榭等，这就是当地赫赫有名的“钟杨家”。据老辈人传说杨家几代为皇家商贾，专营制钟。据传说杨家祖先为一铸钟匠，一次皇帝下令为钟楼制一口大钟，限期完成。杨氏屡次铸钟未成，马上就要遭受惩罚，杨氏的女儿见此遂在开炉时跳入铜水，结果巨钟铸成，这口铜钟一直悬在钟楼上，亦是明代遗物。替换下的铁钟据说是因其音响效果不好。与前马厂胡同相对的豆腐池胡同，立有一座金炉娘娘庙，庙宇很小，门外有石砌影壁墙。据说此乃杨家所立，因为杨家女殉死铸钟，杨家受到朝廷封赏，永远执掌铸钟事务，故此立庙纪念她。后来就成为铸钟厂的炉神，铸钟前开炉必先祭祀。铸钟厂当年就设在今天的铸钟厂胡同，进此胡同就可望见一座大坑，据云乃铸钟之地。但是据当地老人讲：铸钟胡同旁边有大黑虎、小黑虎两条胡同，因“虎”与“钟杨家”的“杨”（羊）相克，故“钟杨家”在这两条胡同前挖了两个苇坑以辟邪，现在这两个苇坑已没有了，均盖起了平房。但由于地势低，下雨时积水甚多。

由于杨家铸钟代代相传，并为此地首富，故而当地人都呼其为“钟杨家”。但我后来查过史料，“钟杨家”其实并非铸钟匠世家，而是内务府汉军镶黄旗人，汉姓杨。至钟祥（字云亭）考上进士，累官至山东按察使、浙江布政使、山东巡抚、闽浙总督、库伦办事大臣、河道总督等职。“钟杨家”在道光年间还出了一位大收藏家杨继振，红学史上著名的乾隆手抄本百廿回《红楼梦稿》即为他所藏。几代既富且贵，“庐舍连云，几遍前后两街，四乡田地尤广，存终年取不尽之租”，“前后两街”即指前马厂、后马厂两条胡同。笔者家所住宅舍当年也是“钟杨家”宅邸，据说乃管家人等所住，今天格局仍在，但已面目全非，成了北京人所称“大杂院儿”了。所以“钟杨”者乃内务府汉军旗人姓氏称谓，“钟”并非铸钟之“钟”。地安门东雨儿胡同的“文董家”，也是内务府世家，汉军正黄旗人，家族中出过有名的投海自尽的圆明园总管大臣文丰。这家也是汉姓董。后马厂再往北是小石桥胡同。一片阁舍花园，曾是清末太监总管小德张宅邸，后归邮传部尚书盛宣怀，今已辟为竹园宾馆。“钟杨家”女儿20世纪40年代嫁与法国人，她的儿子鲍先生及儿媳20世纪70年代与我曾为同事。20世纪80年代移居法国。现在想问“钟杨家”逸事，远隔万里不易矣。2015年初，鲍先生来京寻访故宅，与笔者一聚。谈及“钟杨家”旧事，真是恍如隔世。据他所访，老宅中戏台、佛楼等仍在。“钟杨家”后裔长辈有任政协委员者，在20世纪50年代，将这片有上千间房的河道总督府捐给国家，成为对外贸易干部学校及宿舍。

原来前马厂胡同里有很多老人是“钟杨家”的厨师、车夫、跟班、奶妈等，我的一位中学同学的奶奶就是“钟杨家”的奶妈，而且也是世代在“钟杨家”做这个行当。当然，这些老人大多数已不在人世了。

清代内务府是一个特殊的为皇家服务的机构，职能包括财政、商业、榷关、呈贡、修建、制造、采买等，并且垄断织造、盐政、粤海监督、崇文门监督等命脉，在清代经济、商业占有重要位置，是一个大题目，此文不赘述了。

地輿典章

琉球与清朝的交往及灭亡

1. 琉球自明代即正式成为中国的藩属而始终不渝

琉球群岛位于中国台湾岛与日本之间，距台湾最近，为 630 公里（台北），距日本（东京）为 1550 公里。共有 60 多个岛屿（其中 49 个有人居住），包括先岛诸岛、冲绳诸岛、奄美诸岛、土噶喇列岛、大隅诸岛等，总面积约 4600 平方公里。

在中国古籍中，很早就有关于琉球的记载，如官修史书《隋书》称之为“琉求”,《元史》中称之为“瑠求”，明、清官方档案及野史记述更多。《古春风楼琐记》载琉球国位于福建以东海上。传说琉球国所在之岛在大海之中，一对夫妇居住在岛上，夫妇二人搬石运土、植树种草，进而繁衍后裔。尔后人丁兴旺，遂选出“天帝子”为王，天帝子生有三男，长子天孙氏被立为国君，传至 25 世，为叛臣利勇所害。尊敦起义诛灭叛臣，被拥立为君主，称舜天王。此为约中国宋朝时期，至元末琉球一分为三，称中山国、山南国与山北国，并一直与日本平等交往。琉球古籍《中山世鉴》也载：天神阿摩美久下凡，由天帝赐予土石草土，做成岛屿，故有琉球。

明洪武五年（1372），明朝中央政府派遣杨载为专使出使琉球三国，分别正式册封三国国王，三国国王均明确向明朝称臣，从此正式成为明朝的藩属。数年之后，中山国并灭山南、山北两国，完成统一。这亦得到了明朝政府的认可，继而册封中山国王封号为琉球国王。

此后在明朝近三百年间，琉球国作为藩属，一直与宗主国保持着极为亲密的关系和往来。如明嘉靖十三年（1534），第12任册封琉球使陈侃著有《使琉球录》，其中生动地描述了琉球人对中国使节的友好情感。陈侃记载，使节船队刚进入琉球域内，琉球人便“鼓舞于舟，喜达于家”。琉球国一直遵照明朝典制，隔年进贡。逢新君即位，亦谨守臣子礼，不远万里，遣使请封。据史书记载，明朝册封使曾有13任。琉球国进贡、请封使团更多。琉球人本不善舞，但为了表示对中国使节的欢悦之情和尊重，故创制舞蹈，据说流传至今的琉球古典舞即为当年接待中国使节舞蹈之渊源。明朝政府对琉球也一直非常宽厚，如永乐年间，琉球国遣使贡物，归去时违制夹带瓷器，被有司查出逮问，奏折上至成祖，成祖谕批：“远方之人，知求利而已，安知禁令，朝廷于远人当怀之，此不足罪”，明代诸帝以酷苛著称，尤其成祖，但对琉球子民却如此仁厚，实在令人感动。明神宗皇帝曾赐琉球国王御匾曰：“守礼之邦”，也寓教化之意。可见明代诸帝对琉球人的爱护。

清朝入主中原，明朝灭亡，琉球国继续与清朝维系藩属关系。清朝入北京，改元顺治，琉球国王尚贤主动遣使节金应元入觐，请求册封。但由于使节的疏忽，忘携明朝的册封印信，清朝政府未予承认，请封不允。不久国王尚贤逝世，按典制，未得宗主国册封，其继位者不具有合法性。其弟尚质继续上表请封，始被清朝中央政府正式册封为琉球国中山王。康熙元年（1661），又改封琉球国王，今仍保存有《册封琉球图》，包括册封仪注及《皇清职贡图》。据载康熙时，使节至琉球册封。在鼓乐声中，国王尚敬与琉球众臣在引礼官引导下，三跪九叩，依次行“接诏”“拜诏”“谢封”“谢赐”“问安”“谢恩”诸礼仪，方完成册封仪式，正式确立王位。乾隆帝曾谕如意馆画师制《万国来朝图》五图，有四幅今天仍可见上贡诸藩国有琉球使者人像，并立“琉球”旗帜。从《万国来朝图》和其他流传至今的画卷中，琉球人衣饰与中华无二，琉球王也以知中华之礼、写汉字书法为荣。清代诸帝对琉球王也慰怀有加，至今琉球仍保留有清代皇帝的多块赐匾，如康熙御书“中山世土”、雍正御书“辑瑞球阳”、乾隆御书“永祚瀛壖”，殷切期望琉球国与中国永世友好。

自顺治年延续百余年，琉球国一直奉清朝为正朔，从不间断遣使进贡，历任琉球国王即位亦必遣使请封，从未间断。为了向宗主国表示忠贞不一，几乎历代琉球国王子都要到清朝首都北京国子监读书，这实际含有人质之意。不仅历代史籍记录了中央政府和琉球藩属之间的亲密情感和往来，而且据说至今故宫尚保存琉球国进贡的倭刀等贡品。同样，琉球至今也保存了宫殿里只供琉球国王与中国册封使专用的“瑞泉”，可见琉球人对中国何等尊重。这同样证明当年化外之地的藩属子民对宗主国的一片拳拳之心。

2. 明朝册封琉球二百年后，日本始生觊觎之心

日本早年也是中国的属国，至今被日本奉为国宝的“汉倭王印”即为一证。在明朝册封琉球二百余年后，本来与琉球国同列的日本（日本正式受中国册封是明永乐二年，公元1404年），始生觊觎之心。

明万历三十八年（1609），日本极主扩张的丰臣秀吉侵犯中国的藩属朝鲜，派萨摩藩诸侯岛津氏向琉球国敲诈钱物，遭琉球国王严拒，岛津氏恼羞成怒，遂发兵攻打琉球，并俘获琉球国国王

尚宁。威逼国王写下誓约，每年向萨摩藩输粮8000石。

清同治七年（1868），日本维新政府擅传所谓“太政官令”至琉球，自作主张将琉球国置于鹿儿岛县管辖，后又将其改为政府直辖地。这一荒谬“官令”遭到琉球王国拒绝。

清同治十年（1871），在日本一直处心积虑图谋控制琉球之际，11月27日发生了“牡丹社事件”。66名前往中国朝贡和贸易的琉球人，于归国途中突遇大风，航船改向漂流至台湾。台湾土著牡丹社民误认为是犯境之敌，予以击杀，共误杀54人。余12人被清朝政府救护并护送回琉球。这一事件其实应属清朝内政，双方一为中国子民，一方为中国藩属臣民，与外国均无干策。

但日本闻听此事后，却蓄意图谋制造混乱，欲达到侵占琉球和台湾的野心。一方面，日本加紧对琉球的干涉。清同治十一年（1872）10月，日本借口明治天皇亲政，指使鹿儿岛县，恐吓威逼琉球王子伊江“进宫朝拜”。当时琉球国与日本平列，故贺表称“琉球国王尚泰”，但日本外务省竟擅去琉球国号，篡改为“琉球尚泰”。明治天皇又下诏将琉球王室“升为琉球藩王，叙列华族”（日本明治时间废“贱民”，重新规定等级为天皇、皇族、华族、士族、平民五等），实际上是不承认中国藩属琉球王国的地位。次年又诏令琉球受内务省管辖，租税上缴大藏省。日本种种卑劣伎俩尽管费尽心机，但琉球国并未同意，而且也未得到中国的准许。

所以，日本又开始从另一方面向中国挑衅，妄图从法理上获得侵占琉球的依据。清同治十二年（1873），日本遣使节副岛种臣、柳原前光来华，换取三年前与清朝政府签订的《天津修好条约》及《通商章程》。副使柳原前光前往总理各国事务衙门，拜见清朝总理衙门办事大臣毛昶熙和董恂。柳原故意谈起早就处理完的“牡丹社事件”。迂腐的毛、董二人，竟在谈话中不屑一顾地流露出“杀人者皆属‘生番’，系化外之民”之意，这在今天的外交辞令等于说台湾人不属中国政府管辖。柳原遂抓住话柄，强调“化外之民”不归中国治理，台湾亦非中国治下，表示欲“代表”琉球“出兵台湾”。这其实都是不值一驳的谬论，但却未引起清廷重视而疏于防范。

日本立即派桦山资纪、水野遵至台湾秘密考察，搜集有关情报。后令陆军中将西乡从道、大藏卿大隈重信为侵台军政长官，发兵攻台。此时日本军力薄弱，犹不足与中国抗衡，遂欲联合美国共同出兵台湾。但由于英国忌美国插手损失已之远东利益，向美日提出严重抗议。美国退出表示中立，但仍派遣顾问，清同治十三年（1874）春，日本出兵3000人悍然于台湾琅峤登陆。

依当时中日军力对比，日本实属蕞尔小国。日本当时陆军常备军仅3万余人，海军不足5000人，军舰15艘更是大多破损不能出海作战。如以武力进剿，区区三千倭寇真是不堪一击。但可惜清廷居然采取“以夷制夷”之策，寄希望于列强调停而疏于防御。致使日寇在琅峤登陆成功，15天后进攻牡丹社，残杀我台胞30余人。

当时主管外交的清朝重臣李鸿章昧于大势，原不相信日本胆敢进攻台湾，由于情报系统落后，此时才相继得到英、德、美等国的报告，落实日本已侵犯台湾。斯时西北边陲有浩罕国（今属乌兹别克斯坦）阿古柏纠众侵我新疆，沙皇俄国又乘危出兵侵占伊犁，南方又有藩属越南与法国关系紧张。使得清廷力不从心，不能专力处理日寇犯台事件。当然，李鸿章不是外交奇才，自然于此捉襟见肘。于是他又祭起“调停”的法宝，经清廷同意，始决定以和平方式平息日寇侵台事件。李鸿章毕竟久居要冲，他明白日本军力不足威胁中国根本，遂改变历次与西方列强屈辱妥协外交的方式，下令以武力为后盾，希望能威慑日本。

3. 李鸿章不战求和，引发琉球被日本攫亡难辞其咎

1874 年 5 月，清廷正式下谕，命船政大臣沈葆桢率兵“巡阅”台湾，以“钦差办理台湾等处海防兼理各国事务大臣”的官衔，授权节制福建镇道以下，江苏、广东海防各口轮船准其调遣。沈即率“安澜”“伏波”“飞云”三舰抵台，后又调“扬武”等军舰分驻澎湖、厦门、福州等处，掩护淮军武毅铭字营 6000 人赴台。其后，朝廷又下谕遣福建布政使潘蔚赴台协同沈葆桢处理台湾事务。

沈、潘二人抵台后，迅即调配军事布署。当时在台湾的清军已达 1 万人，与日寇兵力相比达三比一之强，且在军事装备上亦不逊于对手。况日寇孤军进犯，于后勤保障、后续支援等皆都严重不足。而中国尽占天时、地利、人和，这场战争理应稳操胜算。

但作为最高指挥者的李鸿章不敢兜剿全歼日寇，而一味力主不发一枪一弹而屈人之兵，希图靠谈判和“调停”来达到日寇退兵之目的。李鸿章的这一愚蠢举措，使清军绝对丧失了战略主动，而丢掉了最佳战机，使得本来就想速战速决的日寇得寸进尺，攻破台湾共 18 个番社。李鸿章也不明就里，还想与早已到达上海的日本驻华公使柳原前光谈判，但柳原一则为等日军在台湾进展消息，以增加谈判筹码；二则为拖延时间，竟然以“台湾事务全权大臣”是在台的西乡从道为由，拒绝与清廷谈判，气焰极为嚣张。

李鸿章绝对不是一个精明的外交家，就在他望眼欲穿想与日方开启谈判之门时，台湾战事早已发生逆转。首先，日寇犯台兵力不足，只有区区 3000 人，由于战线推进，不但屡遭高山族同胞突袭，亦因士兵严重水土不服，伤亡总数已达侵台日军三分之一。但指挥官西乡从道为在谈判桌上争取筹码，一再宣称要继续增兵。

李鸿章得知此一情况后，似有悔悟，开始强硬，亦宣布增兵2万赴台。在李鸿章的压力下，加上战局无法扭转，日本被迫开始与清朝政府谈判。

9月10日，日本派遣内务卿大久保利通为谈判代表来华。在英国驻华公使威妥玛和美国驻华公使忻敏的“调停”下，双方达成谈判结果。

本来日本并未占据战局主动权，却获得了不薄的收获：清朝政府赔付抚恤银10万两，在台建筑费40万两，首付10万，余额在日军12月20日退兵后给付。

李鸿章其实是很愚蠢的，他不明白列强都是狼狈为奸，纯属一丘之貉。美国当时刚刚结束南北战争，正伺机扩张。本来美国就已与日本相约共同出兵台湾，只是由于英国的干涉才停止发兵，但仍派遣美国驻厦门并台湾领事李仙得等为顾问，租借美国邮船“纽约号”随日军侵台。英国干涉美国出兵也并非主持“正义”，纯是担心美国染指会破坏力量均衡，威胁英国在远东的既得利益。由此二位不怀好意的列强来“调停”，中国岂能维护自己的切身利益？事实证明，日本是在英国的支持下才敢向中国敲诈的。

而且，关键还不在于未曾战败的中国向日本赔付几十万两白银，最为严重的是为琉球灭亡预埋了祸根。

10月31日，清朝政府和日本签订《北京专条》三条，英国支持日本敲诈完事大吉。但李鸿章疏忽大意，在《北京专条》中承认日本为被杀琉球人出兵为合理，这无异于间接承认琉球属于日本藩属。因为日本一直绞尽脑汁，狡辩1609年琉球即已向萨摩藩输粮为“上贡”，因而亦即为日本之“藩属”。实际上琉球与中国均未予以承认。“牡丹社事件”是宗主国中国与藩属琉球之内政，本来无须日本干涉甚至出兵。但承认日本出兵合理，岂非承认琉球不是中国的藩属？李鸿章的荒谬和大意为琉球被日本灭亡预埋了伏笔！五百年一直依附中国和被中国明、清两代中央政府扶持的亲密藩属琉球，就这样走向了被日本魔爪攫夺的不归之路！

李鸿章可能没有想到，《北京专条》的签订使得西方列强更视中国如鱼肉，更加蔑视风雨飘摇中的老大帝国。本来洋务运动的兴起使列强还有所忌惮，中国的自强图存使列强瓜分中国的脚步略有踯躅，但李鸿章的签字画押，却使得列强心中暗喜。中国的柔弱外交将更加举步维艰，当然，《北京专条》的签订使琉球成了最大的受害者。

4.“生不愿为日国属人，死不愿为日国厉鬼”，琉球不甘灭亡求救于清朝，而犹豫不决终丧藩邦

清光绪元年（1875），即中日《北京专条》签订后的第二年，日本未经中国同意，擅自派兵侵入琉球，并强令琉球国更改年号，“尊奉”日本明治年号，亦不准再向清政府进贡。琉球国疾派尚德宏亲至宗主国告急求助，尚德宏先到福州，向闽浙总督何璟、福建巡抚丁日昌禀报，并通过二督、抚向清廷加急专折上奏。

但迂腐的清廷没有意识到事件的严峻，未专门廷议或指派大臣处理，只给驻日公使何如璋下谕，命其调查交涉。按理应义正辞严予以外交照会，或按参照“牡丹社事件”处理，以武力做后盾，使日本有所顾虑，因为此时日本军力并未增强，与去年侵台时相仿。当时何如璋的交涉立场十分软弱，使日本觉得清政府懦弱可欺。同年 9 月，日本军舰侵入中国另一个亲密藩属朝鲜，威逼与其签订不平等条约，意在向中国挑衅。此时清政府依然未采取强硬措施。清光绪四年（1878）4 月，日本悍然下令欲废琉球改郡县。

琉球国死不甘心灭亡，从国王至臣民无不愤慨。但琉球国一直依靠中国，已近二百年不设军队，国力柔弱，根本无法与日本

抗衡。日本同时下令身染重疴的琉球国王尚泰至东京听候“处置”。为缓兵之计，尚泰派王世子先往东京，游说日本同意暂缓国王赴日之期，以给清政府时间加以援手。但直到四个月后，清政府仍然没有拿出一个切实可行的解决方案，一直由驻日公使何如璋不断以情理为旨与日本交涉，日本看透了清政府的无能，于 8 月 30 日正式宣告改琉球为郡县，并狂妄声明琉球与中国的关系改由外务省处理。

琉球不甘亡国，由尚在中国的求援特使尚德宏急向负责外交的重臣李鸿章上书，痛泣日本欲“灭数百年藩臣之祀”，琉球举国“主忧臣辱”，但上下发誓“生不愿为日国属人，死不愿为日国厉鬼”，哭请宗主国“威惠于天下”，“速赐拯援之策，立兴问罪之师”。连尚德宏亦懂得如救水火，只能“立兴问罪之师”，但李鸿章和清廷却一直犹豫不决。其实日本从 4 月决定废琉球之日，只是口头“处置”，对琉球国的反抗也未派兵镇压，同时一直虚与委蛇与何如璋回复交涉，这其实是在观望清政府的态度。如果清政府持强硬立场，以武力为后盾与日本严正交涉，事情的发展决不会走到使琉球亡国的惨痛地步。

当然，听任日本强行废除中国的藩属，毕竟有损“天朝威仪”，故清政府还是采取了一些措施。

清光绪五年（1879）3 月，美国前总统格兰特将军访华，李鸿章又祭起了“调停”的法宝，他与格兰特会谈，特别详细介绍了日本欲废琉球国的现状，期望格兰特以其身份予以“调停”。尽管格氏不太明白“册封”“藩属”等特殊含义，但他还是认为其理在中国，尽力与日本“调停”。但日本方面却搬出了《北京专条》中对清廷不利隐含祸根的条款，致使格氏哑口无言，“调停”终归失败。

至此，日本终于摸清了中国的底牌——中国是那样懦弱，是那样不愿多事，如福建巡抚丁日昌于《海防应办事宜十六条》第七款中云:“日本废琉球，我此时海防未备周齐，只能予以谴责，俟我防务沛然，再兴问罪之师”，在当时代表了一部分朝廷大员的意见。日本终于伸出了魔爪，在与格兰特会谈一个月后，迫不及待派出500余士兵和警察彻底镇压了琉球国的反抗，同时将琉球王室强迁至东京，将琉球彻底“废藩”改为郡县，由日本政府“直辖”。

清政府的软弱无能致使受封500年的藩属彻底亡国。面对琉球人的哭泣，那拉氏度过了她50岁大寿。琉球人与中国的特殊关系其实不止源于明代，据笔者考证，琉球人很可能在汉、唐代就与中国有了友好交往，琉球人的服饰皆有汉时遗风。琉球是闻名世界的空手道的故乡，至今世界各地来琉球（今冲绳）修习空手道的人依然络绎不绝。而空手道最初的名称就称为“唐手”，是琉球人根据中国武术特色而创立的搏击术。由此可见琉球与中国亲密的关系是何等源远流长。正因如此，日本废琉球后，竭力淡化琉球人的民族意识，煞费苦心去“中国化”，企图使琉球人忘却本国与宗主国交往的历史。除了武力镇压之外，为处处避免“中山”，彻底泯灭“中山”，将地名还改为Okinawa（冲绳）！

琉球，琉球，灭亡已矣！

琉球之亡，责任仍在于那拉氏与李鸿章，所谓“以中华之物力，结与国之欢心”，固然为晚清对列强外交之旨，但日本当时并非列强，它只是一个蕞尔小邦，与琉球并列，军力、国力无法与清朝相比。而且，日本斯时也近乎殖民地之国，因为25年前的1854年2月，美国东印度舰队司令马修·佩里准将率7舰战舰组成的舰队抵达日本（1853年7月8日佩里即已率4艘战舰抵达商谈“开国”)，用200门大炮威逼德川幕府与之签订《日美神奈川条约》及《下田条约》，西方列强如俄、英、荷、法等，始而蜂拥而入，日本被迫签订了一系列如开港、领事裁判等丧权辱国条约。中国如果不给其扩张的机会，使其胎死腹中，日本岂能步步猖狂，视中国如草芥？而且野心膨胀，而给其后之中国带来了更为巨大的灾难！那拉氏、李鸿章罪莫大焉！

5. 清朝政府拒绝批准《球案条约》，日本攫夺琉球不合法理

日本对琉球的吞并，必须要合法理。因而，在拒绝了美国前总统格兰特的斡旋之后，感到心虚的日本，于公元1880年遣使来华谈判琉球问题。日本的如意算盘是，首先造成中国对事实上的承认，以琉球南部两个荒无人烟的岛屿让与中国管辖，并以此为条件修改1871年签订的《中日通商章程》，取消章程中禁止内地通商的限制，给予日本片面最惠国待遇之特权。以上即所谓“分岛改约”。

在日本所要修改的条约即《中日修好条约》及《通商章程》，其最主要的两点：一是“两国所属邦土，亦各以礼相待，不可稍有侵越。”这等于明确了琉球的地位，所以日本必须要予以修删。二是要修改原来的排除最惠国待遇条款。日本的乘机要挟和不讲信义，李鸿章是很清楚的，但由于他长期坚持“联日抗俄”外交方针，遂于中日谈判之初，也赞成“分岛”以存琉球宗祀，来年再议改约，因而与日本草拟了《球案条约》。但他后来因中俄关系缓解，又开始主张暂缓批准《琉案条约》，在中俄伊犁问题签订《改订条约》后，立即要求朝廷“力持定见”。此时的李鸿章尚为清醒，而他智商最低之时便是签订屈辱的《北京专条》——岂可承认琉球人为“日本国属民”、日寇侵台为“保民义举”？外交家最忌首鼠两端，由此亦可看出李鸿章没有远见卓识，更不会纵横捭阖。

清朝政府最终采纳了李鸿章的建议，拒绝批准《琉案条约》，琉球问题最终未得到中国政府的承认。从法理上来说，日本对琉

球的吞并连一个条约也未得到，不仅未得到中国的承认，也未得到国际的承认，完全不合法理。

从史料中看，并非所有清朝大臣都对琉球问题漠不关心。在1876年5月，日本强行接管琉球司法权和警察权之后，也即琉球国王尚泰派其大臣尚德宏奔赴中国求救之际，驻日公使何如璋即主张对日强硬，他于1878年5月致函李鸿章：日本阻止琉球向中国进贡，其野心昭彰必灭琉球，如果不予制止，不仅祸及朝鲜，而“台澎之间，将求一夕之安不可得”。何如璋的判断极准确，以后的事实也逐一证明。但李鸿章致力于“联日抗俄”的外交方针，对琉球之祸屡屡消极，竟然认为“琉球以黑子弹丸之地，孤悬海外，远于中国而迩于日本”，“若再以威力相角，争小国区区之贡，务虚名而勤远略，非唯不假，亦且无谓”。他的识见真是低于何如璋。李鸿章的“远迩”之说大概指中国大陆而言，如以台湾而论，距琉球最近，其战略意义不言而喻。尤其附属岛屿，与台湾简直是鸡犬相闻。

李鸿章因其消极思想，故只同意何如璋口头向日本交涉，导致琉球最终被日本吞并。就如同1874年日军侵台，李鸿章调兵迎战，却电示统帅沈葆桢“只自扎营操练，勿遽开仗启衅”，致使良机屡屡坐失。

直到日本悍然将琉球改为冲绳县，李鸿章才于震惊和气愤中改变了对日本的态度，他复何如璋信中，对日本极为憎恶，愤然云：“遽废琉球为县，其无情无理，不守条约，不顾公法，实为地球各国所未有者，殊堪痛恨”，“倭人贪利弃信，诈伪无耻，有西人所不屑者”。李鸿章所痛斥的“不守条约”，即指《中日修好条规》。

因此，李鸿章认识到日本的野心与对中国的后患。他在致江西按察使沈保靖函中云：“日本地狭民贫，迩来宗尚西法，国债累累，妄自谓富强之术胜于中国，恒思逞其狡谋以偿所费。故数年之间，一入台湾，再议朝鲜，三废琉球。……此时中国若操之过蹙，固启兵端，若竟置之不理，彼谓中国畏之已甚，必且得步进步，纵兵四出，无所顾忌。”李鸿章的分析没有错，但是他也确实铸成了大错，日本侵犯台湾，其国内现代化刚刚起步，国内亦混乱不堪，若中国奋力一战，羽翼未丰之日本必不会如后来迅速发展，琉球、朝鲜的命运必然“走进另一个房间”。

尽管李鸿章意识到日本吞并琉球的祸害，也认识到日本下一个吞并目标必是中国另一个亲密藩属朝鲜，更有可能对中国形成大患，但无论他怎样开始防范，为时晚矣！

不过，尚未铸成大错的是李鸿章虽与日本签订《球案条约》，但在他的建议下，清朝政府亦未予以批准，使日本未能最终合法将琉球攫为己有，这为第二次世界大战后罗斯福总统建议中国收回琉球奠定了法理依据。

清代记载中的钓鱼岛

钓鱼岛是我们的祖先开疆拓土的珍贵资源，我们可以毫不犹豫的宣称：钓鱼列岛是中国人最早发现和命名的！从地图上看，钓鱼岛等岛屿位于我国台湾省与琉球列岛（今日本冲绳）之间的海域，距台湾基隆最近，仅距102海里，往西距中国福建省的福州为230海里（东距琉球群岛亦为230海里）。

钓鱼列岛由5个无人居住的岛屿和3个岛礁组成。5个岛屿分别称钓鱼岛、黄尾屿、赤尾屿、南小岛、北小岛，3个岛礁分别称冲南岩、冲北岩、飞濑，总面积约6.23平方公里，以钓鱼岛面积最大，约4.5平方公里。港台和海外华人习惯称呼其为“钓鱼台群岛”。

琉球中山王察度在中国明朝洪武五年（1372）接受明朝皇帝朱元璋册封，正式成为中国最亲密的藩国。从此之后，宗藩两地的官员和平民开始连绵不断的友好交往。正是由于与琉球的来往，中国人发现和命名了钓鱼列岛。

成书于公元15世纪初即明朝永乐元年（1403）的《顺风相送》一书，是一本航海手册，是据以前的古本校订、整理而成，其中即明确记述了中国人自福建前往琉球途中所经过的钓鱼屿、赤坎屿（即赤尾屿）等岛屿的名称。可见早于此之前，我们的先人就早已发现了钓鱼岛。

日本一直图谋否认中国对钓鱼岛的主权，还自己为它起了一个怪里怪气的名字：尖阁列岛。但日本忘记了自己国家的史料中也明明白白记载着钓鱼列岛自古以来即属于中国。日本自己绘制的地图也明确表示钓鱼岛属于中国。如清乾隆五十年（1785），日本天明五年，日本人林子平所刊行《三国通览图说》及附图《三国通览舆地路程全图》，钓鱼岛的颜色与中国大陆是相同的。至于有的谈论认为钓鱼岛自古属琉球，更是一派胡言。

中国自己的典籍记载的很多，中国地域辽阔，与很多国家建立了宗藩关系。由于中国封建王朝的“华夷之辨”的正统思想，对这方面的史料往往不予重视，致使遗失甚多。例如，中国明代嘉靖年以前，中国共派往琉球11任册封使，可惜具体史料湮没无闻。但所幸明嘉靖十三年（1534），第12任册封使陈侃所著册封闻见《使琉球录》中仍保留下了珍贵的史料，据他所记：嘉靖十三年五月八日，册封使团奉旨自福建神州梅花所出洋，经台湾鸡笼头（今台湾基隆）向东航行。十日即“过平嘉山（台湾东北彭佳屿），过钓鱼屿，过黄尾山，过赤屿，目不暇接”，“十一日夕，见古米山，乃属琉球者。”陈侃所云“古米山”即琉球的久米岛。由陈侃所述可知，当时钓鱼岛并不属琉球。明嘉靖四十一年（1562），中国出使琉球册封使郭汝霖的日记更明确了钓鱼岛的归属：“闰五月初一日，过钓鱼屿。初三日，至赤屿焉。赤屿者，界琉球地方山也。再一日之风，即可望姑米山矣。”这已明确指出：中国和琉球的分界在钓鱼列岛与姑米山（古米山）之间。赤屿（赤尾屿）即是中国与琉球分界的最外沿。另外，从陈、郭等人的记载来看，中国人早在六百余年前即已命名钓鱼屿、黄尾屿（黄尾山）、赤尾屿（赤屿）这些岛屿的名称。在中国发现和命名之后，琉球、日本等才开始流传沿用。日本煞费苦心想去中国化是枉费心机的。直到1995年2月，日本防卫厅在向其众议院预算委员会提交的报告里，仍然在使用“黄尾屿”“赤尾屿”这些中文名称。

清朝入主中原，承袭明制，所有的藩国按照传统，继续奉清朝为正朔。琉球是当时与清朝保持最密切的宗藩关系的藩国之一。康熙二十二年（1683），清朝第二任册封使汪楫在其著《使琉球杂录》中载：六月二十四日“酉刻，遂过钓鱼屿”，二十五日“薄暮过郊，风涛大作，投生猪羊各一，倾五斗米之粥，焚纸船，鸣钲击鼓，诸军皆甲露刃，伏舷作御敌之情，久之始息。问：‘郊之义何取？’曰：‘中外之界也’。”杂录中所云之“郊”，即今位于台湾与琉球之间，水深2000米的琉球海沟，因其处水深浪急，黑潮汹涌，古人称其为“黑水沟”，亦简称为“沟”。这在乾隆二十一年（1756），清朝册封琉球副使周煌所著《琉球国志略》中亦云：琉球“环岛皆海也，海面西距黑水沟与闽海界，福建开洋至琉球，必经沧水过黑水”。从以上中国册封使节的著述中可以看出，中、琉分界即在琉球海沟，这不仅是对明代中国典籍的强有力的补充，而且我们由此还得知：中国当时船队出国界要举行祭祀仪式，而钓鱼岛明明白白在中国版图之内，明、清两代的册封使们在驶过钓鱼岛时，用了简洁、明确的语言，一个“过”字——因为那是中国的岛屿，属于中国的版图。

琉球也从不讳言钓鱼岛属于中国。康熙五十八年（1719），清朝册封琉球副使徐葆光与琉球紫金大夫、地理学家程顺则等合著《中山传信录》附录《琉球三十六岛图》，亦明示钓鱼列岛与福州、台湾群岛一样列属中国版图。即使琉球内部亲日派领袖向象贤，于清顺治七年（1650）所著《中山世鉴》也全文引录陈侃《使琉球录》，对钓鱼岛的主权未有任何疑义。

一个国家对其领土、领海或岛屿宣示主权，并非仅发现和命名，还须行使主权。

中国人不仅发现和命名了钓鱼列岛，而且在明朝初年即已将钓鱼列岛视为东南海防要地，并开始行使主权。在此之前中国东南沿海的商贾渔民早已将其作为航行标识。中国官方明清两代共向琉球派遣册封使节 23 批，也均以钓鱼列岛为行船标识。据现有史料载，洪武初年，明朝水师已将钓鱼列岛定为巡逻区域。明洪武七年（1374），倭寇不自量力，开始掠侵中国沿海，明太祖朱元璋震怒之下，命靖海侯吴祯率各路水师，“追寇至琉球大洋，与战，擒其魁十八人，斩首数十级，获倭船十余艘，收弓、刀、器械无算。”明嘉靖四十一年（1562）平倭名将、闽粤总督胡宗宪亲自主持编修《筹海图编》，其中《沿海山沙图》中，将钓鱼屿、黄毛山（黄尾屿）、赤屿等与福建沿海的鸡笼山、彭加山、花瓶山等共同排列，作为明朝海防的警卫区域。至明末，由于倭寇屡犯我海防，东南海疆频频告警，因而钓鱼屿、黄毛山、赤屿等处，已成为明朝水师的海防前线了。

当时刊刻的兵书海图如《乾坤一统海防全图》《武备秘书》《武备志》等，均有标注。清初入关，全国尚未统一，清朝无暇顾及。待平定三藩和收复台湾后，于康熙二十二年（1683），清朝即将钓鱼列岛列入福建水师巡逻区域。而且，清朝很重视钓鱼列岛的战略位置，康熙六十一年（1722），黄叔璥所撰《台海使槎录》“武备”条，特别强调：“山后大洋北，有山名钓鱼台，可泊大船十余，”黄叔璥是清廷特派专使，司巡视台海之责，他注意到了钓鱼列岛的重要性，因而特意向朝廷提请重视。之后，福建地方政府编汇的《台湾府志》，也将黄叔璥对钓鱼列岛的上述文字收录在“海防”卷中。我们现在所见到的当时世界最早、最全面完整的亚洲大陆全图——《乾隆内府舆图》（藏中国第一历史档案馆），将钓鱼岛标识为中国领土，从这幅全图中可以清晰地看到：钓鱼列岛的颜色与中国大陆、台湾完全一样。《乾隆内府舆图》是皇帝钦定、收藏于大内的国家最高级、最权威的官方舆图，表明了清朝中央政府对万里之遥汪洋大海中的弹丸岛屿的极端重视，所谓“普天之下，莫非王土”，中国自明、清以来，对钓鱼列岛从未等闲视之。

有关钓鱼岛的史料颇多，铁证如山，姑不再引。有关钓鱼岛的掌故据说还与清朝垂帘的那拉氏有关。光绪十九年（1893），天津海关道盛宣怀向那拉氏“所进药丸，著有效验”，那拉氏很喜悦，下谕旨将“钓鱼岛、黄尾屿、赤屿三小岛，赏给盛宣怀为产业，供采药之用”。那拉氏以女人之心，滥用权力，将海防前沿挪给私人“采药”之用，如果康熙、乾隆这些有作为的列祖列宗九泉有知，肯定会一声断喝：“是何居心？”当然，那拉氏之赏也只是给予盛宣怀使用权，中国历代封赏给王公臣属的封地，中央政府是有权收回的。这条掌故不见于正史，但由此可见在清朝历代统治者眼中，钓鱼岛是“莫非王土”的。

日本对钓鱼列岛的觊觎始于明治维新之后，特别是公元1879年日本灭亡吞并中国的属国琉球，始而膨胀领土扩张的野心，开始处心积虑密谋将钓鱼列岛从中国版图上肢解出去。

光绪十一年（1885），日本内务卿山县有朋密谕冲绳（原琉球）县令西村舍三，可勘察钓鱼列岛并树“国标”，为日后侵占钓鱼岛做准备工作，西村等奉命勘察之后，知钓鱼列岛确属中国领土，而有所忌惮，故向山县禀报：“此次拟援大东岛之例，着勘查之后即立国标，实恐未为妥善。”而此时，中国察觉到日本的不轨，中国舆论纷纷揭露日本的鼠窃狗盗之举，清朝政府亦采取措施，不仅积极开发台湾，而且加强整顿海防。日本当时军事力量还不足以与中国抗衡，对中国还有所畏惧，故时任日本外务卿的井上馨始决定：“建立国标之事，须俟他日适当时机”，对钓鱼列岛的侵占阴谋遂偃旗息鼓。此后，冲绳县地方政府中的扩张分子曾多次叫嚣，欲将钓鱼岛列入冲绳县管辖，并设所谓“国标”。但心有畏惧的日本政府均以时机未到为由，不予批准。此时的日本虽有觊觎之心，但未有超过中国的实力，故暂时罢手，而并非放弃了侵占钓鱼岛的阴谋。

此后，日本开始整军备战。光绪二十年（1894）七月，日本借口朝鲜内政（其实朝鲜亦为中国藩属），发兵侵朝、侵华，清朝海陆军相继失利，那拉氏下旨求和。日本内务大臣野村靖见已占上风，遂以“今昔情况已殊”为由，立即向外务卿陆奥宗光建议，将钓鱼列岛一事提交日本内阁会议审定。

光绪年二十年十二月二十六日（1895 年 1 月 21 日）日本内阁挟甲午战事之余威，竟通过所谓“决议”，将中国领土钓鱼列岛攫为己有，这种卑劣行径是那样阴暗，以至于趾高气扬的日本也不敢大张旗鼓地宣示，只能像偷鸡摸狗一般进行。此时距那拉氏将钓鱼岛等“赏给”盛宣怀还不到一年，距 4 月 17 日中日《马关条约》签订还不到三个月！可见日本侵吞中国领土急不可耐的强盗行径。

当时负责中国外交的是李鸿章，他应对钓鱼岛肢解出中国版图负有不可推卸的责任。《马关条约》的签定使台湾、澎湖列岛从中国母亲的怀抱被肢解出去，叶赫那拉氏更负有负罪千秋的责任！

在此之前，清朝在对列强侵华作战中的失利，大都是赔款、租地、开放港口等，从来没有像甲午战争这样将台湾等领土割让。那拉氏“量中华之物力，结与国之欢心”“宁赠友邦，不与家奴”的卖国外交思想，也许就是从此形成的。也许她还会暗暗庆幸，比起列祖列宗割让给沙皇俄国 150 万平方公里的中国土地，她还算持家有方吧？

在二战结束后，中国是有机会收回钓鱼岛（甚至琉球）的。如前所述，当时美国剥夺了日本对琉球、钓鱼列岛的管辖权，中国作为二战最主要的同盟国之一，又是联合国常任理事国，莫说赔偿，收回钓鱼岛真是天经地义。但可惜，当时蒋介石顾及“心腹之患”，筹虑于内战消灭中共，而将领土问题置之不顾，未能高瞻远瞩以外交手段收回钓鱼岛，致使钓鱼岛至今孤悬，蒋介石应负有历史责任。

当然，还有那位当时对中国充满敌意、期望“不战而胜”的尼克松总统，他不顾法理，不顾中国人民的情感，蛮横地擅自把中国领土钓鱼列岛交给日本，使得这一问题复杂化，留下了无穷后患。尽管他开创了破冰之旅与中国建交（其实他是为了抗衡苏联打中国牌），但是，他应该像当年徐永昌将军代表中国所说的：“回想过去……他就应当勇敢地承认过错并忏悔！”

日本没有资格在钓鱼岛问题上聒噪，因为这是中国固有的、毫无争议的、无可置疑的神圣领土（与北方四岛不同，那是1945年《雅尔塔协定》划归苏联的战争赔偿）。

二战的战胜国中唯有中国的领土被战败国窃据，70年弹指一挥间，耻辱未雪，凡我华裔勿忘金瓯尚缺！

中国人民捍卫国家神圣领土的决心和意志坚定不移，正如台湾终将会回到祖国怀抱一样，日本所窃据的钓鱼列岛也必将结束孤悬海外的岁月，最终回归中国版图。

回顾钓鱼岛的历史，我们永远不会忘记为发现钓鱼岛贡献出生命、汗水的先民，永远不会忘记那些为了保卫祖国领土日夜巡逻、驱逐倭寇的明清两代水师将士，更不会忘记为了保卫钓鱼岛流尽碧血的陈毓祥等保钓烈士。

远瞩汪洋万里之遥的钓鱼岛，祖国母亲坚定而温柔的目光会透过惊涛骇浪、迷雾腥风，永远注视着她……

漫谈清代的“骑射”

“骑射”是清代最受重视和最普遍的一种军事项目，不少典籍均有记载，凡看古典小说《红楼梦》的人，大概还记得第75回说到贾宝玉等人练习“习射”，一向迂腐的贾政也赞道:“这才是正理，文既误了，武也当习，况在武荫之属。”书中说到的“习射”便是“骑射”。所谓“骑射”即在策马疾驰中飞箭中的。这是满族人长年狩猎生涯的民族特技。自他们的祖先女真人起就擅长“骑射”。八旗士卒保持骑射传统，使之不但具有高超的武艺，又具备矫健强悍的体魄。满族入主中原和夺取全国政权，当得力于此。

满族入关建立清王朝后，更加重视“骑射”。据《清太宗实录》载，入关前清太宗皇太极就根据金世宗完颜雍提倡的“衣服语言，悉遵旧制，时时练习骑射，以备武功”之法，归结为“国语骑射”，并拒绝朝臣效法汉人服饰的建议，坚决主张保持“骑射”制度。入关后，满清王朝更做出详细规定。满族官员只能骑马不能坐轿。规定武举要试“骑射”，八旗官兵的考核科目第一重要的也是“骑射”。不仅皇帝本人和八旗官兵要能驰马骑射，蒙古八旗、汉军八旗官兵也要掌握这项技能，而且还扩大到所有八旗成员和子弟。并规定自幼练习，至60岁以后才可免试。八旗子弟参加乡试、会试，弓马试合格才准入闱。从朝廷的考核标准来看是极为严格的,《旗军志》载:“(朝廷)命兵部尚书于春二月，角射而赏罚之。前期，都统、副都统率其属及部卒，习射于国郊。日一往。数日，兵部尚书监视，而第其上下:一卒步射十矢，马射五矢，步射中的七，马射中的三，为上等，赏以弓一矢十，白金、布帛各七。步射中五、马射中二，为中等。赏白金、布帛各五，无弓矢。步射中三，马射中一，为下等，无所赏。马步射或一不中。或两俱不中，则笞之。一佐领受笞之卒过十人，则佐领有不善教练之罚，至夺俸。一旗满六百人，则都统、副都统之罚亦如之。护军、先锋营阅射亦如马军之制。”《续文献通考》卷八十八武举选考也同样要“照例考试马箭”。可见清代对“骑射”的重视。

清代鼎盛时期的几位皇帝都极为重视“骑射”。其中最身体力行者当数乾隆。《乾隆御制诗五集》卷廿五中有他作的《骑诗》,在注中又提到他12岁即陪康熙“临门骑射，每因射中，荷蒙天语褒嘉”。他年年举行围猎骑射，亲自倡导，他说过:本朝以弧矢定天下，岂可一日忘本?所以在他80岁时还亲临木兰打围。据《清朝野史大观》载，他每年夏季接见武官之后，即率百官至宫门外较射。如官员较射三箭不中，立刻斥责。乾隆秋岁出塞也较射。每次三矢三中，从无虚发。乾隆十四年(1749)十月，他于大西门外连射九矢，竟无虚发而九矢中的，可见其射术之高。他认为，本朝以孤矢得天下，岂可忘本?所以，为了保持满洲武士的尚武传统，不仅他自己身体力行，也制定各种规章落实，并特别强调八旗子弟十岁左右就要学习骑射。

自清初以来，历代皇帝(至道光帝)都要巡幸塞外行围，这就是所谓“非以从禽，实以习武”的“讲武之典”，目的在于提倡“骑射”以“肄武绥藩”，这就是历史上有名的木兰行围(木兰是满语“哨鹿”之意)。地点在承德以北，一年一度，自康熙二十年(1681)至道光元年(1821)大约140余年而从未间断。以后“骑射”之习则开始没落，同治年间曾于北京南苑进行过一次行围“骑射”，八旗成员竟然预先买好野鸡野兔之类，交差时则“临时插矢献之”。到后来，八旗士兵简直只会提笼架鸟，而不识弓箭为何物了。至清末，八旗遇到校阅则干脆雇人冒名顶替。逢到战事，则只能依靠汉人的绿营军队（后来连绿营也腐败了，只能靠曾国藩等汉人训练的民团）。昔日英勇善战、体魄强健的八旗子弟都变成了肩不能挑、手不能提的纨绔子弟。而“骑射”这一带有浓厚军事色彩的锻炼科目也彻底走完了它的历史进程。

当然，在清末依然可以看见“骑射”遗风，然而那只是演变成了民间游戏。如清人李声振《百戏竹枝词》有一首咏《射鼓》诗云：“熊虎为侯此滥觞，连环绣革试穿杨。太平脱剑军鼙息，却忆昆仑狄武襄。”诗前小序道：“以皮为的，连环数重，如鼓形，在于命中，儒射也。”还有一种射戏名《引腹受骲》，李声振也有诗咏：“画腹为正君莫疑，便便引受了无奇。骲头休倚雕弓劲，礼射原来不主皮”，诗前小序云：“健儿戏也。人以骲镞箭射，辄引腹受。了无所损，以示其勇。”这则更是一种游戏了。不过，李声振“太平脱剑军鼙息”的诗句，倒成了对清代“骑射”制度没落的最好讽刺和生动写照。

昌平王府之建与消失

笔者一直对昌平东南的“平西王府”有浓郁的兴趣。其坐落地即今昌平北七家镇，至今仍有平西府村。而北七家镇曾名“平西府”镇，原名南郑家庄。自清代于此建府安置废太子之后，即代之以“平西府”之称。现有郑各庄的地名，也即所在地。但这次行色匆匆，只参观了康熙行宫（当然是在原址上新建的）。但那口铜井却是地道的康熙皇家遗物，雕栏尚在，水质清冽。又至温榆河御码头吊古，遥想康熙、乾隆御驾，当年从畅春园仪仗迤逦，由郑家庄渡温榆河，遂兴修御码头。这个遗迹与郑各庄行宫、王府的护城河、地基，是硕果仅存的康熙年间遗存。

当然，从大内档案中可以查到内务府大臣关于修建行宫的奏折，根据规制，可以想见当年行宫的气派。而且，行宫即位于紫禁城中轴线之最北端，是标准的皇家建筑规划。

此地的历史很久远，明末顾炎武《昌平山水记》记载温榆河辽代即有此名（《辽史》)。其他据顾炎武考证还有燕王冢、曹操驻军地等，并“有燕丹村，年祀绵邈，罕能究焉”(《昌平山水记·京东考古记》，北京古籍出版社，1982年版，第25页）。而北七家地域内正有燕丹村的地名留存至今，正可与顾炎武所考相印证。

当地人称行宫为“郑家庄皇城”，并非仅有行宫，比邻还建有理亲王府，实际即康熙所立太子理密亲王胤礽府邸。太子在京城内府邸位于今东城区北新桥三条东口北侧（原名王大人胡同，明末为崇祯帝近侍王承恩府邸）。胤礽第二次被废后，康熙加强对他的防范，决定建造昌平郑家庄王府作为废太子的归宿。据内府档案可得知，建王府耗时三年、靡银26万两，于康熙六十年（1721）完工。在清代，这是惟一一个王府建在城外甚至毗邻行宫的特例。清代不像明代，诸王成年后要“之国”封藩，不得在内城居住，亦不能擅自晋京。清代恰好相反，亲王、郡王、贝勒诸等，只能在内城赐府而居，无旨不能出城。但王府建成，康熙生前却并没有立即让胤礽迁居郑家庄，雍正登基曾谕：“皇考（指康熙）已有让二阿哥（胤礽）移往郑家庄之意，因无明旨，朕未敢擅自办理。”实际上，即便两次废立，康熙对废太子还是有感情的，另外对废太子长子弘晳更是特别宠爱。连朝鲜的《李朝实录》都有记载，这也许是康熙定不下废太子迁居郑家庄的原因？

康熙六十一年（1722），雍正登基，第二年废太子病死，弘晳承袭多罗理郡王之爵，并移往郑家庄，也许是为了稳定这位“太子长孙”，雍正多所赏赐，雍正八年（1730）还晋封弘晳和硕理亲王。但弘晳不甘现状，逐渐形成了以自己为首的小集团，还在王府中私设内务府的下属部门如会计司、掌仪司等，违制制作皇帝器物，用乾隆的话说是“自以为旧日东宫嫡子，其心甚不可问”。从乾隆四年（1739）开始，乾隆开始整治弘晳，先改名“四十六”，削爵除宗籍，下旨永远圈禁。乾隆七年（1742）九月二十八日弘晳死于禁所王府，终年49岁。乾隆二十九年（1764），乾隆终下谕旨，将郑家庄王府护卫官兵连眷属一律调往福州，并平毁整个王府及兵弁营房。这座历经康熙、雍正、乾隆三朝45年的王府从郑家庄消失，只有深埋的城墙遗址可辨当年王府的规制。

弘晳死后，葬于黄土南店村东土岗之上。乾隆四十三年（1778）正月谕旨复入宗籍，复其原名。除弘晳墓外，还有废太子第三子弘晋、第十一子弘晒的墓葬。1960年，此地改为公共墓地，1971年彻底清除，楠木棺材起出，并有玉碗、鼻烟壶、怀表等殉葬品（冯其利:《清代王爷坟》，紫禁城出版社，1996年版，第143页—144页）。据说，平西府西南八里的黄土北店村有东岳齐天庙，为弘皙监造，被视为王府的家庙，但今天很可能不存在了。

看来，北七家不仅有康熙行宫，王府、家庙、墓冢如果保存至今，是可以形成一条小旅游线路的。笔者观康熙行宫及附属建筑，占地不小，笔者建议不妨辟开展室，陈列有关清代王府建制的资料，特别是清代仅此一例的毗邻行宫、建于京城外的王府。加上康、雍、乾三朝围绕太子之争的骨肉残杀史实，俾使人们对封建社会的本质有所认识，也为旅游文化增加些许文史氛围。

香冢与鹦鹉冢

过去游陶然亭，笔者必看香冢与鹦鹉冢，但现在早已经不翼而飞了，是在动乱中失去踪迹的。现在年轻人则只是闻其名，而未见其面了。

说起这两个冢，笔者最初得知似乎还是看一本小说的缘故。记得大概是《宝剑金钗记》，后来便缠着长辈们去看，于是在一次三秋重九之日，一位长辈携笔者到此登高，顺便往慈悲院东北山坡看香冢与鹦鹉冢。笔者至今还记得两个小冢并列，前面各立小石碑一座，各刻有“香冢”“鹦鹉冢”字样，并镌有跋文。跋文已经记不清了。唯有石刻的两首哀婉动人的诗词，却犹不能忘记。

词曰：“浩浩愁，茫茫劫，短歌终，明月缺。郁郁佳城，中有碧血，碧亦有时尽，血亦有时灭，一缕烟痕无断绝。是耶非耶？化为蝴蝶！”

诗曰：“飘零风雨可怜生，香梦迷离绿满汀。落尽夭桃又秾李，不堪重读瘗花铭。”

诗词作者不得而知，建冢人与立冢年月亦不可考。

那位长辈对笔者的询问只有含糊而已。至于埋的什么，他说是名妓及她的鹦鹉，别的就不知道了。

笔者自然不甚满意，回来又请教了几位饱知北京掌故的老人，答案却不尽相同。有说是名妓、鹦鹉，有说是乾隆宠爱的回族贵妃——香妃，也有说是慈禧心爱的鹦鹉。笔者却不太相信，乾隆、慈禧权倾四海，有什么必要遮人耳目呢？

后来笔者自己又搜觅了数种清人笔记及不少诗词。

清末李慈铭《越缦堂日记》云，香冢为光绪年间御史张春陔为民女李倩云所建。因李氏“微贱”而婚姻不遂。李氏死后，张春陔伤感之余，将其衣裙鞋袜埋于此处，名曰香冢。冢埋鹦鹉，即取其能言而身微言轻反招祸于身之意。因为有根有据，所以很使人相信。

后来读到李慈铭同时人富察敦崇的《芸窗琐记》，与李说大率相同，唯云香冢下所埋乃一坛花瓣。那些为数不少的凭吊诗词，却都平庸，并不脱哀婉悱恻的俗套。写得颇有新意的大概要数八旗诗人爱新觉罗·宝廷吊香冢的那四首诗，他的《偶斋诗草》收进了这四首诗。

当然最能迷惑人心的还是碑上所刻的两首诗句，字字血泪，使人愁绝，真好似有一段实实在在的伤心艳史。

其实这一传说，不但欺了前人，也骗了今人。据说（1952）陶然亭挖湖改建，山坡上的冢碑也被迁走。当时在原地往下挖了一丈余深，什么物品也未发现。

后来为保存古迹起见，将碑冢迁于陶然亭中间小山朝南的山坡上。毫无疑问，碑冢必然是封建时代怀才不遇的文人所造，诗词也绝非伤心艳史，只不过是反映文人苦闷心情的牢骚罢了。

记得读过齐白石游陶然亭词，其中云：“西山犹在不须愁，何用沾衫袖泪，”今日西山仍在景物依旧，唯独碑冢却无影无踪不知去向，不禁使人摇头。旧习难改，乃口占一绝：

旧时凭吊人犹在，弹指思来总断肠。
合浦珠回遥相祝：京师故物早还乡！

清代的滑冰

滑冰，古代叫“冰嬉”，或称“冰戏”，在我国已有近千年的历史，远在公元10世纪的宋代就有了记载，如《宋史·礼记》就记载了当时宫廷中的这种游戏：“幸后苑观花，作冰戏。”清代初年，冰戏便在北京兴盛起来，而且由以前的军中习武，渐渐发展为供皇帝校阅观赏之用的典制。“太液池（今北海、中海、南海）则陈冰嬉，习劳行赏，以阅武事而修国俗。”（《日下旧闻考》）说的就是此事。也正是由于“国俗”，才将冰戏立为制度，即“冰戏之制”。

乾隆年间，在太液池旁，自东至西，建起了庆霄楼，专供皇帝观赏冰戏。清初的几个皇帝无不登上此楼校阅观赏。《清朝文献通考》载，“冰戏每岁十月”，在八旗士卒中“照定数各挑选善走冰者二百名”，于西苑三海验冰习武。所谓“验冰”，就是在冰戏前夜凿冰验质，击声如石，方可上冰。

习武者分两翼入场，每翼首领12名，其一翼首领着红马褂，士卒着红齐肩褂（坎肩），另一翼首领着黄马褂，士卒着黄齐肩褂，全体俱佩有名曰“带”的护膝一对。翼中有背插各色小旗者，以辨八旗之别。至于冰鞋，古称“冰凝”，是用一根钢条嵌于鞋底之下制成的。这在当时的诗文中也有反映，如《燕京岁时记》云：“冰鞋以铁为之。”《都门纪略》中有一首竹枝词说：“往来冰上走如风，鞋底钢条制造工。”《从偶斋诗草》也有“炼铁贯韦当行滕”“铁若剑背冰若镜，以履踏剑磨镜行”等诗句，可见当时的冰鞋，很接近现代的冰鞋。有关冰戏时的服装，乾隆所写的《冰嬉赋序》中曾有颇详的记载。

冰戏场上，设有一特制冰床，供皇帝观赏之用。冰床附近设一入场门，全体士卒分两队，从庆霄楼前徐徐滑过，接受皇帝的检阅。表演的主要内容有：“抢筹”“抢球”“走冰”和“转龙射球”等项目。“抢筹”就是在距冰床二三里外竖一大旗，令炮一响，表演者以各式滑行奔向冰床，先至者为胜，类似今天的速度滑冰。“走冰”就是冰上杂技和花样滑冰，滑法丰富多彩，有蜻蜓点水、紫燕穿波、金鸡独立、童子拜佛、朝天镫、双飞燕等。也有一些器械表演，如盘杠、举叉、耍刀、缘竿、弄幡等。还有的在竿上、杠上、肩上表演倒立、扯旗等高难动作。“转龙射球”则有浓厚的习武色彩，即在冰床附近设一彩门，上悬天球，下设地球，160名士卒和40名幼童按八旗颜色分成八队，每队首第一人持弓箭，队末为一幼童，双手持一大旗不停舞动，以示龙尾。八队连成一条游龙，蜿蜒滑行，在接近彩门时，持弓箭者各射天地两球，中者为胜。乾隆初年所绘《冰嬉图》，描绘的就是北海五龙亭前“转龙射球”的壮观场面。

冰戏结束后，还有隆重的赏赐仪式。“头等三名，各赏银十两；二等三名，各赏银八两；三等三名，各赏银六两，其余兵丁各赏银四两。”（《清朝文献通考》卷一百七十五）当年冰嬉在皇宫内，也可谓一大盛典。每逢腊月，乾隆便陪同其母登楼观赏。清末的慈禧更是观赏的常客。冰戏在乾隆年间最为盛行，规模也最为庞大和隆重，以后不断，至清末规模才日趋减小。

太监岂可到处跑

不少清代历史题材影视剧往往会有这样的镜头：太监奉皇帝之命，出京城向各级官吏传旨，甚至督办具体事务。这在清代是根本不可能发生的事。在清代题材影视剧中，据笔者所知，最早出现是在电影《甲午风云》中，太监奉皇帝之命至天津向李鸿章传旨。近几年来，愈演愈烈，几乎逢影剧必有之，实则太谬也。

须知清朝入主中原，吸收明代及历代宦官为祸的教训，很是重视控制太监。早在满族人关之前，努尔哈赤（太祖）、皇太极（太宗）就“痛鉴往事，不设宦官”，顺治十年（1653）因为实际情况的需要，开始酌设太监，顺治皇帝（世祖）开始设立十三衙门，又称内十三道。但顺治皇帝虽用太监但却不放任，加上汉官竭力抑制于顺治十二年（1655）六月二十八日令工部立铁牌，世世严格遵守。其实立铁牌，严禁太监干预政事，违者凌迟处死。但在以后历代皇帝管理不严，形同虚设，后来竟被猖狂的太监砸个粉碎。

后代史学家评论，明朝灭亡，太监干政作乱是重要原因之一。清代开始总结教训，注意控制太监，顺治皇帝临死，还遗诏自罪，共 14 款，其中之一便是“设立十三衙门”，所以康熙即位，立斩太监吴良辅，以警醒后人；并裁撤十三衙门，太监永不重用，从品级、服饰、权限都加以限制。所以清朝近 300 年竟无宦官之祸。

如同治年间，太监安德海倚仗慈禧之权势，招摇出京，被发现，立即在山东境内被斩首，即是一例。只是到了清末，由于慈禧姑息养奸，李莲英、小德张权倾一时，但也并未到干预朝政之地步。

所以，太监出京宣旨如当前影视渲染者，谈何容易！在清代，查各种史书记载，从无太监出京门向各省督抚将军传旨的制度。明代有太监出京监军甚至查办矿产、税收等事务之例，清代则绝无仅有。在无电报设备年代，皇帝传旨给外省督、抚、将军等，由军机处交兵部驿递。

只有一种情况例外，即皇帝赏赐王公大臣一般年节物品，按例可派太监持物前往。但这种情况只限于北京。举例来说，康熙年间，江宁织造曹寅之母患病（其母乃康熙保母），康熙帝表示关怀亲赐药物，也只派驿递驰送，绝无派太监亲送，因为这涉及国家制度，即皇帝本人也是不能逾越的。根据清代典籍记载，即使在京城，皇帝如有重要谕旨需送达官员本人，也不能用太监，必须派有关官员前往晓示。其实太监莫说出京，平常就是出紫禁城也不允许。同治年间著名的“护军太监互殴案”就是因为太监没有出宫凭证，而遭宫门卫兵阻止而引发的。

所以说，如当前影视剧的表现，太监堂而皇之走出京城颁布皇帝谕旨，于清代制度不合，是根本不可能发生的事。

八大胡同烟花巷

旧北京若说起“八大胡同”是没有不知的，这是一个令人厌恶的地方，洁身自好之士是绝不光顾此地的。

在清代，前三门一带乃软红十丈的繁华地区，商业十分发达，而妓院亦多在珠市口北、前门至和平门之间，其中有八条胡同为最多，故称“八大胡同”。

这八条胡同是：陕西巷、韩家潭、石头胡同、胭脂胡同、皮条营、百顺胡同、王广福斜街、大李纱帽胡同。妓院以“书寓”“书馆”形式，有的则是两合小院以至三合、四合、楼房小院形式，小院还分成若干单间。妓女大都是被拐带贩卖的破产农民、城市贫民的女儿，堕入火坑任凭欺辱，完全没有人身自由。妓院老板则勾结警痞恶棍，组织反动帮会，靠权势虐待妇女大发不义之财。

据说日伪时期是“八大胡同”的鼎盛时代，有妓院 117 家，妓女 750 余人，暗娼还不在此数。

北京城有不少胡同的名称都带有烟花勾栏的色彩。如西四砖塔胡同在元代乃妓女、行首聚居之地，是戏曲表演集中区。元杂剧《沙门岛张生煮海》中，张羽问梅香：“你家住哪里？”梅香答：“我家住砖塔儿胡同。”可见元代已有此名。附近的大院胡同原称西院勾栏胡同。此地即《东京梦华录》所云“勾栏”“瓦舍”之地。

勾栏之名乃从舞台而来，旧时京、津一带下层茶园、书馆舞台台柱间，均横搭一个彩色栏杆，由妓女或演员手扶栏杆卖唱。

古时演员与妓女身份同等，故此把勾栏作为妓院代称。东城本司胡同则是明代教坊司所在。教坊司主要管辖妓院。明时教坊司属宫廷内府，明代宫廷音乐乐工由教坊司所属官妓、官奴充任。

所谓官妓、官奴，即犯罪官吏子女。永乐朱棣“清君侧”政变篡位后，把反抗他的臣子全部杀戮，将其家属、子女“籍没入官”：女的打入勾栏为官妓，男的则为官奴；并且世代相传，永为贱民。此制乃明太祖朱元璋所设，他曾命教坊司所属官奴于喜庆日只准穿猪皮靴、布衣，行路不准走中间，违者打死勿论。官妓则须在官僚宴肴时陪酒、奏乐、演唱，甚至成为军营之营妓。今天东城的勾栏胡同则是明代官妓集中地，演乐胡同则是教坊司所属乐队演习奏乐之地，这两条胡同与教坊司胡同相邻。可以说这一地带是明代戏曲、音乐的活动地区。

至于宋姑娘胡同、粉子胡同乃私家妓院或暗娼地带。宋姑娘乃明代北京名妓，《宸垣识略》曾有叙及。粉子又称粉头，明、清时北京人对妓女的称呼，很多明清小说里都有谈及。清代取消了官妓制度和教坊司，并规定官员不得进入妓院和戏园。但到清末禁令逐渐废弛，官员常去吃“花酒”。八大胡同分“清吟小班”与“茶室”，相当于上海的“长三”与“么二”，“清吟小班”与“长三”号称是“卖嘴不卖身”。即所谓吃“花酒”，这种风气一直延续到民初。“望之俨然”的名人教授也会去吃“花酒”，有时还会成为新闻。

有趣的是，“八大胡同”里的一些行话至今仍在使用，如“吊儿郎当”、“沧蘑茹”、“穷沧”之类，只不过含意已经转换了。

清代宫廷称谓与礼仪

现在银屏上清代宫廷题材电视剧令人目不暇接，姑且不论插科打诨、歪曲历史的戏说，其剧中的典章制度、住行服饰特别是称谓言谈，也都是随心所欲，大多与历史真实不符。

清代最讲究国法礼仪，官场上的礼度和称谓言谈极有分寸，特别是皇帝或皇太后召见内外大臣，大臣们觐见、奏对，更要遵守礼仪制度。稍不注意就会“失仪”，最轻者也要罚俸（停发工资），重者还会降级、丢掉官职甚至判刑，因为这都有礼仪规章，觐见皇帝也是六部之一礼部的职掌。但现在大量清代题材电视剧（包括历史小说）中，称谓言谈错误百出。我们常见清代题材电视剧中大臣们觐见皇帝或皇太后，动辄称“万岁”或“太后吉祥”“老佛爷吉祥”等，是完全不符合清代礼制的。清代文武官员被皇帝或皇太后召见，应一律跪安，汉大臣必须自称“臣 ××× 恭请皇上圣安”或“臣 ××× 恭请皇太后圣安”，满籍大臣则称“奴才”。皇后、妃嫔、满汉大臣无论当面或背后都称皇帝为“皇上”，只有皇太后或皇太妃称皇帝为“皇帝”。清代历史上只有极少数例外。如宣统年间，据溥仪回忆：“太后太妃都叫我皇帝，我的本生父母和祖母也这样称呼我，其他人都叫我皇上”（见《我的前半生》，群众出版社 2003 年版，第 58 页）。这不仅因为载沣是监国摄政王，还是宣统皇帝溥仪的本生父，否则是不能称“皇帝”的。

在旗的满人有时称皇帝为“主子”，但也不会称“万岁”。“万岁”之类是戏剧舞台上的称呼，大臣的口中是根本不会这样称呼皇帝的。在雍正朝，不要说口头称“万岁”，就是在奏折中出现“万寿无疆”“万岁”字样，也会受到痛斥，因为雍正最讨厌这种阿谀奉承的虚文。清中期以后，皇帝的近侍太监、宫女开始称呼在位皇帝为“万岁爷”，对死去的皇帝在“爷”字前加年号，如“康熙爷”“乾隆爷”。太监和内务府记录的有关皇帝的档案也标以《万岁爷档》之类。但是，这也是局限于一小部分太监，大臣们是不会这样称呼的。

至于“太后吉祥”“老佛爷吉祥”之类的称谓更为荒谬。皇帝、后妃、满汉大臣和大部分内务府官员、太监，无论当面或背地都称“皇太后”。道“吉祥”是太监圈里流行的见面问候语，皇帝、后妃、大臣们绝不会用下层太监之间的问候语去问候皇太后。在清代，只有某些内务府低级官员才会与有地位的太监互道吉祥，以示亲近。至于“老佛爷”，这是清末一小部分近侍太监与内务府官员背地称慈禧的代名词，以示受宠和亲近，但当面是绝不敢称呼的（据记载，也有称呼“老祖宗”者）。同治年间是两宫皇太后垂帘听政，大臣们为加以区分，在正式文书中会以尊号加以区分，如钮祜禄氏称“慈安皇太后”、那拉氏称“慈禧皇太后”（“慈安”“慈禧”均为尊号中的头两个字），背后会简称“东太后”“西太后”，但也不会在当面或背地称呼那拉氏为“老佛爷”，因为这是为礼仪制度所不允许的。对死去的皇太后，大臣们提到时都要称谥号，如那拉氏，则称“孝钦皇太后”。其实，即便太监们背后称“老佛爷”的也是极少数，一般对东、西两太后会简称“东边”“西边”，称皇帝为“上边”。“老佛爷”之称其实并不自西太后始，乾隆皇帝因为寿高，当时近侍、太监背后就称他为“老佛爷”“老爷子”，但大臣们则不会这样称呼。野史记载：纪晓岚曾在背后称乾隆为

“老头子”，恰被乾隆听见，欲加治罪。纪氏机智解释才使乾隆转怒为喜。真实与否姑且不论，但由此可见大臣们在背后对皇帝也是不能随便称呼的。

“老爷子”的称呼一直到清末还存在，如溥仪的乳母就这样称呼他（见《我的前半生》）。

对妃嫔，太监称“主子”。因皇帝的妃嫔不止一位，则在前面冠以封号，如对光绪之妃珍妃称“珍主”，瑾妃称“瑾主”，以示区分。书面行文称“主位”。至于对皇子的称呼，也不像现在影视剧中一律称“阿哥”。在清代对皇子的称呼不同身份是有区别的，“阿哥”是大臣们对皇子的称谓，内务府官员和太监一律按皇子的排行称“×爷”。书面行文则按排行称“皇×子”。皇帝之女在未授封公主之前，一律称“格格”。

大臣们与皇帝奏对时提到死去的历朝皇帝，也不会说“康熙爷”“乾隆爷”这样的话，这是近侍太监的语言，如嘉庆皇帝与大臣奏对时提到他的父亲乾隆，嘉庆称之为“皇考”，大臣们则必须称乾隆的庙号与谥号“高宗纯皇帝”。清宫档案文书也是如此，皇帝在位时标以年号，死去的皇帝则标以庙号与谥号。

另外，常见影视剧中皇帝称大臣的职务，或大臣对皇帝提及他人时称职务或“×大人”，这也不符当时的制度。清代皇帝或皇太后接见大臣，无论地位多高、年龄多大，一律直呼其名。皇帝和大臣们谈话中提到他人，也一律直呼其名。即便贵为亲王，也不称爵位。皇帝或皇太后只有在对他人提及亲王时，才会不直呼其名而称“×亲王”。清代只有个别时期才有例外，如顺治年间对摄政王多尔衮，顺治皇帝不呼其名而称“皇叔父”“皇父”；宣统年间，醇亲王载沣不仅是监国摄政王，又是宣统皇帝溥仪的本生父，所以溥仪称他为“王爷”。至于同治皇帝的亲叔父恭亲王奕䜣是议政王，权力极大，地位尊崇，但也只是免除一定的朝见跪拜礼仪，称谓上仍依规章。另外，清朝特别尊重皇帝的老师，为示优崇，往往会称“先生”而不名。如乾隆帝师朱轼，乾隆皇帝非常敬重他的宿学和品德，为示尊崇，特称“可亭朱先生”（“可亭”是朱轼的别号，古人称对方的号即表示尊敬）。对其他大臣，即使年龄再大，学问再深，再有名望，皇帝也是要直呼其名的。

就目前所看，在大量的清代题材影视剧和小说中，台湾高阳（许晏骈）的清代系列小说中皇帝、皇太后与大臣们的称谓言谈，基本符合当时的礼仪制度，不误人子弟。

清代题材影视剧中，还经常有皇帝接见大臣谈话的场景，但无论其形式、地点、服饰乃至谈话方式都不符清代礼仪制度。这就给观众一个错觉，以为清代皇帝接见大臣谈话极其随便。

清代除国家大典朝会，皇帝接见大臣有两种方式：召见（俗称“叫起”）和引见（俗称“递牌子”）。清代大臣奏事，分折奏与面奏，大臣可以请求皇帝陛见，皇帝需商议军国大事，就要召见御前大臣、军机大臣、六部九卿等。另，被任命的够一定品级的文武官员也必须在出任前觐见皇帝，被称之为“引见”。

清代除登基等重大庆典在太和殿举行外，皇帝临朝议政一般在乾清门，临时设宝座、御案等。但召见和引见官员却不在此。召见多于养心殿东暖阁，引见多于养心殿明殿。其他如承德避暑山庄、圆明园等处，随皇帝巡狩、避暑而定。如影视剧中地点多模拟太和殿召见和引见，则是不符当时习惯的。

召见须由亲王、御前大臣、领衔军机大臣轮流带领大臣们去面见皇帝。引见须先进名单、履历折、绿头签，一人或数人觐见。现在影视剧中或见皇帝与大臣平起平坐，或站立谈话，这在当时是绝不可能的。召见或引见官员，须先由奏事处太监传旨，直呼被召见人其名，并领进屋内，大臣进来必须先跪安，口称“臣×××恭请皇上圣安”，满人则必称“奴才”，起立后走到皇帝所坐木炕前，在预设白毡垫上下跪，皇帝问即答。多人参加召见，只能由领衔者回答，别人不能插话；被召见人也不能相互说话，只有皇帝问到方可回答。不像现在影视剧中给人印象似乎是在开讨论会。召见、引见无论时间多长，官员自始至终必须跪奏，直到皇帝允许“跪安”表示谈话结束，才可起立后退至门口转身退出。清代只有极少数人因身份特殊，可以坐或站与皇帝谈话。如顺治时“皇叔父”摄政王多尔衮免礼节，康熙时顾命大臣鳌拜赐座谈话，同光时议政王恭亲王、监国摄政王醇亲王可站立与皇帝谈话。但也不是永远不变，如恭亲王在同治时以议政王身份可站立谈话，但进门时也要跪安。在光绪时恭亲王只是领班军机大臣，就必须跪奏了。

跪奏时大臣们与皇帝的对话极其简明扼要，不像现在影视剧中长篇大论，喋喋不休。因为说话越啰嗦，跪的时间就越长。我们现在看清代档案召见记录，一般皇帝问话较多，大臣回答简而又简，几乎没有废话。跪奏是一件痛苦的事情，所以清代大臣都有一条不成文的规矩：“无论奏对何事，必以三语为率，并须简浅明白，不须上（皇帝）再问”。而且都用厚棉絮做成护膝，以免跪奏时间过长引起疼痛。并且经常练习，以免“失仪”（清制君前“失仪”要受处分）。清代笔记载：同光时军机大臣王文韶年届70，仍每日在家练习下跪；贵为直隶总督的李鸿章在慈禧做寿前也每日练习三次下跪。不少大臣常因跪之太久，腰酸膝痛直至病倒。所以跪奏时绝不会长篇大论。

另外，清代题材影视剧中召见场面皇帝与大臣往往光头、便服，这在清代也是绝对不允许的。大臣进见须着常服补褂朝珠，戴红缨官帽。皇帝也是常服袍褂着冠。常服是皇帝在宫中正式场合所穿礼服，用为处理一般政务或召见大臣。官员亦如是，按清制穿错朝服最轻也要罚俸一月，因为这是清代制度所严格规定的，即以天子之尊，亦不能违背。

还有一点必须指出：无论召见或引见，太监、侍卫等均不得在屋内停留。

漕运和漕运总督

据小说改编的电视连续剧《漕运码头》正在北京卫视播出，王梓夫先生的小说笔者略读过。当今清代题材影视剧络绎不绝，但大多不甚符合当时制度和语言习惯，盖因编导不谙文史之故也。所以观者亦不必认真。

何谓“漕”？水运也。明清之际，由沿海省份征收米石，沿水路运河直达北京，故称“漕粮”。因其重要，故自明代起，设漕运总督官职，专司职掌漕运。清朝入主中原，亦靠漕运，亦沿明制设漕运总督。该官品秩为正二品，如兼兵部侍郎（类今国防部副部长）或都察院右副都御史（类今监察部副部长）衔，则为从一品。乾隆十年（1745）后，都察院不设专员，御史规定由巡抚、河道总督、漕运总督兼衔。

漕运总督权威重，有亲辖武装部队，还有水师营。仿地方总督、巡抚之亲辖部队“督标”“抚标”，而称之为“漕标”。今据《光绪会典》载：漕运总督所亲辖“漕标”共分本标左、中、右、城守、水师七营，兵额3400余人。辖制武职官佐，最高者为从二品的副将。并节制鲁、豫、苏、徽、赣、浙、鄂、湘八省漕粮卫、所（因上述八省漕粮归漕运总督管辖，其余省份粮务归地方总督、巡抚）。

漕运总督设衙门，非今人所想象称“总督衙门”，而称“总漕部院衙门”，衙址设于江苏淮安。总督按清代官场规矩，尊称“漕台”。因其领兵，故又尊称为“漕帅”。又因兼兵部侍郎及都察院右副都御史衔，故出行仪仗、官衔灯笼署“总漕部院”。沿海收粮起运、漕船北进、视察调度、弹压运送等等，均需总督亲稽。每年漕船北上过津后，循例要入觐皇帝，汇报漕粮完成诸事。咸丰年间因战事频仍，咸丰皇帝特令漕运总督节制江北镇、道，咸丰十年（1860）裁撤江南河道总督，其河工调遣、督护及守汛、防险事务，均由漕标部队兼管，这是漕运总督权威最重之际。漕运总督不受部院节制，向皇帝负责，可专折奏事。直到光绪三十年（1904）河运全停，漕运总督才被裁撤。漕运总督出过不少名人，如乾隆、嘉庆年间的名臣阮元，道光年间权倾朝野的权臣穆彰阿还两次担任漕运总督。乾隆年间的刘统勋也署理过漕运总督，他的儿子即为人们所熟悉的“刘罗锅”刘墉。对慈禧有恩的吴棠也任过漕运总督，但他却既庸且贪。虽无政迹，却一直受到慈禧的眷顾，参劾不断，仍然“官符如火”。清末有名的最后一任漕运总督是陈夔龙，后来官至北洋大臣，辛亥革命后在上海做寓公，20世纪40年代末期才逝世。

漕运总督节制八省漕粮，于每省设负责漕运的督粮道（又称“粮储道”），正四品。督粮道职责是监稽收粮、督押粮船，直驰山东临清，待山东粮道盘验结束回任。山东粮道须待最后一次粮船抵通州才告回任。最后一次粮船按规定由漕运总督亲押至通州，并向皇帝述职后才可回任。

为监督漕运，明代还专设巡漕御史，负监察之责，权力极大，不受漕运总督节制，直接向皇帝负责，有权弹劾总督。清代亦仿明制，设巡漕御史四人，为淮安、济宁、天津、通州四处，分赴稽查，襄办漕务。品秩不高，但职权令人忌惮，可风闻专折密奏。

相比较费力不讨好的河道总督，漕运总督在明、清两代可属肥差，又因与绅粮大户、漕帮（青帮）密切，故内幕甚多，是写影视剧的好题材。但也有清廉者，如嘉庆年间的名臣陶澍，曾派驻淮安任巡漕御史，虽是肥差，但他在淮安“巡察南漕”三年，竟一无所染。

漕运总督在清代为一、二品大员。帽饰红宝石（二品为珊瑚），蟒袍为九蟒五爪（二品同），仙鹤补服（二品为锦鸡）。收入并不高，岁俸银仅 180 两（二品 155 两）。年养廉银为 1.5 万两至 3 万两左右（二品 2 万两以下）6。

另外，漕粮装运、征收、行船次序、期限管理及至运送时间、航行里数都有繁杂的制度，各省有船帮，胥吏勾结，正粮之外“耗米”“耗费”横收暴敛，苦的是承担漕粮、漕运的老百姓！

十三仓与仓场衙门

清代漕运及漕运总督有规定职权范围。其余仓储事务就由户部接管，户部是六部之一，执掌管理全国疆土、田亩、户口、财谷政令。按地区分工设清吏司，海河运粮事务的“漕政”，即由云南清吏司兼管。下设南漕、北漕二科。但只限政令，具体事务仍由漕运总督管辖。

至于积储“漕粮”及京通北运河运粮事务，则由户部设仓场衙门掌管。“漕粮”者，是清代规定田赋除人税与土地税（“地丁”）外，于鲁、豫、苏、徽、浙、鄂、湘、奉天八省征收米豆，漕运北京，即称“漕粮”。

户部仓场衙门设于顺治元年（1644），最高长官称“总督仓场侍郎”，为正二品。据《光绪会典》等载，仓场衙门分设东、西、漕等各科，分掌各仓场。何谓“仓场”？这即是有名的“京、通十三仓”。我们今天仍可见东直门内小街往南迤逦有海运仓、北新仓、禄米仓等地名，即为清代“十三仓”的遗留。其中唯有遗留的部分南新仓修缮保留，俾使今人可窥漕粮仓储风貌。

“十三仓”也称“京仓”。计有禄米、南新、旧太、海运、北新、富新、兴平、太平、储济、本裕、丰益十一仓，加上通州中仓、西仓、总计十三仓。多为明代所建，清代有所增加。每仓各设满、汉监督二人管理。各省漕粮运抵通州，按粮石种类与支放用途，分别储入京、通十三仓。除十三仓外，户部还单设“内仓”。清室内务府也单设“恩丰仓”（太监米石）、“官三仓”（储米石、麦等）。不属户部，归内务府会计司管辖。

上述各仓所储粮米，苏、浙两省征收的“白粮”（粳米、糯米），仅供皇室内府及王公、百官食用。其他漕粮支放八旗官俸兵米及养马饲料。北京东城的钱粮胡同即为八旗官兵领取俸米处。“漕粮”支出有严格规定，绝不准许平民食用。只有三种情况下才可以变通卖给平民：“廒底成色米”（过期霉变）、“扫收零撒土米”和“仓粮有余”。

仓场衙门一个重要的职能是掌管漕粮验收及由通州至北京水陆转运，并包括北运河河工。这些职能由坐粮厅统管，分设东、南、西、北、河税、收支、白粮等科分掌。坐粮厅是仓场衙门最重要的部门，所属通济库，负责收、支款项，收各省漕粮折价、芦粮折价等。支出则有官吏俸银、河工、造船、兵船夫役银等。北运河至京城的石坝、闸口、陆运、车运等也均由坐粮厅委派官吏管理。

漕粮事务在清代一直弊端丛生，一般人不知道，著名书法家包世臣还写过《剔漕弊说》，清代捐官大都容纳到漕运等几个衙门，纯属“借帮丁脂膏”。逢关过卡，运米入仓，处处勒索。“沿途过闸，闸夫需索，一船一闸，不下千文。”道光年间两江总督孙玉庭上疏《恤丁除弊》，其中指出：“旗丁勒索州县，必借米色为刁制”，“致使粮户无廒输纳”。

清人记载，百姓交纳漕粮，官吏层层用各种方法苛扣，最后每石“耗损”后只算五斗或六斗，百姓稍有反抗，便会被官府诬指为“抗粮”。

清代漕运积弊甚深，朝廷一直想整顿。如道光年间，曾派权倾朝野的穆彰阿两任漕运总督，以整顿滞运等弊。道光年间名臣陶澍也曾大力整顿漕务，并奏准以苏州等地漕米，改由海运，以杜绝弊端。虽然海运一旦实行可节约时间人力资金，但终未实施。

另外，各省州府县亦设“常平仓”和“义仓”，与漕仓无关。清代设陪都盛京（今辽宁），也设户部，下辖粮储司、内仓、城仓等机构，但人事、业务均归盛京将军管辖。

养马制度与胡同

北京有不少与明清养马制度有关的胡同街庙，如马相胡同、观马胡同、马园胡同、马圈（怀柔汤口镇也有个“马圈”地名）、小马厂、马甸、兵马司胡同、骡马市大街、亮马河南路、前马厂胡同、后马厂胡同、马神庙街、东马尾帽胡同、南马道、马家堡、南养马营胡同、北养马营胡同……近郊平谷也有马坊、望马台等地名。

在封建时代，马是重要的军用物资，对马的使用、饲养有严格的规定，若干朝代甚至禁止民间私自养马。因此，北京与“马”有关的地名，多与明清两代官府养马机构、制度有关。

如西直门大街内有条马相胡同，历史颇为悠久，在明代称之为“御马监官房胡同”。御马监是明代宫廷机构十二监之一，由太监掌管，主要负责管理皇帝用马，“掌腾骧四卫营马匹”（《中国历代职官词典》）。清代顺治时设十三衙门，仍称御马监。康熙时裁撤，该机构由内务府上驷院取代。后谐音称为“马香胡同”，民国以后改称“马相胡同”。一条小小的胡同，牵扯明、清两代管理宫廷用马机构的沿革，令人叹止。

广渠门内的观马胡同也与清代养马机构、制度有关。清代内务府专设管理“御用”马匹的机构——上驷院（原名御马监，这是沿用明代的称谓）。顺治年间曾改为“阿敦衙门”（“阿敦”为满语，意为“马群”)，康熙年间改为“上驷院”。据史载，明代御马圈在景山东街，清代上驷院在紫禁城内外及南苑共有17个马厩，饲养700多匹马。在口外及盛京等还设4个牧厂，养马260多群（每群四五百匹）。除朝廷专用养马场，驻京八旗也各有养马场所。满洲八旗均以骑兵为主要作战力量，分京营和驻防。驻守北京京营八旗约10万人，按旗划分驻地：正黄旗驻德胜门内，镶黄旗驻安定门内，正白旗驻东直门内，镶白旗驻朝阳门内，正蓝旗驻崇文门内，镶蓝旗驻宣武门内，镶红旗驻阜成门内，正红旗驻西直门内；各旗在驻地均有养马场，所养战马俗称“官马”，养马之地称之为“马圈”（音“券”，加儿音）。皇家上驷院养马场所称之为“马厩”，查《清乾隆北京城图》：此地曾一度为“兵部马圈”，乾隆十三年（1748）始称之为“官马圈”，成为正蓝旗兵驯养官马之地。附近街巷被称为“官马圈胡同”。二百年间没有改变，直到1965年才被改叫“观马胡同”延续至今，位于广渠门内幸福大街延庆街内，是一条很短的死胡同。而广渠门外也有个地名称之为“马圈”，推想大约也与清代京营正蓝旗养马地有关。而今面目已非，成为居民楼小区，只剩下公共汽车站名及以“马圈”命名的一家邮政所。

位于西城区（原宣武区）西北的小马厂，原称马厂，今分小马厂路一、二、三、四巷及小马厂西里、南里，也是清代八旗兵利用荒地放马驯马之地，后来成为八旗子弟赛马场，民国后成为北京有名的跑马场。20世纪50年代开始兴建民宅。往北还有北小马厂，则属海淀区。

德胜门外的马甸也与京营正黄旗驯马骑射有关。此地在明代成化年间称马店，是官方与蒙古马贩马匹交易集散地。后“店”衍称为“甸”（加儿音）。马甸南村在清代是正黄旗骑射校场，并设有官厅，管考武举。往东不远是六铺炕，明代为五军神枢营校场，该营配备精锐火炮，常在此试炮。清初于此屯兵，八旗兵丁也常在此操练骑射。

朝阳区西有亮马河南路，明代曾为放马场。今朝阳农场一带，明永乐年间曾设御马苑。朝阳区北的马泉营，传为元代战马饲养场。又传明代朱棣于此设营秣马厉兵。

北京的兵马司胡同有三处，《京师胡同街巷考》载："在外城者有南兵马司，位于宣武门外菜市口。在北城者，有北兵马司，位于安定门内交道口。在西城，有兵马司胡同，位于丰盛胡同与大院胡同之间，皆因明、清置兵马司官署得名。"只有"南兵马司"改称"前兵马司"。这个地名也很悠久，在明代称为"南城兵马司"。兵马司设置最早见于元代，《明史·职官志》载兵马司为"指挥巡捕盗贼，疏理街道、沟类及囚犯、火禁之事，凡京城内外，各划境而分领之。"清承明制，《光绪会典》载顺治元年设兵马司指挥、副指挥等职，"专司京师访缉逃盗、稽查奸宄等事"，分中、东、西、南、北五城，并各设衙署，由五城御史管辖。兵马司出巡或捕盗，还配有马匹，以求快速。

骡马市大街形成甚早，可溯源至金代，明代嘉靖年间成为南城骡马交易市场，一直延续到清代，称之为"骡马市"，官府还设立骡马税局。1965 年改称"骡马市大街"。值得一提的是骡马市在清光绪二十七年（1901）设立了北京内外城最早的两个邮政支局之一——骡马市支局，在 2013 年 11 月已迁址更名为菜市口大街邮政所。

笔者自少年时代起，一直居住在前马厂胡同，位于旧鼓楼大街西。原称"养马场胡同"，为明代官马饲养场，后逐渐谐音为"养马厂胡同""马厂胡同"。至清初后，才逐渐废止。由此开始出现多条街巷，马厂胡同也辗转变成南、北两条胡同，南称为"前马厂"，北称为"后马厂"。大约在 20 世纪 80 年代，前马厂最西端一段还称之为"果子罐胡同"，随着拆迁这条胡同不复存在。据说马厂胡同一分为二始于雍正年间，之前应为八旗马圈。清中期，此地成为内务府官员"钟杨家"的大宅院，钟杨家是内务府汉军镶黄旗人，汉姓杨。至钟祥（字云亭）考上进士，累官至山东按察使、浙江布政使、山东巡抚、闽浙总督、库伦办事大臣、河道总督等职。史料载钟杨家“庐舍连云，几遍前后两街，四乡田地尤广，存终年取不尽之租”。“前后两街”即指占地前马厂、后马厂两条胡同，钟杨家宅邸格局今犹存，我家所住宅舍据说乃当年钟杨家管家等住所，但今已面目全非，已成北京人所谓“大杂院儿”了。

出前马厂西口往西不远就是德胜门，再往左转不远就是连通积水潭与后海的德胜桥，明代所建，清代有刷洗御马之制，就在德胜桥头，时间是每逢农历六月初六。原来洗象也在此处，后象房迁至宣武门，洗象亦改在宣武门西护城河。洗马则仍从旧制，洗马有仪式，鼓号齐鸣，乐队引导仪仗，养马人牵马列队入水，两岸观者如堵，是清代一景。

有些地名虽无马字，但却与明清养马制度更为密切相关。如西城太仆寺街，太仆寺是明清皇家管理“马政”的机构，负责皇帝、嫔妃、太子、亲王、公主出行及皇家礼仪御马的饲养和放牧。

北京过去有很多叫马神庙的地名。明清两代均重视对马的祭祀，除国家设庙祭祀（明代设于今朝阳东坝，见《日下旧闻考》），皇家养马机构也设马神庙，如明代在景山东街御马监修建马神庙，清代康、乾年间两次重建。清代皇家本身也在紫禁城西北角城隍庙东建皇家马神庙，并规定春秋两季派大臣祭祀马神。据《顺天府志》等记载，明清两代北京马神庙众多，在清末民初基本消失。今天只留有海淀区阜成路的公共汽车站的站名——马神庙站。

有趣的是，清代养马制度还留下若干老北京歇后语，如“蒙古大夫——恶治”。清代八旗专设蒙古大夫。职司为马治病，每旗十人，又设“蒙古医师长”一人、“副长”二人。蒙古大夫并非绝对是蒙古族人，上三旗士兵会接骨者皆可入院。蒙古大夫皆隶属上马四院管理。宫中执事人等受外伤均由蒙古大夫诊治。蒙古大夫最擅长接骨，“蒙古大夫——恶治”似由接骨而来，有调侃味道，其实应无接意。

清代的口语——“份儿”

老北京有个土语叫“份儿”。过去老北京旗人、商业圈中使用频率很高，李凤翔先生曾猜测：“‘份儿’大约是从‘身份’演化而来，是一种省略的称呼。”北京人几乎都懂“丢份儿”“跌份儿”两种含意。这种意思的土语，北京仍很流行，除“丢份儿”“跌份儿”外，尚有“拔份儿”“提份儿”之语，与“丢”“跌”正好相反。

凤翔先生猜测与“身份”有关，本意如何？他的文章中没有谈。查已故的金受申先生《北京话语汇》中未收此词。《北京土语辞典》（徐世荣编）收有“跌份儿”一词，含义是“丧失体面”。该书还收有“拔份儿”一词，是“在同班辈的人中抖威风，提高自己，压倒别人”之意。但来源何处，未予注明。其实，北京土语不少与清朝习制有关。“份儿”应该就是一个明显之例。但如金受申先生是老旗人，又是北京土话研究专家，未收此词条，不知何故。

近读清礼亲王《啸亭杂录》，见记有清代王公等级的标志，或许与“份儿”有些渊源。清代王公分亲王、郡王、贝勒、贝子、公五等。公有镇国公与辅国公，而又分为“入八分”（“份”？）与“不入八分”之称。“八分”即八样（或八份）标志：朱轮（红车轮）、宝石顶、双眼花翎、牛角灯、茶搭子（盛热水之用）、马坐褥和门钉（府门上铜钉）。

“拔份儿”或由“八分”而来，清代王公除亲王中有世袭罔替之外，其余各等到儿子袭爵要依次降等，原来“够份儿”的镇、辅国公要降为“不入八分”的镇、辅国公或将军，这岂不是“跌份儿”？“丢份儿”要好理解，有王公等级的被革去爵位，“八分”物件自然没有了，这岂不是“丢份儿”？凤翔先生的猜测是很有道理的，至于本意是否如此，有待于专家的考证，上述浅见只供参考。前不久，在积水潭看84岁高龄的清史专家朱家溍先生演昆曲《单刀会》，戏毕，只合影，看朱老太累，隐忍不便叨问。不过，笔者想，朱老一定知道，只好等下次再问罢。现在，朱老早已仙逝，不必说恍如隔世，只是遗憾无从请教了。

京城还有“北钓鱼台”

北京的玉渊潭钓鱼台是国宾馆，不仅国人熟知，海外也颇负盛名。从金朝至清代，均为皇家园林，是皇帝垂纶休闲之地。金章宗、乾隆皇帝都在此垂钓。除此之外，还有西钓鱼台、东钓鱼台、南钓鱼台三处钓鱼台。今除玉渊潭钓鱼台成为国宾馆外，其余三处钓鱼台随着城市外延，基本上在民国初年以后已不复存在矣。唯独西钓鱼台留下了地名，地铁10号线今有“西钓鱼台”站名。

其实，北京除西、东、南三处钓鱼台外，城里还有一处以钓鱼台为名的胡同，西、东、南皆有钓鱼台而尚缺北，故此处称之为“北钓鱼台”。前不久，我看到《北京日报》“古都”版（2013年6月25日）载文《北京有四处钓鱼台》，叙述钩沉爬梳，饶有兴味，却没有提及北钓鱼台。连叙述北京玉渊潭钓鱼台（包括西、东、南三处钓鱼台）史料最为详尽的《钓鱼台历史档案》（中央党校出版社，1999年版）一书，也没有提及。北钓鱼台位于朝内大街，为由东至西第二条南北走向的胡同。朝内以北通向朝内大街的胡同，从东到西依次为北顺城街（北水关）、北钓鱼台胡同、马掌胡同，以北钓鱼台离朝内大街最为近便。

虽然称之为北钓鱼台，但当年居民是称之为“钓鱼台儿胡同”，

“台”字后必加儿音，也有人说是城内最短最窄的胡同。据曾经住过此处的老人回忆，一说为“70多米”（2012年2月20日《北京日报》9版《东四居民“晒”出胡同故事》)，还有人记叙“为一百多米”(《北钓鱼台》，2011年2月27日《北京晚报》)，相差30多米，也许回忆有误，显然并非一个准确测量的数字，但要说是朝内最短的一条胡同，应无疑义。因为现存北京最短最窄的胡同应为前门外的钱市胡同，全长55米，平均宽度70厘米，最窄处40厘米。而且清代《朝市丛载》对这条小胡同已有记载，当时称“银钱市”，是“前门外珠宝市中间路西小胡同”（当然，按当时区域划分，钱市胡同是在城外）。而北钓鱼台出现或许很晚，因为在康熙年间以来的有关志籍未予记载，如康熙时朱彝尊编辑《日下旧闻》、乾隆敕编《日下旧闻考》、乾隆时吴长元编著《宸垣识略》等，均付阙如。今人所编的《北京地名典》（王彬等主编，中国文联出版社2001年版）也无此名。当然，此书出版之际北钓鱼台胡同已不复存在了。也有一种看法认为它大约出现于民国。但我却不妨假设：它的出现应该还是与河道有关，它紧邻北水关，也许当年就是一处垂钓区亦未可知，只不过后来胡同纵横，不复原貌。这条胡同的历史应该至少有百年左右，如果它与河道有关的假设能够成立，那么它的历史还会上溯。

北钓鱼台的起名或许与玉渊潭钓鱼台及南、东、西钓鱼台有关，玉渊潭钓鱼台在明代刘侗、于奕正合著《帝京景物略》一书已有详细描述，在金代即已出现成为御花园。东、西钓鱼台在清光绪年间的北京都是很有名气的风景区，不乏来此踏青垂纶者。而且都与金代运粮河、护城河毗邻。所谓东、西、南的称谓，应是以玉渊潭为方位，北钓鱼台拾遗补阙名之为“北”，以此起名的推论不知应否成立？再则老北京的胡同名字都有来历，如同上述钱市胡同，在清代光绪年间是朝廷特批熔铸造制钱、贵重金属的作坊。但北钓鱼台从20世纪50年代的状况来看，则已经完全与

“钓鱼台”含义无关。按居住过此处老人的回忆，这条短短的胡同只有 20 户左右居民，胡同两侧百分之八十都是店面，有饭馆、理发店、馒头铺、面铺、烧饼铺、裁缝铺、豆腐房、干鲜水果铺，及卖面茶、切糕、麻花等小摊位，据说还有一家小医院，活脱脱一个供市民日常生活消费的小市场，与“钓鱼台”真是风马牛不相及。正应了毛泽东说过的一句名言:“钓鱼台里无鱼可钓。”北钓鱼台的繁荣在 20 世纪 50 年代末期以后，随着公私合营的浪潮，店面逐渐萎缩。在 1965 年并入后石道胡同后，更随着城市拆迁，永远在京城的地面上消逝。除了在此居住过年岁大的老人会记得它的老名“钓鱼台儿”，年轻人再不会知道老北京还曾经有过这么一条饶有诗意的胡同。

琴心墨痕

唐英与“唐窑”

去景德镇和我在读史料时的印象不一样，清朝人写的笔记里说：如果在夜间看景德镇，遍地星罗棋布的窑火，与天上的星星相映生辉，令人动魂摄魄。王世懋《二酉委谈》，景德镇烧瓷火光烛天，堪称“四时雷电镇”，今天想来，真是何其灿烂壮观！

景德镇的艳阳娇媚而灿烂，景德镇的夜色静谧而安详；她不再是天上群星辉映的街市，她不再是遍地窑火燃烧的奇观。自中国制瓷史上最后一位制瓷大师郭葆昌在此烧制“洪宪瓷”之后，景德镇的窑火最终烟消火散。其实，宣统三年（1911）末代皇帝溥仪宣布退位时，自元代始延续633年的景德镇御窑，就已经成为历史的一个绝响。

在中国瓷器制造史的坐标上，景德镇是一个传承有续、产生奇迹的殿堂。康、雍、乾三朝应该是鼎盛时期，如雷贯耳的“官窑”璀璨炫目、绚丽多姿，之后几乎不能逾越，仰之弥高而望之弥远，徒然兴叹。

而这中国古代瓷器巅峰时期的创造者，则是清代内务府景德镇督理御窑的督陶官唐英，他正式的官衔是：内务府员外郎、九江关监督兼理景德镇窑务。这是一个在中国制瓷史上彪炳史册的人物，这是一个出身卑微而又绝顶聪明的奇人，这是一个对瓷器呕心沥血、集之大成的艺术大师。

笔者在景德镇的窑区凝视过唐英纪念馆的小小院落，它历经风雨而被移到此处，一个在窑火中锤炼过的灵魂仿佛仍在这里徘徊，一句名言在我的脑海里久久回荡——“卑贱者最聪明”！

唐英似乎是为瓷器而生的天造地设的鬼手、鬼才和灵怪。一个身份卑微的人竟然入传史书——《清史稿》里有《唐英传》，可见其盛名。

在《清史稿·艺术四·唐英传》传里，可以查到他的简历：字俊公，汉军旗人，官内务府员外郎。雍正十年（1732）始开始监督景德镇窑务，并兼任粤海关、淮安关、九江关监督。他起初是景德镇监督年希尧的副手，后来接任主官之职，时间颇长。查其他史料可知，唐英生于康熙二十一年（1682），逝于乾隆二十一年（1756），享年75岁。他真正的身份是关东沈阳的汉军正白旗人。就是说唐英不是满族人，而是汉人。按照那个时代的称谓，唐英是“在旗的”“旗下人”“旗人”；满族在入关前创立八旗制度，合军政、民政、家政为一体，皇室、贵族、军卒、民匠、奴隶一律编入。

最初的满洲八旗不仅是满族人，也有蒙、汉、朝鲜、俄罗斯等各族人。后来又增编蒙古和汉军各八旗。均以正（“正”是“整”的简体字）黄、正白、正红、正蓝、镶黄、镶白、镶红、镶蓝区分。满洲八旗分“上三旗”与“下五旗”，“上三旗”是镶黄、正黄、正白，由皇帝亲领。“下五旗”由王公分领。那么由此产生了清代历史上的特殊身份的群体——“上三旗包衣人”，也称“内务府包衣旗人”。内务府是清代替皇帝家庭管理财务、饮食、器用、玩乐、礼仪、生活琐事等等的机构。内务府人员无“下五旗”人，更无蒙古和汉军旗人。而唐英则是上三旗正白旗里的“汉姓人”。非满族血统而又隶籍满洲八旗里的“正旗”，是“归旗极早”的“旧人”，是满洲贵族最早俘掠编入“正旗”作为“包衣”的汉人。唐英之父本姓姜，崇祯十五年（1642）被清兵攻破兖州掳回沈阳为“包衣”并归旗。“包衣”是满语，即家奴，在满洲贵州的眼里极为“下贱”。虽然这些“汉姓人”的生活习俗已经和满族人难以分辨，但身份却永远不能改变。《红楼梦》里贾母的一句极为沉痛的话：“你知道‘奴才’两个字是怎么写的？”道出了“包衣”至微极贱的身份。而《红楼梦》的作者曹雪芹及祖父曹寅也是正白旗的“包衣”，与唐英同属一旗，身份相同。

然而，尽管身份卑贱，却因为“呼吸通帝座”，直接为皇帝服务而受到特殊信任，经常被外放担任盐政、海关、织造、漕运、陶务、采买等种种肥差，其荣华富贵并不逊于满洲王公大臣。《清史稿》唐英传中说他曾“直养心殿”，说明他曾为皇帝服务而受到信任。

唐英16岁时一直供役于皇家手工艺作坊，直到年近40岁被外放粤海关、九江关、淮安关和监督窑务，这是皇帝给奴才的殊荣。唐英完全可以走一条倚仗“天宪”、升官发财、享尽极乐的捷径。最底层的奴隶，受尽欺凌压迫，但又因为是最亲近皇帝的奴才，反过来更容易升官发财，成为欺凌百姓的害人者。唐英被外放的督陶官实际是一个养尊处优的肥差，上传下达，只需定期完成皇家交办的烧制瓷器，威福有加，云胡不喜？

唐英没有走内务府“大爷”们的理所当然的必由之路，“天棚鱼缸石榴树，先生肥胸胖丫头”，“房新画不古，必定内务府”，这些内务府旗人暴发的标志，唐英似乎不感兴趣。《清史稿》中他的传记非常简略，其实他和曹寅有着非常相同的品位，出淤泥而不染，身陷卑微心比天高而追求精神上的高雅，多才多艺，“工山水人物，能书，善诗，长于篆刻”。创作过《面缸笑》《转天心》《十字坡》等17种杂剧、传奇，合称之为《古柏堂传奇》，诗文创作亦颇为丰富。如他督陶期间，写了一篇散文《龙缸记》，记叙他偶然在寺院墙角，捡拾到明神宗时“落选之损器”青龙缸一件，遂

“遣两舆夫舁至神祠堂西，饰高台与碑亭峙以存之”，神祠即祭窑神之所，不仅收存，还置于高台之上。一个皇帝钦派的督陶官，眼见过无数一流精品，何以见爱于“落选之损器”？所以时人皆为之困惑不解。

唐英的《龙缸记》非游戏笔墨，而是郑重其事，他认为缸虽丑陋，乃是崇祀窑神童宾的化身，“况此器之成，沾溢者，神膏血也；团结者，神骨肉也；清白翠璨者，神精忱猛气也。”童宾是景德镇窑业的传说人物，据说因龙缸大器久烧不成，窑工备受鞭笞之苦；为拯救同役窑工，童宾奋身投火，终使龙缸烧成。唐英对童宾的舍身精神备极景仰，他还以童宾跳窑事有感写《火神传》，字里行间对景德镇人、神、物极其关念，情挚意切。童宾其实只是传说中的一个窑工，但在唐英眼中看来，瓷器是生命的精灵，每一件精美的瓷器，皆为窑工生命的膏血结晶、精神孕育。这是唐英发自内心的敬畏。

《清史稿·唐英传》说他任督陶官期间是“躬自指挥”“衄工慎帑”，看来不是一个养尊处优的酒囊饭袋，而是一个体恤工匠、事必躬亲、不贪不奢的清官。御窑厂原有一方《唐公仁寿碑记》，是他54岁生日时全体御窑厂工匠及全镇商家窑户所立，碑文中云：“每见匠有未悟者，授指致精而进其终身之益；勤能本谕者，额外奖赏而励其诸作之专；匠有疾病者，延医制药而急救；匠居窘窄者，买房赏住而安身；年迈匠人，另赐衣帛食肉。众餐余积，呼来童叟均分；兼惜工匠至亲，量才亦用；冬闻匠有债急，预叫领银；空囊而旅丧无依者，济以买棺买葬；将娶而未能团聚者，周其宜室宜家。”如果唐英仅仅满足做一个遗爱甘棠的清官，诗书风雅，拍曲怡然，也不过赢得镌石擎伞的好口碑而已。这已然是那个时代做官者的高境界了。但唐英却不然，他要像《龙缸记》中所景仰的童宾那样，以“膏血”“骨肉”“精忱猛气”的付出去追求更高的境界。他要仰望星空，遨游八极，探究玄奥，点化神奇。

其实自顺治年起，郎廷佐、年希尧先后“奉使”督造官窑瓷器，“精美有名”，“造器甚夥”，史称“郎窑”“年窑”，已成为颇难逾越的巅峰。

唐英不畏其高、其难，荜路蓝缕、沥血呕心，将自己化为更加巍峨高耸的、后来崛起的一座更加难以逾越的巅峰。

《清史稿》所叙其功迹甚为撮要，不妨抄录：“唐英……讲求陶法，于泥土、釉料、坯胎、火候，具有心得。……撰《陶成记事碑》，备载经费、工匠解额，胪列诸色瓷釉，仿古采今，凡五十七种。自宋大观、明永乐、宣德、成化、嘉靖、万历诸官窑，及哥窑、定窑、均窑、龙泉窑、宜兴窑、西洋、东洋诸器，皆有仿制。其釉色有白粉青、大绿、米色、玫瑰紫、海棠红、茄花紫、梅子青、骡肝、马肺、天蓝、霁红、霁青、鳝鱼黄、蛇皮绿、油绿、欧红、欧蓝、月白、翡翠、乌金、紫金诸种。又有浇黄、浇紫、填白、描金、青花、水墨、五彩、锥花、拱花、抹金、抹银诸名。”史书这没有感情色彩的寥寥数笔，如果调动我们的想象，该是一个多么万象缤纷、百彩千色的绚丽空间，典雅温润、奇幻莫测的各色瓷器，恐怕笔墨难以形容，辞藻难以粉饰。这是一个由外行转为内行所付出的精气膏血所烧炼而成。唐英不仅仅是行政管理，他也不仅仅是“躬自指挥”，为了最高境界，他不惜纡尊降贵，亲入窑坊，与窑工切磋研讨，不耻下问，如饥如渴学习制瓷技术和知识，竭力苦心参与烧制瓷器。他杜门谢客，不事交游，竟然与窑工同吃共睡达三年之久。蓬头垢面、衣衫褴褛的唐英，从仿制的必然进入到创新的自由，盘、碗、盅、碟、瓶、罍、尊、彝……数十种器形，在他的手中化指为柔；元、宋、明、清、欧美、日本……绵延千年的不同风格，在他的眼里随意造化。

中国的瓷器传布到域外，被日本、欧美人所陶醉、所钟爱、所仿制，形成了另一种风格、另一种色彩、另一种气质，这也为唐英所兼容并蓄。他不固步自封，也不颟顸傲慢；其襟怀宽广，其眼界开阔，他不仅是埋头苦干的“脊梁”，更是善于总结的理论家。他勤于笔耕，著述甚多。乾隆八年（1743）他编撰《陶冶图说》，《清史稿·唐英传》不过区区500多字，居然介绍《陶冶图说》篇目就用去了120多个字！可见治史者对其之重视。《图说》文图并茂，共20篇，从采石制泥、淘炼泥土、炼灰配釉、制造匣钵、圆器修模和拉坯、做坯、炼选青料、制画琢器、蘸釉吹釉、成坯入窑、烧坯开窑等制瓷工序的全过程，诚如《唐英传》所评是“备著工作次第，后之治陶政者取法焉”。但是，写史者还是没有看到这部著作的重要性，只是认为供给管理者参考而已。其实，它的成就不仅详尽介绍了制瓷生产的全过程，而且真实反映了雍正、乾隆年间景德镇陶瓷业的制造术之盛况，堪称中国瓷器生产历史上珍贵的重要史料，更堪称中国瓷器制造史上的不朽著述。当时就有人评价为“集厂窑之大成”，有功于“龙缸、钧窑继绝业、复古制”，比《清史稿》中的评价高得多。唐英还著有《陶务叙略》《陶成纪实》《瓷务事宜谕稿》等，同样弥足珍贵。

历史证明，“唐窑”无愧是景德镇瓷器制造史上突起的奇峰，不必说后无来者，但恐怕是一座前无古人的奇峰。不仅影响了中国，也影响了世界，“唐窑”制作的珍品贵器在世界各大博物馆中都有珍存，证明“唐窑”的问世对中国和世界的陶瓷发展都起到了推波助澜的深广作用。

清人蓝浦《景德镇陶录》一书中对“唐窑”做出了精准的评价：“公深溶土脉、火性，慎选诸料，所造俱精莹纯全，又仿肖古名窑诸器，无不娇美；仿各种名釉，无不巧合；萃工呈能，无不盛备；又新制洋紫、法青、抹银、彩水墨、洋乌金、珐琅画法、洋彩乌金、墨地白花、墨地描金、天蓝、窑变等釉色器皿。土则白壤，而埴体厚薄惟腻。厂窑至此，集大成矣。”这是非常有见地的评价，那就是“唐窑”并非简单的一种瓷器，而是体现出它继承了中国清代以前所有制瓷工艺的精华，出神入化地仿制了所有历代名窑，使之熠熠生辉、不同凡响；同时又汲取中外制瓷艺术的营养，取法乎上，鼎力出新，冶古今中外技艺于一炉，集各种技艺之大成。盛名之下，当之无愧，誉之不虚。

北宋宋徽宗建立官窑，也只有记载，而无遗址。从南宋在杭州建“内窑”起，元代忽必烈又在景德镇设“浮梁官窑”，从此绵延不绝，明有“御器厂”，清建“御窑厂”，至康、雍、乾三朝鼎盛到了极致。青花、斗彩、五彩、珐琅彩、粉彩争奇斗绝，美不胜收。“康雍乾”之后自渐衰微，“唐窑”成为一个美妙的记忆，成为一个逝去的绝唱。

景德镇的秋风轻轻地微拂，伴随着思绪神驰遐想。笔者至之时，恰恰2013年瓷博会结束，一条消息让笔者兴奋，景德镇明清御窑中的青窑、龙缸窑、风火窑三窑复烧，唐英泉下有知，该是不无额手相庆吧？

一个出身卑微的人创造了一种多彩多姿的辉煌，使我们后人永远心怀敬意。当历史学家们在思辨到底是英雄抑或奴隶创造了历史，我们也不必陷入无尽的困惑。内务府的“包衣”们，不仅仅只有一个唐英，除了我们所熟知的曹寅、曹雪芹；还有曾任过内务府坐办堂郎中、苏州织造的荣廷，著有《虫鱼雅集》《拙园灯谜草》，前者仍是今天虫鱼玩家奉为圭臬的著作，后者成为中国北派灯谜的代表。内务府河道总督钟洋后人杨继振是有名的古钱币收藏家和古籍收藏家，著名的《红楼梦》乾隆手抄本“梦稿本”即其藏品。他是道光年乙巳科进士，任过工部郎中，还出版过《星凤堂诗集》。内务府官员荣家后人尹润生是著名古墨收藏大家，其古墨鉴赏著作至今仍具权威参考价值。荣廷的后人尹仲麟是杂技高台定车的创始人……这样各具异彩的人物实在不胜枚举。“包衣”中更有着为中华文明抗争殉死的人——内务府堂郎中、总管圆明园大臣文丰，在英军闯入圆明园烧掠时投福海自尽！中华传统文化是灿烂而多元的，仰之弥大，俯之弥精，而创造了这灿烂而多元文化的，必须是仰望星空和脚踏实地的人。当我们后人享受着灿烂的文明时，请不要忘记那些值得永远纪念的人们。

“玉山不颓清流在”，这是唐英吟咏景德镇风物长诗中的一句，颇值得玩味。其实何止玉山不颓清流不改，文明的窑火是前仆后继永远不会熄灭的，难道不是吗?

秋瑾绝命词的来龙去脉

清末著名女革命家秋瑾在英勇就义前留下一句感人的绝命词："秋风秋雨愁煞人"。这是她因举义事泄被清廷逮捕在审讯中唯一的一句供词，之后便被清廷斩杀了。

近百年来，学界对秋瑾这句绝命词一直存有争议。当时，这句绝命词影响很大，最早见诸当时浙江巡抚张曾敭复绍兴知府贵福的电文（见《大通学堂党案》及《浙江办理秋瑾革命全案》）。随后不少报纸加以披露。1910 年，萧山湘灵子描写秋瑾事迹的剧本《轩亭冤传奇》也加以采用。1929 年，秋瑾之女王灿芝编辑《秋瑾女侠遗集》及 1949 年后中华书局编辑出版的《秋瑾集》，均将这句绝命词收入，可谓流传甚广。人们悼念她，亦往往以其意用之，如柳亚子《吊鉴湖秋女士》曰："饮刃匆匆别鉴湖，秋风秋雨血模糊。"庞檗子《秋侠墓》有"犹忆秋魂哭风雨"句。人们修亭纪念，亦命名为"风雨亭"。当时发行的纪念文集每多以此为名，如 1907 年黄民编刊了《秋雨秋风》；徐寄尘辑印的秋瑾遗诗集则名为《秋雨秋风集》。1937 年 1 月，有人曾在《绍兴民国日报》上据这句绝命词扩写成四首七律，伪撰为秋瑾《狱中绝命诗》，由此可见其影响。时至今日，有关介绍和描写秋瑾的书籍、戏剧、电影等，无不把"秋风秋雨愁煞人"作为秋瑾绝命词来介绍，与此同时，则不断有人在报刊书籍上展开争论，认为秋瑾并未有此绝命词。

最早提出疑问的是秋瑾的同志和同乡陶成章先生。他在《浙案纪略》一书中云："'秋风秋雨愁煞人'七字不知系何人所作，登之报上。"1949后，也不断有人提出疑问，主要有以下两个论点：一、"时令不合"说。秋瑾是光绪三十三年农历六月初六（1907年7月15日）就义的。时值盛夏酷暑，并无秋风秋雨之情景。二、"品格不合"说。以秋瑾如此视死如归，慷慨赴义，绝无此悲愁情怀。持以上怀疑态度者均视其为杜撰伪作。其实，细细考去，这些论点都站不住脚。陶成章写《浙案纪略》时，当时审讯秋瑾的记录属清廷档案，尚未公之于世。报载只据传闻，有人不信亦不足为怪。辛亥革命后，《大通学堂党案》等有关档案文件公布出来，这是足可资证的第一手资料。而陶成章《浙案纪略》只是纪闻性质，因而其怀疑亦无道理。同时，我们在品味旧体诗词时，不宜太拘泥字面上的意思。旧体诗词讲究渲染的修辞手法，且不说古人，从秋瑾同时人章太炎的类似诗来看，不也是"时令不合"吗？章太炎当时因"苏报案"入狱，曾有《狱中赠邹容》一诗，大有遗笔绝命之慨。诗中有"英雄一入狱，天地亦悲秋"之句。查写作时间却是光绪二十九年闰五月二十八日（1903年7月22日），从时令上来看亦为不合。所以，秋瑾绝命词亦如章太炎诗，不过是渲染悲壮心情的浪漫修辞手法。再者，秋瑾在被讯过程中，很有可能想起了古典诗词中常用的"五月飞霜"典故：战国时邹衍被诬下狱。仰天悲愤，致使五月飞霜。秋瑾极有可能联想到自己因从事民族民主革命而锒铛入狱，再加上暗合自己姓氏，因之产生了"秋风秋雨愁煞人"的感慨是很自然的。而"品格不合"说亦为一种皮相之见。革命者借悲秋抒情寄慨亦屡见不鲜。清人龚自珍有诗云："四海变秋气，一室难为春。所以慷慨士，不得不悲辛。"因讨袁而死的辛亥烈士宁调元，在狱中曾作绝命诗多首，其中有“偶倚明窗一凝睇，水光山色剧凄凉”“凄风苦雨夜淋漓，逝者如斯知恨谁”之句，同样表达了“死如嫉恶当为厉，生不逢时甘作殇”的视死如归的献身精神。其他如辛亥烈士周实的绝命诗“秋风起处情无限，誓泣诸天度众生”，死于黄花岗之役的罗仲霍绝命诗云：“陨霜杀草一何悲？”同样表达了宁死不屈的大无畏英雄气概。所以，“秋风秋雨愁煞人”恰恰表达了当时作者临刑之际的不能忘怀民族苦难、感慨共和事业未成的极度悲愤心情，正是志士情怀，不能以寻常悲愁着眼。当然，不可否认秋瑾绝命词也有当时那个时代革命志士的某些局限性。秋瑾《感时》诗中“楚囚相对无聊极，樽酒悲歌涕泪多”的句子，则反映了作者看不到群众力量，遇到挫折则难免产生孤独悲观情绪的思想局限，这与她的绝命词可谓一脉相承。

然而，据笔者考证，绝命词虽确是秋瑾于刑讯中所写，但确并非己作，而只是借用前人成句。古诗中已有不少例句，如汉乐府《古歌》云：“秋风萧萧愁杀人”，宋人曾几诗曰：“秋风入雨敢淹留”，已见其端倪。而绝命词则为清嘉庆、道光年间娄江诗人陶淡人所作七言古风《秋暮遇怀》中的一句，曾收在《沧江红雨楼集》中，诗中写道：“篱前黄菊未开花，寂寞清樽冷怀抱。秋雨秋风愁煞人，寒宵独坐心如捣。出门拔剑壮槃游，霜华拂处诗氛少……”南社老人郑逸梅著《文苑花絮》，曾抄录此诗，并注云：“秋瑾喜诵前贤诗篇，被讯时，忆及此句，便把它写在纸幅上，以代供词。”当然，陶淡人的诗旨在抒发封建文人怀才不遇的惆怅情怀，经秋瑾点铁成金，则成为革命志士视死如归的感人遗言了。

秋瑾绝命词一说为“秋雨秋风愁煞人”（见秋宗章《前清山阴知县李钟岳事略》）。李钟岳当时审讯秋瑾不肯逼供，并将秋瑾绝命词保存。后绍兴知府贵福知之，索要甚急，李钟岳不肯交出，乃自杀。这幅珍贵墨迹不知所终。李钟岳是汉军正白旗人，死后归葬北京香山一带，据说坟冢至今留存。

左宗棠与《左公柳》诗

大约20世纪80年代初，报刊上开始不断刊载、引用清人杨昌浚的一首诗："大将筹边尚未还，湖湘子弟满天山。新栽杨柳三千里，引得春风度玉关。"这首诗自清光绪年间以来流传极广，但一般很少标出作者姓名和诗题，是否为杨昌浚所作，恐尚存疑。诗题有标《赠左宗棠》者，亦有注《左公柳》者。由于传抄刊载不一，诗句每有不同。如首句为"大将筹边尚未还"，也有不作"筹边"而作"西征"或"征西"的，"尚未还"也有传抄为"久未还"的。第三句"新栽杨柳"，有的传本是"遍栽杨柳"。第四句"引得"也有异文作"惹得""赢得"等等。

至于这首诗的出处，则从来未见原著为何种。不少刊载者引《西笑日觚》左宗棠"命自泾州以西至玉门，夹道种柳，绵连数千里，绿如帷幄"。但并未注明诗即引自该书。左宗棠后裔左焕奎有《左宗棠略传》，其中云："光绪五年，杨昌浚应左公之约西行，见道旁树，即景生情，吟七绝诗一首……"（全诗文与前所引相同），但未注明出自何处。《清史稿》卷四四七有《杨昌浚传》，云"光绪四年，起佐新疆军事"，而不是"光绪五年"。杨昌浚是诸生出身，一直从戎，并不以诗名显。他是在浙江巡抚任上因"杨乃武与小白菜"一案被革职的，而《左公柳》一诗颇有唐人遗韵。

杨氏去新疆是在革职之后，诗风也不符合他当时的心绪，因而是否为杨昌浚所写，是很值得怀疑的。这首诗流传很广，出处、作者尚不确凿，有待考证。

当然，湘军将帅皆以儒生而提军旅，且出身多为进士、举人、诸生等，多擅长诗词文赋；如曾国藩、左宗棠、彭玉麟等，不仅知兵，亦皆有诗集行世。但就杨昌浚而言，确乎不以诗名显于时，且性暴戾，与曾、左、彭等人比，实在略输文采。

这首诗的主题应该说是很昂扬的，不仅写“左公柳”，而且讴歌了左宗棠的爱国精神。有一种说法认为该诗是在粉饰清朝对少数民族的血腥镇压，这完全违背了事实。关于对左宗棠平定新疆的评价，其实早已拨乱反正了（可参见1983年10月15日《光明日报》:《左宗棠的爱国主义精神在历史上闪光——记王震同志谈左宗棠》)。

此外，民国初年，还有一首流传颇广的《玉门出塞》。有人以为是清人所作。其实乃罗家伦（民国时教育部长）所写，赵元任谱曲，至今仍在台湾校园中流行，用以对学生进行爱国精神教育。全词如下:“左公柳拂玉门晓，塞上春光好。天山融雪灌田畴，大漠飞沙旋落照。沙中水草堆，好似仙人岛。遇瓜田碧玉葱葱，望马群白浪滔滔。想乘槎张骞、定远班超，汉唐先烈经营早。当年是匈奴右臂，将来是欧亚孔道。经营趁早，莫让碧眼儿射西域盘雕。”由此我还想起了有名的《苏武牧羊》，自抗战以来一直传唱不衰。人们多以为是古曲，其实也是民国时一位小学教师所作。所以，《左公柳》一诗是不是清末民初时人所写，也不妨设一个疑问，是否合理则有待于佐证了。

赵翼与《瓯北诗集》

赵翼有一首诗是很有名的:“李杜诗篇万口传，至今已觉不新鲜。江山代有人才出，各领风骚数百年。”诗浅显易懂，却甚有哲理，屡屡被人引用。

赵翼，字云松，号瓯北。阳湖（今江苏常州）人。乾隆进士，本来已中了状元，但乾隆将陕西王杰与之调换，故成了探花。乾隆认为陕西从未出过状元，为安抚边疆、偃武修文，故有对调。授翰林院编修，曾任镇安知府，于任上革除积弊，民多悦服。并屡参戎幕，多所赞划，于经略台湾方面尤多贡献。任过军机章京，机敏而干练。晚年主讲安定书院，卒年 88 岁。他是乾隆、嘉庆年间知名人物，常与乾隆联诗唱和，与蒋士铨、袁枚同列“乾嘉三大家”，共为诗坛盟主，且长于史学，善于考据。著有《廿二史札记》《皇朝武功纪盛》《陔余丛考》《檐曝杂记》《瓯北诗集》《瓯北诗话》等。

赵翼在清代是颇具代表性的一种类型的知识分子，他既不像顾炎武、黄梨洲、王夫之等人那样坚持民族气节，又不像钱谦益、吴梅村、孔尚任等人虽仕清而又颇含愧色。他对清朝君王极尽奴颜卑躬之能事，俯首帖耳，阿谀奉承以取其欢心。

翻开他的诗集《瓯北集》就可看到《喜雨十咏》《叶尔羌鼓乾

隆钱》等为数不少的“颂圣”之作，而歌颂清廷镇压少数民族和农民起义的诗作也充塞在诗集中。在《瓯北集》中还有不少诗作是贬低一些民族英雄的，读之更令人厌恶。例如赵翼每每对宋代大奸贼秦桧褒赞有加，对岳飞则加以贬斥，实属罕见。《廿二史札集》卷廿六云:“呜呼！执其杀岳一节，而没其和议之功，不将喻于小而不喻于大乎？史人之所以有赞许秦桧者，非无以也！”赵翼将秦桧之投降卖国行径称之为“和议”，将其杀岳称为“小节”。置史实于不顾，堪称冒天下之大不韪之举。《瓯北集》中亦有不少为秦桧辩解、贬低岳飞之作，如《岳忠武墓》诗云:“独怪思陵非甚暗，曾写精忠鉴素志。是时权相日尚浅，未至靴刀严戒备。言官诬刻韩良臣，犹能力持格群议。胡独于公任罗织，自坏长城檀道济……乃知风旨本朝廷，为便和戎亟拔钉。”称秦桧为“权相”，足以看出赵翼褒秦煞费苦心。秦为奸相，史有公论。权相乃史之大节不亏而独揽权柄大臣之称谓，如明之张居正、宋之王安石等。其中粉饰赵构还有情可说，为秦桧辩解简直不近情理。史载杀岳主谋出于秦桧，定案者皆秦之心腹，岂有“任罗织”之说？又云秦之杀岳是“自坏长城”，看似贬而则褒。赵翼在《韩蕲王墓》诗中说“宋待功臣原不薄”，不仅批评韩世忠，弦外之音即说赵构、秦桧不会错杀岳飞。这点他实不如其主子乾隆。乾隆曾有《岳武穆祠》诗，极尽赞颂岳飞，并指责赵构言行不一负有杀岳之责：“褒嘉手敕是谁言，何致终衔不白冤？”对秦桧态度亦极其鲜明：“至今人恨分尸桧。”其实赵翼不仅褒秦贬岳，对明清之际的民族英雄更为力贬无余。《瓯北集》中有《梅花岭》一诗，通篇吹捧清廷对史可法“褒恤恩何厚”，并替清廷推卸杀史之责:“乱骨纵横觅不得，或传赴水死江浒。”对闫应元更是大加诬贬，赵翼有诗咏说:“十三万命系君身，哪得山村作隐论。报国岂论官职小，逆天弗顾运维新。”连屠城之责竟也要由闫应元负，可见赵翼阿谀清朝主子到了何种地步。

“既要工诗又怕穷”，赵翼正是这样一个人。赵翼或许有才但无德无节，所以在学术贡献上不如顾、黄、王，艺术成就上不及钱、吴、孔；徒有虚名而已。也许是乾隆时的文字狱吓破了他的胆，但是他完全没必要靠贬毁岳飞来取悦主子。须知乾隆不仅对岳飞，就连抗清义士也是大加褒彰的，他所看不起的正是一些软骨头“贰臣”。比如降清的钱谦益之流，比赵翼名头大得多，号称明末文坛领袖。但乾隆斥责他“荒诞背谬”，极其蔑视。最终入了《贰臣传》。清代学者中除了赵翼为秦桧辩护外，钱大昕也曾对秦桧的汉奸行径大加赞美，凌廷堪更是力主为秦桧平反。钱穆在《中国近三百年学术史》中已注意过这种现象，扼腕叹息乾嘉学者没有民族观念（见第10章《次仲之史学》）。

在中国的历史上，类似赵翼这样的人物屡屡出现（周作人也写过两篇为秦桧鸣不平的文章），很值得细心研究。

南社在京华的遗迹

南社是清末即辛亥革命前的1909年成立的一个革命文学团体，发起者为陈去病、高旭和柳亚子。社名之为“南”，寓有反满革命之意。陈去病曾云：“南者，对北而言，寓不向满清之意。”柳亚子也说：“它的名字叫南社，就是反对北庭的标志了。”当然，这已是辛亥革命以后的解释了，在当时成立时是不能道出其中的政治含义的。

南社在成立之初有社员近200人，辛亥革命后发展至1100余人。南社社员本身不少就是同盟会员，如于右任、宋教仁、陈英士、邵力子、汪兆铭等。据1911年正月编订的《南社社友通讯录》统计：报刊编辑22人，在国内各新式学堂教书或求学者65人，留学生、华侨19人（杨天石、刘彦成著《南社》，中华书局版1980年版，P5），所以南社社员的优势是舆论宣传，以报刊为阵地，刊载诗词文章等手段鼓吹反清革命。

南社社员以南方诸省人士为多，刚成立时的193人中，北京社友仅有9人，如仇亮、林白水、程家柽、吴鼒等，大多为新闻记者。他们不仅利用手中的笔宣传革命，而且直接参加辛亥革命。如仇亮，湖南湘阴人，13岁时考府学名列全县第一，人称奇才。青年时代专心研究明末抗清文献，不满清朝的腐败，开始立誓推翻清朝统治。后东渡日本留学，即与陈天华编译革命刊物，宣传反清革命思想。他是黄兴、宋教仁创立的华兴会第一批会员，同盟会成立后，他任湖南支部长。同盟会的一些著名起义如萍乡、镇南关、黄花岗、武昌起义，他都曾参与筹划和响应。

仇亮也多次回到北京从事革命活动，曾创办《民主报》抨击袁世凯的阴谋，后被袁世凯以“图谋内乱罪”逮捕杀害，年仅36岁。仇亮生前整理了四厚册诗文，可惜在他被捕时嘱友人付之一炬，他有绝命诗一首：

曾将宝鼎铸神奸，
自笑天生本性顽。
热血尽堪膏野草，
痴情偏欲学文山。
圆扉寂寞空回首，
泉路交游不赧颜。
努力追随宋渔父，
头颅同我索生还！

可见烈士豪逸之气！另如程家柽、吴鼐都曾密谋行刺袁世凯，但不幸都没有成功，皆被袁世凯所害。

另外，南方的社友如汪精卫也潜至北京组织谋刺摄政王载沣，在后海摄政王府附近的甘水桥埋设炸弹，不幸事泄被捕，在狱中慷慨赋诗：

慷慨歌燕市，从容作楚囚。
引刀成一快，不负少年头。

此诗一经传出，迅速全国传诵，极大鼓舞了革命志士的斗志。

汪氏后来晚节不保，但当时书生无畏之凛然还是应该肯定的，是南社诗人在北京反清革命活动的又一壮举。但是后来人们将暗杀地甘水桥传说成横跨后海与前海的银锭桥，竟而成为著名的旅游景点。

至今，我们从南社社员留存下的诗词中，发现北京西城的陶然亭是他们留连、聚集之处。南社社员来北京一游，在从事革命活动闲暇之余，城南陶然亭是他们必去之地。清代北京园林大多为皇家禁地，唯陶然亭不属皇家苑囿，故文人士子登高吟咏必去此地。南社社员到此，则多抒怀寄慨，寄托反清之志。

南社诗人叶楚伧曾有《陶然亭》诗：

> 瑟瑟城南路，秋皋欲暮天。
> 平林敛夕暝，荒渚浴寒烟。
> 前哲不可见，市声去杳然。
> 疮痍满京洛，冠盖自翩翩。

诗中“前哲”系指维新派康有为等曾在此谋划变法，诗人面对“疮痍”，想起当年维新旧事，感慨万千，当然，在诗人看来，表面“冠盖自翩翩”的清王朝，已经面临“秋皋欲暮天”。诗人已经预感到反清风暴即将来临了。

南社诗人林庚白也有一首《登陶然亭》诗：

> 二月不见花，青山在城北。
> 独有伤心人，陶然亭上立。

庚白早负神童之誉。从诗中隐约可以看出他不满清廷腐败政治的悲愤心情。当然后来他自己不满足于做个“伤心人”了，在辛亥光复时毅然参与京津同盟会工作。民元时又创立黄花碧血社，专门暗杀帝制余孽，十足是一位热血男儿。

陶然亭有香冢一座，是过去文人常常凭吊的胜迹，相传此地埋有名妓遗物，故凭吊者竞相发思古之幽情。南社诗人也有为之吟咏者，但却别出新意，南社诗人周芷畦曾有《题香冢》诗，他在序中云：“惟石古字劲，短铭悲壮，绝不类瘗玉之辞，疑中系殉明难者，恐触当时忌讳，借香冢以寓言耳。”其诗曰：

杜鹃含泪亦嫣然，
艳迹销沉三百年。
今日泉台应一笑，
短歌重续月重圆。

香冢之下所埋何物，迄无定论。但诗人痴情的认为是明末抗清义士遗骸，并告慰泉台英灵，待河山光复，花好月圆，亦应开怀一笑。诗写得很富情感，寄托着诗人浓浓的爱国激情。盖因诗人当年亦是辛亥勇士，武昌首义时曾竖旗响应，不少南社诗人参加过辛亥革命，所以他们的诗吟胜迹，也与那些帮闲文人寄意不同，而总是将反清爱国之志渗入字里行间之中。

南社社友数十次雅集均在苏州、杭州、上海等地，以上海居多（《郑逸梅选集》第一卷，《南社丛谈·南社雅集》，黑龙江人民出版社 1991 年版，P308—313），只有一次是在北京。那是因为宋教仁的被刺身亡。宋教仁不仅是南社社友，更是国民党的创始人之一。袁世凯为复辟复制，欲拔除眼中钉，趁宋由京赴上海之时，派刺客将其杀害。噩耗传来，南社社友们大为震动，纷纷写诗哀悼。宋遇难一个月后，南社创始人陈去病来到北京，召集社友在畿辅先哲祠雅集，陈去病向社友们传达了宋教仁的遗言：“诸公皆当勉力进行，勿以我为鉴而放弃责任心。”当时人人闻之悲愤扼腕。大家即席分韵赋诗明志，表示与袁世凯斗争到底。其中以高旭的诗最为悲壮，代表了与会者的情绪：

乾坤入怀抱，奇泪顿盈把。
人为俎上肉，我为釜中鲊。
相与同归尽，吞炭宁喑哑。
书生有长策，椽笔扶大厦。

当时北京《民主报》还登载了雅集之况。他们决定在京设立总机关，建立民史馆，表彰辛亥先烈。在袁世凯横行的北京进行“椽笔”之战，自然无补大局，但由此亦可窥见这些爱国书生的血气之勇。惜乎已故南社老人郑逸梅先生据柳亚子所述订正的《南社大事记》未将此次雅集列入（同上，P76—79），是为一憾。另外，南社社友宋教仁参加北京湖广会馆孙中山先生主持成立国民党大会，并被选为九人理事之一，这无疑使南社社友引为无上光荣，亦使湖广会馆难以道尽的风云人物中又留下南社诗人的痕迹。

绝命诗种种

据说古人临死之前是要做绝命诗的。翻翻古人的诗集，这绝命诗可谓屡见不鲜。然而或骚人墨客、义士豪杰，或封疆大吏、草野逸民，身份不同，所作的绝命诗也不同。至于那些临危受命、慷慨赴义的民族英杰，其绝命诗更是不同凡响。

清末封疆大吏张之洞，因不满监国摄政王载沣之弊政，愤懑成疾而死，临终有绝命诗云："天感人心心乃归，君民末世自乖离。岂知人感天方感，泪洒香山讽喻诗。"诗中隐喻清朝危亡已迫在眉睫，读来令人感慨。又如清末著名词人和遗老朱孝臧，临死前于病中写了一首《鹧鸪天》词："忠孝何曾尽一分，年来姜被减奇温。眼中犀角非耶是，身后牛衣怨抑恩。泡影事，水云生；枉抛心力作词人。可哀最是人间世，不结他生未了因。"词中"姜被"指其胞弟先死，"犀角"指养子学业无成，"牛衣"指夫妻不和。全词活生生地道出了这位遗老悲凉哀怨的苦闷心情。再如明末清初大诗人吴伟业，崇祯亡国后本想自杀殉节，被母亲劝阻作罢。后来不得已做了清朝短期的史官和国子监祭酒，从此抱恨终生。他在诗中常常流露出悔恨和痛苦的心情。如"误尽平生是一官，弃家容易变名难""浮生所欠只一死，尘世无由识九边。我本淮王旧鸡犬，不随仙去落人间"，读来很为感人。他临死前也曾各赋绝命诗词一首。诗曰："忍死偷生廿载余，而今罪孽怎消除？受恩欠债须填补，纵比鸿毛也不如。"词云："……吾病难将医药治，耿耿心中血，待洒向西风残月。剖却心肝今置地，问华佗解我肠千结。追往恨，倍凄咽！故人慷慨多奇节。为当年沉吟不断，草间偷活。艾炙眉头瓜喷鼻，今日须难绝。……脱屣妻孥非易事，竟一钱不值何须说！人世事，几圆缺？"吴伟业与无耻之徒钱谦益之类不同，但毕竟失节，总是有愧于心。

明之抗清烈于南宋之抗元，死节的民族英雄极多，光后来清廷追谥的就达4600多人。这些英雄志士大义凛然、视死如归，就义前每每慷慨赋诗，后人读了亦每每泪下。如与吴伟业同时人张煌言，抗清失败被执，临刑时口占绝命词云："成仁取义毕，今日九月七。"视死如归，神态坦然。又另有绝命诗两首："义帜纵横二十年，岂知闰位属腥膻。桐江空系严光钓，震泽难回范蠡船。生比鸿毛犹负国，死留碧血欲支天。忠贞自是孤臣事，敢望千秋青史传。""国亡家破复何之？西子湖头有我师。日月双悬于氏墓，乾坤半壁岳家祠。惭将赤手分三席，敢为丹心借一枝。他日素车东浙路，怒涛岂必尽鸱夷？"吴伟业无疑是读过这两首诗的，要不然他怎么会哀叹"纵比鸿毛也不如"呢？类似这样催人泪下的绝命诗词还可以举出不少。如谭嗣同的"有心杀贼，无力回天，死得其所，快哉快哉！"，秋瑾女侠的"秋风秋雨愁煞人"等，都是大家所熟悉的。这些临刑绝笔所体现的铮铮铁骨、浩然正气，足以惊天地而泣鬼神，昭日月而遗后昆！

说书艺人柳敬亭在北京的逸闻

读报见载文谈到顾横波来北京前后曾居住约16年，还提到与她关系密切的柳敬亭，其实柳敬亭也曾在北京居住过3年，而这段时间顾横波也恰好正在北京。柳敬亭于康熙元年至四年（1662—1665）在北京，顾横波卒于康熙三年（1664）。

柳敬亭是明末清初风靡大江南北的安徽说书艺人。据晚清申报馆排印的《漫游纪略》载：柳敬亭于康熙元年随显宦蔡士英来到北京，蔡士英在清初官场上是个活跃人物。柳敬亭来北京这件事，引起北京达官贵人、名士墨客的轰动。一些诗人纷纷为柳敬亭题诗写词相赠。曹贞吉《珂雪词》云：“柳生敬亭以评话闻公卿，入都时邀致踵接。一日，过石林许曰：薄技必得诸君子赠言以不朽。实庵首赠以二阕。合肥尚书见之扇头，沉吟叹赏，即援笔和韵。珂雪之词，一时盛传京邑。学士顾庵叔自江南，亦连和二章，敬亭由此增重。”其中提到之人皆为一时名士。“实庵”即曹贞吉，其诗风遒练，最受时人推崇。“顾庵叔”即曹尔堪，与施润章、王士祯等齐名，为“海内八家”之一。“合肥尚书”指龚鼎孳，也是大名士。这段记载可以说依稀反映出柳敬亭到北京后，达官、文人对他的欢迎情况。人们赠他的诗词中，以曹贞吉写得最好：“席帽单衫，击缶鸣鸣，岂不快哉！况玉树声销，低迷禾黍；梁园客散，清浅蓬莱。荡子辞家，羁人远戍，耐可逢场作戏来。掀髯笑，谓浮云富贵，麦蘖都埋。纵横四座嘲诙，叹历落嵚崎是辩才。想黄鹤楼边，旌旗半卷；青油幕下，樽俎常陪。江水空流，师儿安在，六代兴亡无限哀。君休矣，且扶同今古，共此衔杯。”曹贞吉在词中回忆了柳敬亭在南京与复社人士共同斗争及武昌左良玉幕府的经历，很动感情。此作一出，北京名士争相依韵奉和，使柳敬亭声誉日重，也使他成为名士们诗酒会上的座上宾。有一次龚鼎孳集友朋听其说书，请与会者赋诗记盛。上海文人蔡湘“以齿少居末座，诗先成”：“晋阳龙起说盛唐，铁马金戈旧事长。草昧君臣私结纳，乱离豪杰走关梁。听来野史风云骤，貌出凌烟剑佩庄。侧耳长宵俱上客，明灯高映六街霜。”此诗一出满座惊叹，蔡湘也由这首听柳亭说书的诗而名声大振。蔡湘字竹涛，与王士祯、朱彝尊等名人诗词唱和，还偶写丹青。1992 年 10 月 8 日《中国书画报》载其“牡丹根基图”，为其入蜀之作。牡丹红蓝各一，雄鸡顾盼有神，画笔不俗，流露出其旷达高洁的逸趣和心境。由诗画观其人，与柳敬亭不无共鸣之处，所以发乎于情有此佳作。

从文人的诗词中也可得知，柳敬亭晚年生活困苦，到北京纯为衣食而来。如龚鼎孳赠他词云：“鹤发开元叟，也来看，荆高市上，卖浆屠狗。”柳敬亭来北京时已是 79 岁高龄，龚鼎孳等人都写词劝他回故乡。扬州文人汪懋麟到北京后也写诗劝他回去。在人们的劝说下，他终于在康熙四年（1665）南返回到故乡泰州。据《漫游纪略》载柳敬亭来北京三年住在某王府内，这似不可信。他极有可能住在龚鼎孳、顾横波家里，因为他恰好是在顾横波死后离开了北京。

但是，柳敬亭在北京献艺，却奠定了北京评书的基础，使说书艺术得以在北方流传。他的弟子王鸿兴，在北京收了八个弟子，即所谓“东收三臣，西收五亮”。至今北京的说书艺术，大都是何良臣、邓光臣、安良臣这“三臣”传下来的。

在明末清初之际野史中，柳敬亭是个令人感兴趣的人物。不仅因其书艺高超，更在于他虽是一个小人物，却极有气节——钱谦益、龚鼎孳等虽位列衣冠，却白读了一世的书。钱谦益的气节还不如一直跟随服侍他的柳如是，南明灭亡，柳劝他共同投水殉节。钱居然说：水太冷。龚鼎孳更无耻，这个先投李自成后降清的"三姓家奴"，被人问及为何不殉国时，居然无耻说道：不是不想死，是小妾（顾横波）拦住了。世间之耻，宁有此乎？对钱、龚而言，"读书明理"真是莫大的讽刺。

清代书法四名家

北京历来是书法滥觞荟萃之地，诚所谓名都人杰、斐然代出。清代北京有书法四大名家，笔走龙蛇，声闻大江南北，求墨宝者如过江之鲫；至今北京高龄的读书人讲起来仍津津乐道，犹有余香。

四家中最富声誉者乃大兴人翁方纲，他字正三，号覃溪，晚号苏斋。为乾隆进士，官至内阁学士。书学欧阳询、虞世南，隶法史晨、韩敕诸碑。他谨守法度，讲究“笔笔有来历”，写起楷书来每以欧、虞为典范，堪称得其神髓。因他官至内阁学士，又是两朝帝师，所以海内多来求书碑版，致使书名冠绝一时。他同时又是大金石家，精于鉴赏，尤长考证，海内著名帖多经他题跋。曾著有《两汉金石记》《汉石经残字考》《集山鼎铭考》《苏米斋兰亭考》等。他又是诗论“肌理说”的创始者，著有《石洲诗话》，有《复初斋文集诗集》行世。虽然时人将他奉若神明，但也不乏颇有微词者。同时有个书法家刘墉，广泛师承，独创了一种丰腴厚重的书体。他就很瞧不起翁方纲，曾揶揄道：翁老先生哪一笔是自己？这句话还是颇有见地的。

四家中还有一位上述提到的北京人熟知的人物，便是北京人称作“刘罗锅”的刘墉。老北京人大多都能说很多刘墉的掌故逸闻。据说他是极聪慧过人的，其慧黠谐谑无逊于东方朔。权贵如和珅之流经常受到他的讥讽，连乾隆也免不了挨耍弄。过去北京说书的就有专讲“刘罗锅”的。他似乎又是个清官，著名的“四大公案”小说中的《刘公案》，说的也是他。但是刘墉的传说纯属虚构。他与和珅斗法也不见于正史，反倒正史记载乾隆曾训斥他遇事模棱圆滑。不过，作为书法家却是受到后人称赞的。他是山东诸城人，字崇如，号石庵、香岩、日观峰道人也。中过进士，官至体仁阁大学士，加太子太保，谥文清。他书法学颜鲁公、苏东坡，善行楷，具有多肉少筋的特点。当然后人也有以此为诟病的。当然，清代碑派书家是大为推崇他的，包世臣《艺舟双楫·国朝书品》称其书是“意识学识，超然尘外”，康有为《广艺舟双楫》更为赞誉，称“石庵亦出于董，然力厚思沉，筋摇脉聚。近世行草书作浑厚一路，未能出石庵之范围者，吾故谓石庵集帖学之成也”。

四家中另外两家都是满人。一是成亲王永瑆，乾隆第十一子。他书法深得欧阳询九成宫醴泉铭、化度寺碑之神韵，风骨秀丽挺拔，无一丝媚俗之态。并有“成亲王习字帖”行世。他曾奉旨书裕陵圣德神功碑，一时书名颇重。另一位是满洲正黄旗人铁保，字冶亭，号梅庵，亦为乾隆三十七年（1772）进士，官至两江总督、吏部尚书。少有诗名，时与百龄、法式善号称“三才子”。他擅长小篆，写来极有韵致，令观者爱不释手。他的墓在今北京永定路，日本占领北平后曾炸墓盗掘，令人愤然。

过去北京书肆如琉璃厂等处，这四大名家的墨笔真迹流行不少，价格自然以翁方纲的为贵。但亦有所谓“三个半书家”之说即：乾嘉年间翰林院侍读学士梁同书（山舟）、刘墉（石庵）、翁方钢（覃溪）、王文治（梦楼），王文治即“半个”。《清朝野史大观》云：“梁山舟学士书法名播中外。论者谓刘文清朴而少姿，王梦楼艳而无骨；翁覃溪摹三唐，面目仅存；汪时斋谨守家风，典型犹在；惟梁兼数人之长，出入苏米，笔力纵横，如天马行空；汪文端、张文敏后一人而已。”不过这是一家之言，但是翁方钢、刘墉的书坛地位还是应该公认的。

说爱新觉罗家族书画家

近几年来，随着《末代皇帝》等一批反映清宫历史题材影视作品的出现，海内外对清代王室及爱新觉罗家族的兴趣越来越强烈了。爱新觉罗家族书画家们带有浓郁“宫廷风格”的书画艺术，更愈来愈受到海外人士的瞩目。

“爱新觉罗”是满语姓氏译音。“爱新”意为“金”，“觉罗”意为“姓”。辛亥革命后，很多皇室近支宗室后裔都改姓金。清朝历代帝、后、妃和王室成员几乎都擅长绘画。清世祖顺治擅画，至今故宫仍存有他的画，他还擅指画。康熙、乾隆是清代皇帝中的佼佼者，书法艺术堪称大家。乾隆第十一子成亲王永瑆是清代书法四大家之一。清代重视书画艺术，在清初即由内务府开办“如意馆”，培养书画人才。清代最著名的画家“四王”(王石谷、王原祁、王时敏、王鉴)、郎世宁等都曾在“如意馆”供职。书画修养同时也成为皇室成员的家传。数百年来竟形成了清逸典雅、华贵雍容的独特风格。20世纪60年代，周恩来在接见溥仪兄妹时曾谈到:“如意馆是皇帝的私家画院，应制作画，服务宫廷，所以有时必然生气不足。但是画面典雅，技术纯熟，还是有值得研究的地方。我们很需要借鉴和继承，扬长避短，不断地提高现代国画的水平。”当时，曾向宫廷“如意馆”画师学过绘画的，只有溥仪的六妹韫娱和七妹韫欢两人了。周恩来得知这个情况后，立即安排韫娱进入北京画院，成了专业画家。可以说，周恩来是最早注意和重视爱新觉罗家族书画艺术的人。

爱新觉罗家族书画艺术的形成和蔚然成家还有一个原因，那就是 20 世纪 30 年代溥仪投靠日本军国主义，皇族宗室后裔不愿同流合污，因而不少人寄情书画自许清高，如溥儒（心畬）、溥伒（雪斋）、溥佺、启功等人。这些人后均成为国内著名的书画家。如溥心畬，极享盛誉，与张大千、齐白石等并称为“民国四大画家”，后来病逝于台湾。启功是当代著名的书画家，为清世宗雍正皇帝第九代孙，是中国书法家协会原主席。目前，在海外最受推重的爱新觉罗家族书画家是溥杰兄妹。溥杰先生的书法深得“馆阁体”精髓，特别受到日本、南亚等地书法爱好者的喜爱。他的弟弟溥任也是一位山水画家和书法家。他的六妹韫娱与七妹韫欢都是优秀的花鸟画家。因为她们的画保留了宫廷画院的风格而受到了国外的瞩目。可惜韫娱正值声誉日隆之际，不幸于 1982 年病逝。溥任于 2015 年 4 月逝世，享年 97 岁，可谓高寿。

另一支在国内外有影响的爱新觉罗家族画家便是以溥松窗为代表的支系。溥松窗名佺，为道光皇帝后裔，惇亲王之孙。他现为北京画院画师，他以画马著称，吸收郎世宁的技法而又创新，将中国传统渲染方法与油画明暗素描关系巧妙结合，多次在国外举办画展。他的哥哥溥伒（雪斋）、溥僩（毅斋）和弟弟溥佐也均在国内外享有盛誉，尤其是居于天津的溥佐，画马几与郎世宁乱真，一向受到国外人士和国内各界的赞叹。溥松窗先生的子女毓半云、毓峋、毓紫薇等，也继承乃翁家传，具有一定的艺术造诣。

目前，除了老一辈爱新觉罗家族书画家之外，爱新觉罗家族中青年书画家也逐渐崭露头角，如毓峨、毓岩、毓恒、兆丰、启骧、文仰臣、金默如、金鸿钧、金大钧、金万均、金连经等，均有较高的艺术造诣，有不少人还多次在国外举办和参加过展览。

他们大部分承袭祖传家学，具有浓郁的“宫廷风格”。也有一部分经过美术院校的培养，融会贯通中西画法，具有了新的生气。特别引人注目的是，爱新觉罗家族还涌现出一批女书画家，如毓紫薇、文嘉、毓宜、金志坚、瑜嘉、崇嘉等，她们以其特有的婉约清丽、雍华典雅的画风吸引着国内外人士的注意。

笔者与溥杰、启功等一些书画家有过交往，其中如金寄水、兆丰等人均曾有过交往，可惜均已谢世。像金寄水老先生病逝于1988年，是睿亲王后裔，多尔衮是他的远祖，书法清雅飘逸，为世所重。再如兆丰，是努尔哈赤六子塔拜后裔，书法精湛，特别受到溥杰的欣赏，几次赴外展览，不到50岁病逝。我最后见到他，他还正在为日本友人书字留念!

爱新觉罗家族作为“天潢贵胄”早已成为过去，但是他们作为中华民族大家族的一员，却在用他们的艺术才能为祖国赢得声誉。他们作为一个整体，多次赴国外展览。1987年，爱新觉罗家族溥杰、启功等36人在香港举办书画展，将收入捐于北京聋儿康复医院及盲人医院建设。1988年夏，爱新觉罗家族溥杰、启功等40位书画家为亚运会集资捐赠精品200多幅，在中国美术馆展出后又赴日展出，引起轰动。应日本之邀，爱新觉罗家庭书画家的近300幅精品在北京琉璃厂展出之后，又要东渡扶桑一展风采……至于爱新觉罗家族成员中，出国举办、参加画展，更是逾以数百计，不可胜数。

爱新觉罗家族书画家正以他们独特的艺术风格的书画艺术，在海外为祖国赢得声誉……

高其佩指画

国画艺术是我国艺苑之瑰宝。从古到今涌现出许多卓越的画家，形成了风格迥异的不同流派。在国画艺术不断发展的过程中，由于使用工具各异，产生了表现手法不同的绘画形式，如“火绘”（以煅铁为笔）、“香绘”（以燃香为笔）、“界画”（以尺为画具）等，其中尤以“指头画”别树一帜。它的特点是以手指代笔，但又与国画使用相同的笺素与墨彩，因而它的艺术效果比“火绘”“香绘”更逼近笔画，并具有独特的风格。

指画又称指墨，源于唐代著名画家张璪。他在自己所著的《文通论画》中说：“初，毕庶子宏擅名于代，一见（张璪本人作画——笔者注）惊叹之，异其唯用秃笔，或以手摸绢素，因问璪所受。璪曰：‘外师造化，中得心源’。”后人如清代邹一桂的《小山画谱》、方薰的《山静居画论》等著述均公认指画源于张璪。据《山静居画论》记载：唐代另一个画家王洽，善画泼墨山水，他作画时常常手抹脚涂，在酒醉后甚至竟用头髻蘸墨作画。明代的画家吴伟也用手作画。吴伟字次翁，号小仙，明时江夏人。宪宗时待诏仁智殿。他好饮酒，有一次酒醉后，宪宗命他画《松泉图》进呈“御览”。他一不小心跪翻墨汁，于是索性信手涂抹，居然画成一幅好画，使得宪宗大为赞叹：“真仙笔也。”吴伟一时声名大振，明孝宗皇帝曾赐给他一枚印章，上镌“画状元”三字。清世祖顺治喜好丹青，也画过指画。王士祯曾见过他的《渡水牛图》，“用指上螺纹印成之”，“意态生动”，为“笔墨烘染所不能到”。但是，上述画家还只是偶尔用指代笔，并没有真正形成画派。真正承先启后成为一代指画宗师的，则是清顺治、康熙年间的画家高其佩。

高其佩字韦之，号且园，又号南村，满洲正白旗人，因他原籍辽宁铁岭县，因而后人又尊称他为“高铁岭”。他8岁起临画，专事指画达50余年之久。在他指下，无论山川、花鸟、虫鱼以至于人物肖像，皆精妙传神逼真之至。他的指画极享盛誉，不但声闻大江南北，其墨迹甚至还传到日本、朝鲜等地。在他的影响下以指画崛起者达百余人之多，如他的外甥朱伦瀚、李世倬，儿子高璥和瑛宝、介文等，及“扬州八怪”中的黄慎、罗两峰，都是他的弟子。其中虽然不乏名家，但在指画艺术成就上却没有一人超过高其佩。但是，由于正统的宫廷画派将指画视为“雕虫小技”而不能登“大雅之堂”，故此指画艺术渐至湮没。但即便在这种环境中，仍有一些画家在从事指画。如后来以画虎著称的甘国宝，福建屏南人，清乾隆年间曾任台湾总兵，任武官40余年。他一直从事指画艺术，在福建颇有名气。1980年曾在屏南发现过他的一幅指虎画，其生气勃勃、栩栩如生的形态，确实达到了很高的艺术造诣。特别值得一提的是，他的指画没有那种馆阁书卷气，这恐怕和他的武官身份有关吧。至清末，指画已完全濒于歪道，或成为文人士大夫的点缀品，或演变成用舌、用嘴叼笔而画，基本丧失了指画艺术的特点。

到了近代，一些有识见的画家为挽救指画这一传统艺术，开始摸索钩沉，终于使指画艺术重见天日。浙江画派名家潘天寿和钱松岩、沈叔羊都达到了很高的成就。潘天寿的沉雄奇崛，钱松岩的飘逸潇洒，沈叔羊的古拙别致，都以自己的独特风格享誉世人。而以新技法、新境界异军突起推陈出新者则推广西著名指画家曾恕一。他从事指画创作达 50 年之久，因独创柔媚细腻的风格而饮誉南国。过去指画都是以苍劲古朴见长，到了曾恕一指下，始打破藩篱而独辟蹊径，从而使指画艺术这朵奇葩又绽放出了异彩。近年来，又有一批指画家青胜于蓝，声誉鹊起。如潘天寿的高足、浙江的洪世清，曾恕一的女儿曾京兰，以继承融化门师技法见长；山东的宋文章、河北的张子春，在传统指画艺术的基础上自成一格，在海内外都颇有影响。

“八怪”笔下君子兰

兰花向有“君子”的雅号，在封建时代文人心目中有很崇高的地位。诗人画师常常用它来抒发感情。南宋灭亡时有个画家画兰不画泥土，观者不知其故，他叹道：国家已经没有了，兰花哪来的泥土呢？这是在抒发故国之思了。清代的“扬州八怪”，大都是愤世嫉俗的所谓“狂士”，他们特别爱画兰花，如郑板桥、金冬心、李方膺、汪士慎、罗两峰等，无不擅长此道。不仅在技法上异于其他流派，在内容上也是立意不同凡响，特别富有一种不畏逆境的反抗精神。

“八怪”中以板桥画兰功力最深，“五十余年，不画他物”。他笔下之兰潇洒劲秀、幽芳满纸。他曾画有《丛兰荆棘图》长卷，以荆棘中丛兰，隐喻小人围困君子，表现出不为俗屈的反抗精神。他的《幽兰图》苍劲挺拔，是他本人品格的化身。他还常常题诗于画面，借以渲染主题，读来很令人回味，如：“屈宋文章草木高，千秋兰谱压风骚。如何烂贱从人卖，十字街头论担挑。”“深山绝壁见幽兰，竹影萧萧几片寒。一顶乌纱须早脱，好来高枕卧其间。”他还有《题兰竹石调寄一剪梅》的词，道尽自强不息、不畏世俗之情：“几枝修竹几枝兰，不畏春残，不怕秋寒。飘飘远在碧云端，云里湘山，梦里巫山。画工老兴未全删，笔也清闲，墨也斑斓。借君莫作画图看，文里机闲，字里机关。”李方膺亦善画兰，一种反抗逆境之气每每溢于纸上。他有一幅《破盆兰花图》，立意精绝、别具风采。破盆中兰花叶蕊并茂，潇洒挺劲。他以浓墨撇兰、淡墨写花，愈显天姿奇纵、不染尘俗。他并题有词句：“买块兰花要整根，神完气足长儿孙。莫嫌此日银芽少，只待来年发满盆。”那种倔强峭拔之概真是嘘拂而来。汪士慎画兰则独辟蹊径，别家以浓墨劈兰，他却以淡墨勾兰；别家以淡墨点心，他却以浓墨勾心。或双钩兰叶，长短交错；所绘兰蕊，墨钩淡染，极尽细腻遒劲，风神俱足、雅逸芳香，愈显出画师清淡旷逸、鄙视世俗的胸襟。他的题诗：“西风瑟瑟水波凉，玉佩无声古庙荒，满地红兰不可见，谁和残墨画潇湘”，更是抒情寄慨，道出画兰真谛。“八怪”中年龄最小的罗两峰，以画梅著称，但也常画兰花。他笔下的兰花，老健中见秀丽，同时的大诗人张问陶极为推崇，赠两峰诗云：“两峰画兰十指香，一花一叶思潇湘。”他曾于自画盆兰上题道：“未免有狼藉态，两峰画此以喻失意之君子。”可见他之画兰并非出于闲情逸致，而是出自坎坷心胸的。

总之，“八怪”笔下的兰花，是他们鄙视封建世俗道德的产物，远非宫廷院派画馆阁体的画师们所能比拟。

郑板桥画竹

郑板桥是清代著名的画家和诗人，是当时极负名气的“扬州八怪”之一。他的画、诗、书号称“三绝”。他画的竹，更是名传天下，据记载当时“一缣一楮，不独海内宝贵，即外服亦争购之”。他画竹的功力很深，“五十余年，不画他物”，在他的笔下，无论新竹、老竹、雨竹、晴竹，无不挥洒自如，各臻其妙。他将中国画墨分五色之说（焦、浓、淡、干、湿），运用的左右咸宜，得心应手。他在69岁时曾画过一幅竹图（题诗“一枝潇湘出太行”），其笔墨之简练，气韵之生动，令人赞叹不已。那竹枝的弹性、竿茎的凸凹和竹叶的活力，栩栩如生、生趣无穷，令人觉得有一股生机勃勃的气息从纸上迎面扑来。从这幅竹图来看，他先以饱吸水润之笔画出枝、茎、叶的青翠和湿润；再以淡墨轻轻几笔，拂出后边的竹子，使衬托有了层次分明的远近质感；再饱蘸焦墨在一两处轻轻一提，看似漫不经心，实则寓以匠心，全幅画由于这画龙点睛的几笔，霎时飞来神韵。最后用干墨和断笔画出山石，使之神似，因而更加陪衬出潇湘修竹的逼真之态。

郑板桥画竹神笔奇纵，引人入胜，首先是和他个人的遭遇与思想感情分不开的。郑板桥曾应过科举，清乾隆五年（1740）任山东范县知县，十一年（1746）又调为潍县知县。因他为灾民积极筹赈，得罪了官僚豪绅，被诬陷“贪污舞弊”。他一怒之下愤然辞官而去。以后流落扬州，靠卖画为生。但他尽管落魄，却关心民苦，而且很有骨气，从不肯依附权贵。他把自己的感情都寄托到竹画上去。他的不少题画诗都清楚地表明了自己这种意趣。例如：“衙斋卧听萧萧竹，疑是民间疾苦声。些少吾曹州县吏，一枝一叶总关情”；“乌纱掷去不为官，囊橐萧萧两袖寒。写取一枝清瘦竹，秋风江上作鱼竿”；“深山绝壁见幽兰，竹影萧萧几片寒。一顶乌纱须早脱，好来高枕卧其间”，等等。他把生活作为艺术创作的源泉，他自己说过：“凡吾画竹，无所师承，多得于纸窗、粉壁、日光、月影中耳。”为仔细观察竹子，他种竹成癖，一年四季都在揣摩、熟悉竹子的形态和特点。“雷停雨止斜阳出，一片新篁旋剪裁。影落碧纱窗子上，便拈毫素写将来。”这首诗说明他观察生活是多么细致入微。他曾在一幅竹画上题记说：“江馆清秋，晨起看竹，烟光、日影、露气，皆浮动于疏枝密叶之间。胸中勃勃，遂有画意。其实胸中之竹。并不是眼中之竹也。总之，意在笔先者，定则也；趣在法外者，化机也。独画云乎哉？文与可画竹，胸有成竹；郑板桥画竹，胸无成竹。浓淡疏密，短长肥瘦，随手写去，自尔成局，其神理具足也。藐兹后学，何敢妄拟最贤。然有成竹，无成竹，其实只是一个道理。”这段题记，道出了郑板桥画竹的秘诀，这就是：在细致观察生活的基础上去进行创作。其实他谈的“眼中之竹”“胸中之竹”和“手中之竹”，也就是生活中得来的感受，“胸中之竹”好比是经过概括、提炼和酝酿后的生活原型，而“手中之竹”就好比是作者本人反映生活的绘画功力和表现技巧了。这三者缺一不可，也不可互为替代。这是观察生活、艺术酝酿到艺术创作的全过程。

另外，郑板桥画竹的巨大成就，与他在学习、继承传统绘画技巧方面，也有着重要的因素。虽然他并没有专师古人，但他却善采诸家之大成，而独自成一家锦绣。这是和他在艺术创作思想上的一贯主张分不开的。例如，他作诗文主张“凡作文者，当作主子文章”。他曾对清初文坛文必秦汉、诗必盛唐的复古倾向进行过猛烈的抨击，反对诗文“扯东补西，拖张曳李，皆拾古人之唾余”，主张“吾文若传，便是清诗清文；若不传。将并不能为清诗清文也，何必侈言前古哉！”他还大胆地提出了“学者当自树旗帜”的口号，他在一枚专为写诗作画用的图章上专门刻了“郑为东道主”五个字。他的书法独辟蹊径，自成一家，人称“板桥体”。他画竹也同样不囿于古法，敢于独树一帜。他的一首题画诗就深刻的反映了这种思想：“画竹插天盖地来，翻风覆雨笔头裁。我今不肯从人法，写出龙须凤尾排。”郑板桥对一些有成就的前人，不可谓不推崇，但也并非学步邯郸，拾人牙慧；而是广采诸长，为己所用。例如，宋代第一个善画墨竹的大家文同，号称“初祖”，被誉为“疑风可动，不笋而成”，苏东坡称为“胸有成竹”。但郑板桥却不拘古法，主张“胸无成竹”，“未画之前，不立一格，既画以后，不留一格”。另外，他对师法文同的苏东坡也不盲从。东坡画竹喜作枯木竹石，后人画竹无不模仿，号称“正统”。郑板桥则不然，虽然学习却不落俗套，画竹时以竹为主，以石为衬；甚至有时石大于竹、多于竹。他曾有段题款说得很精辟：“昔东坡居士作枯木竹石，使有枯木石而无竹，则黯然失色矣。余作竹作石，固无取于枯木也。意在画竹则竹为主，以石辅之。今石反大于竹，多于竹，又出于格外也。不泥古法，不执己见，惟在活而已矣。”宋人黄庭坚本不画竹，却自拜为师，研究书法。因为清人王士祯曾称赞黄庭坚以画竹法作书。所以郑板桥才从黄庭坚的书法中借鉴画竹的奥妙，郑板桥还有一个脾气，即你是画竹的我未必学习，不是画竹的哪怕有一点儿可取之处也要认真学习。例如郑所南、陈古白这两位宋明著名的画竹大家，郑板桥未曾亦步亦趋；和他同时的“扬州八怪”之一的李鱓，最工兰竹，他也未曾亦步亦趋。相反，明清之际的大画家徐渭、高其佩两位大师，虽不善画竹，然而板桥却能够虚心地学习他们的笔墨技巧，难怪李鱓称赞他是“能自立门户者”。这说明，郑板桥的艺术创作态度不仅严肃认真，而且富有继承传统的精神；同时在继承传统的基础上，也敢于创新。所以郑板桥才能在创作的道路上独创一格。

郑板桥曾写过一首题竹诗：“我有胸中十万竿，一时飞作墨淋漓。为凤为龙上九天，染遍云霞看新绿”，这样的气魄今人恐怕很难比肩吧？

清末的讽刺漫画

幼时，常喜欢到长辈的书房里去翻阅旧书报杂志。记得有一次忽然翻出不少清代末年出版的新闻报纸的画刊。

这些画刊大多创刊于光绪末年及宣统年间，油光纸石印，大多是随报纸附送的。我当时翻了翻这些画刊，名目繁多，有《神州五日画报》《时报插图》《时事新报星期画刊》《当日画报》《浅说日日新闻画报》《白话画图日报》《燕都时事画报》《民呼日报图画》《民权画报》《民立画报》《时事报图画杂俎》等。其中有上海出版的，也有北京出版的。画刊上载有时事插图、名人画像、连环图画、新闻故事、名胜古迹、外国风光等。每种画刊都载有漫画，有的竟以漫画为主，如《民权画报》。但当时还没有漫画这个称呼，叫法各由所取，如称讽画、谐画、讽刺画、画讽，也有的竟称之为讽字。其画题材亦颇广泛，有讥讽清廷卖国行径，有揭露列强瓜分中国阴谋，也有讽刺官场腐败，以至于民众中之不良习惯也有涉及，当然还有民俗风韵等。

长辈所藏这些画刊最多者是北京《白话画图日报》，每期 8 页，大多以漫画为封面。报社地点在前门外琉璃厂，封面上还注明发行人、编辑人等姓名，并注明每期价格是“铜元一枚”。漫画作者也颇不少，著名的如马星驰、张聿光、钱病鹤等人。有时也选用读者来稿，有时署名，有时不署名，只标“选稿”二字。

记得当时看过《北京画图日报》，其中有几幅漫画颇令人不忘。如有一幅画画着一中国百姓被捆绑于树，帝国主义列强持刀割其肉，清廷却在旁边对被割者说道：他割你肉不准你嚷，你若嚷我将你的嘴缝上。此画将当时清廷卑躬屈膝媚谀列强之态揭露得入木三分、活灵活现。这幅画发表于宣统元年的《白话画图日报》上。

漫画之名是从日本传过来的。因此有人以为我国的漫画亦是从西洋传入中国的，其实这并不确。漫画的出现并不止于光绪、宣统年间，明末清初八大山人笔下的花鸟，几乎都是以变态、畸形之貌出现，虽不能称为漫画，但无疑启漫画之源流。清初“金陵八家”之首龚半千的一些作品，堪可称漫画之作。如他画过一幅财神图，其所绘之财神却脚踏两只元宝行走，这无疑是在讽刺为富不仁之豪强劣绅。而扬州八怪之中的罗两峰，其多卷《鬼趣图》，更是借鬼讽人的杰作。到了清末，漫画更是蔚为大观，其笔墨淋漓、汪洋恣肆，为中国绘画史最有生气之时期。

逸闻余韵

乾隆为商号题匾之谜

乾隆为京华老字号烧麦馆都一处题的匾会是假的吗？那可是有实物为证。确实，在北京商号的题匾中，以都一处级别最高——皇帝亲赐，据说这也是促成了当年都一处后来买卖兴隆的直接原因之一。

据说都一处开业于清乾隆三年（1738），原是个简陋的小酒店，生意一直不好。乾隆十七年（1752）除夕夜亥时，一主二仆来到此处，对酒菜甚为赞赏，当得知小酒铺尚无字号（一直称“李记”），为首之人便说：“此时不关门的酒店，京都只有你们一处了吧！就叫‘都一处’吧！”一个月后，十几名太监送来乾隆亲题的虎头牌匾：都一处。此时方知那为首之人便是乾隆皇帝，这件事顷刻轰动京城。店家不仅立即将匾悬挂，还将乾隆坐过的椅子盖上黄绸，下垫黄土供奉起来称为“宝座”，从此京城人人皆知，生意也开始兴旺。

据都一处前经理栾寿山回忆：宝座是褪了色的红罗圈椅，置于楼外晾台上，下垫黄布，解放前夕撤去放于杂物堆中，后不知去向。虎头牌匾为椭圆形，黑漆油饰字贴金箔，因其椭圆形状如虎头，故称虎头匾。匾四周雕刻蝙蝠图案（见《驰名京华的老字号》，文史出版社 1986 年版）。“文革”中被保护藏匿，20 世纪 80 年代重新悬挂。

综上所述，首先清代有关北京的野史笔记根本未见记载。如同治年间谈及都一处的《增补都门杂咏》等书都未提到乾隆题匾，清末《朝市丛载》提到老北京 37 家店铺匾额，其中谈到六必居为严嵩所题，但却只字未提名气并不亚于六必居的都一处乾隆题匾，可见一直到清末也并未有什么“乾隆题匾”之说。

都一处“乾隆题匾”今尚存（现门口所悬匾额为郭沫若 1965 年所题），从形制上看不符清代皇家匾额形状。一般应庄重大方，且凡乾隆题匾额，必属“御笔”和钤印。

再者，清代皇帝一般较严谨，尤其康、雍、乾三帝，均以“勤政”为法度，事无巨细，皆必躬亲，又都博览群书，广学多才，具备统治才能。亦极注重“九五之尊”的威仪，力倡满洲血统的高贵，绝不可能降低身份，跑到一个极不知名的小酒馆去和下层平民百姓共度除夕。而且，这也极不符合清代皇家典制。

首先，中国历代皇帝都有“起居注”制度，官员编制中专设“起居注官”，清代起居注官品秩很高，可参加元旦国宴，等同于一、二品官秩。皇帝的一言一行均被史官记载，皇帝亦不得干涉。如明神宗无子，与一宫女私通而得子，但他嫌宫女身份低贱矢口否认。他的母亲叫来起居注官查阅起居注。日期、地点、人，一一载明，神宗皇帝才无话可说。有清一代，起居注制度只有康熙年间短暂裁撤，但不久即恢复。乾隆皇帝是一个极重视个人形象、好大喜功的“有为”之主，他绝不可能让历史记载他的这一“失仪”形象。

此外，中国历代都有正规的谏官制度，一旦御史们发现皇帝这种有违国法家规的不检点行为，会纷纷上奏，掀起风潮，皇帝会下不来台，严重时还会下“罪己诏”（公开向臣民自我检讨）。仍举明神宗为例，他因与小太监一起醉酒，被皇太后和张居正为首的大臣联合批评“失仪”，甚至以废黜皇位相威胁，神宗皇帝最后只好下“罪己诏”。清朝提倡“以孝治天下”，乾隆本人奉母至孝，即便谏官们不敢劝谏，皇太后干预，乾隆虽贵为天子，也是要考虑后果的。

再者，皇家制度规定，皇帝出巡是极其严格的。比如看戏，皇帝在京城只能在皇城和皇家园苑如颐和园内，“巡幸”到外地只能在行宫内（清代规定官员都不准许在街市戏园内听戏）。过去，皇帝出巡戒备森严，仪仗烦琐。如无行宫，“驻跸”大营都搭设帐房、幔城，极大，御殿（处理政务）、寝宫、佛堂等一应俱全，各种管事机构，包括专门管理皇帝冠、袍、带、履的部门，皇子住所，侍卫、军机、大臣等帐房，加上层层禁卫帐房，犹如一座小紫禁城，也犹如北京皇城，层层关卡，禁卫森严，皇帝根本不可能“微服出行”。

实际上“微服出行”只是民间的想象。清代是皇帝服饰制度最严谨的皇朝，皇帝在什么场合、什么季节，穿何种制服，都有极严格的规定（见《大清会典》等）。所谓“微服”根本是不可能的事。康熙曾下过一道谕旨，阐述过皇帝不能“微服”的道理。

最重要的一点是：清朝重国法也重家法，清规戒律超过任何一个朝代。除夕夜老百姓要合家团圆，皇家也要合家团圆。按清代制度，除夕乾清宫要举行大规模家宴，皇帝要与皇后、嫔妃等合宴（平常皇帝与妃嫔是不能在一起吃饭的）。从中午即开始，称“金龙大宴”，各种冷膳、果品、点心等共40品，申初二刻（下午5点左右）始传摆热膳酒宴，也是40品，还要奏乐。除夕同日保和殿筵宴蒙古王公，元旦太和殿筵宴最为盛大，动辄一二百席，程序繁琐，称为“大朝会”，还有外藩使臣参加。元旦晚上乾清宫宴请宗室，元旦次日慈宁宫举行皇太后家宴。元旦清晨皇帝出席大朝会之前，先要到家庙祭告天地神灵和列祖列宗，然后出席“国宴”。乾隆皇帝与众不同，元旦还要抄写一部《心经》，这都是费时费力之事。除夕这一天还要举行封笔仪式等等。纵观除夕至元旦，皇帝根本没有闲工夫，岂可有“微行”之暇？按传说，乾隆是亥时（晚9时—11时）至都一处，这也是不可能的。首先，紫禁城宫禁在黄昏全部关闭，任何人不得出入。其次，皇帝在除夕要参加三次宴会和封笔仪式等，元旦要举行祭告典礼、两个宴会，还要书一部佛经，抽暇还要处理军政要务（如乾隆有一年除夕封笔仪式后，还处理了大小金川之役的军务）。他还有什么精力跑到都一处去喝酒？他只有一个可能：除夕家宴之后溜出去，但时间上绝不可能。再诸如甩开后妃、禁卫、太监等等，其他如寻找车辆、开启各道门等，在今天可以办到的事情，在那时是完全不可想象，也绝对办不到的。

假设，“都一处”匾真正是乾隆所题，谏官们也不会善罢甘休，起码陪同皇帝“微服私行”的两个太监要掉脑袋。如果酒馆老板借此宣扬，被弹压地方的五城察院缉知，也会以“大不敬”冒犯皇帝尊严招摇撞骗予以治罪，罪行严重还会送交刑部。《大清律》有这样的罪名。我的分析，都一处借“乾隆题匾”做广告也是辛亥革命以后的事了。那个所谓乾隆坐过的罗圈椅大约也是个假古董。这块匾如同六必居、鹤年堂的匾一样，大约也是一位无名文人所写。

皇帝永远深居九重不接触民间商市吗？可以，那必须在皇家宫禁园苑中。明代宫禁内已有“宫市”，武宗皇帝特别热衷于此。清代始形成制度。据《清代十三朝宫闱秘史》等载，乾隆年间在圆明园设有“宫市”，“设买卖街，凡古玩、估衣以及酒肆、茶炉，无一不备，甚至携小筐售瓜子者，亦备焉。店主供以宦者（太监）为之。”此处商市“言明价值，具于册，售去者，给价值，存留者，还原物”。看来类似游戏，完全是为了取悦乾隆。据说：乾隆至此，“步行过肆门，则走堂者呼菜，店小二报账，司账者核算，众间杂沓，纷然并作。”与民间店铺并无二致。圆明园宫市开设于福海湖东面同乐园，为清宫内务府与工部联合所开办，为逼真起见，仅仿民间街市招牌、幌子等“市招”就达 165 个。此外，颐和园（当时称清漪园）也设了买卖街——苏州街，是仿照南方街市而建的。以上是假买假卖，博“皇上”一笑。但在紫禁城中也有“宫市”，是一些老年宫女或失宠妃嫔，“不足自给”，令太监买卖自制手工艺品（见《清宫词》）。另外，王公大臣上朝必经之路隆宗门，也由太监和“苏拉”（杂役）开了个小吃摊儿，卖各种苏造肉、芝麻烧饼、杏仁茶之类。但是历史记载乾隆只去过圆明园、清漪园的“宫市”，紫禁城、隆宗门的“宫市”、小吃摊儿他未曾涉足。由此可见，乾隆皇帝连宫禁内的低档“宫市”、小吃摊儿都不肯去，他又怎肯去市井杂居的小酒铺去自降身份呢？

皇帝是从不亲手花钱的，他去都一处小酒馆如何结账呢？《清宫词》记载，乾隆曾携爱女固伦公主游苏州街，固伦公主“见大红呢袍，爱之”，老爹嫌贵不肯掏腰包（他也不会带钱），还是公公和珅“以八十二金买与之”（固伦公主嫁与和珅之子）。关于都一处的传说没有说乾隆付账与否，只好姑妄想之吧（其实这也不符清代皇家膳食制度，只是限于篇幅无法详谈了）。

当然，乾隆题匾也罢，假古董罗圈椅子也罢，都不会妨碍都一处成为驰名京华的老字号，这种传说只不过给老字号更增添了一种传奇色彩，绝对是戏说拍电视剧的好素材。

清末的山西“票号”

平遥的知名度越来越响亮，据说已经规划，除了幼儿园、学校、医院、工厂等等都基本迁出外，老城里的几万居民也要逐渐迁出。

笔者想，平遥也许以后会变成一个彻底的旅游化兼商业化的城市，其中利弊也许只有专家才有权评说。笔者从未写过平遥，这个旧式金融业里创造了“票号”业务而为旧式商业经济做出辉煌贡献的古城，这个票号云集、豪宅毗邻的晋商聚集之地，恐怕不会引起任何文思诗意。

因为一家出版社很坚决地约笔者写介绍平遥的一本书，初而拗不过情面，勉强答应了开始搜集阅读大量资料，继而还要准备去实地考察、游览。哦，写书两个字好辛苦！终于敲起了退堂鼓，也很坚决地辞掉了这份苦差事。

书未写成，却使我从理性上了解了平遥。从众多的史料中可以看出，平遥票号的兴盛居然是和尊崇孔孟之道、崇尚诚信为本密不可分的。票号的业务完全凭财东与掌柜之间以“信”为凭，无须任何抵押，这在今天已然是完全不可想象的天方夜谭了。而掌柜与伙计则以共同遵守店铺规约为行为准则，票号实行高薪养廉，著名的日升昌票号的伙计们年薪从 12 两到 100 两白银不等，以今天的眼光和当时的平民生活水平来看，这是较丰厚的收入了。须知当时清朝四品大员的“岁俸”不过105两白银，七品知县“岁俸”才45两（当然“养廉银”即奖金是因地因财力另算的）。

最令我感到惊奇的是，票号对员工的管理不仅靠加薪，而且实行末位淘汰制。票号的惯例年终时大家要坐在一起吃年夜饭，业务成绩末等的只能坐在八仙桌最下首位置，只要连续三年“叨陪末座”，来年就须卷铺盖走人了。

现在商业管理，时不时听到末位淘汰的呼声，但往往雷声大雨点小，实行起来难矣！

另外使我感兴趣的是那时的票号老板居然会有很现代的预防犯罪意识，例如伙计入票号之前，家世要经严格审查，三代清白而无犯罪前科者才可录用，而且在三年学徒期里更要接受除业务能力之外的各种考察。再加上高薪养廉，灌输以孔孟之道及严格管理之类，票号里就几乎没有内部犯罪。联想到现在商场里的内盗（其中若干比例都是良莠不齐的保安所为），很应该汲取票号的宝贵经验。

如此等等，值得今天的商家借鉴之处极多。我倒想建议有志之士，写一部晋商票号经营管理经验方面的书，请当今商业管理者以备参考，定然大有获益，比舶来的稀奇古怪令人费解的各种“大全”之类应该是实用多了。

当然，今非昔比。百年晋商和叱咤一时的票号终于衰落，翻一翻近代史就可知道，资本主义金融势力以汇丰银行为代表大举入侵，使得代表封建金融业的票号缩小了市场，清政府的没落使其失去了依托。想当年，票号们为清政府承担了举足轻重的财政业务，举凡海防、修路均由票号汇兑，政府依靠他们发收京饷、赈款、河工经费，还向其贷款周转财政。连慈禧逃亡还特地在平遥停留，目的就是意图借款。遥想当年，山西商人们是何等睥睨天下，踌躇满志！

其实，同在神州大地，当年沿海城市被西方列强一一侵入之时，不可否认也涌入了新的商业观念，旧的商业模式自然不能适应。沿海的商人们适者生存，顺应了潮流。而腹地的山西商人们，却依旧腐朽保守，只会赚钱置地买房享受，大量投资不动产，使得流动资金日趋枯竭。子女们基本沾染恶习，坐吃山空。仍举日升昌为例，后期欠外债500万两，别的商号又欠它七八百万两，又不思改革，不亡才怪。

改革关键在思维。世界上没有一成不变的东西。前些时我去亦庄开发区，朋友带我去看了一大片征完的地，那里不久就会诞生一个新型的MALL，这在外国早已不是什么新鲜货色了。外国的商场早已集购物、娱乐、休闲、餐饮、住宿以至邮局、银行、美容、医疗、体育等等为一体。相比之下，我们目前城市中购物商场的功能不是显得单调了吗？再说到今天的银行（包括保险业），在服务手段、诚信度、功能等等方面，也必须承认与发达国家的同业有一定差距。在全球一体化的浪潮面前，墨守成规是足以致人于死命的。一体化的利与弊、荣与辱都是值得今天的商家们深思与借鉴的。

才子袁枚与《随园食单》

中国的肴馔是文化遗产，这在今天亦毋庸置疑：因为早在唐代，就有杨煜所著的关于烹饪的一部书《膳夫经手录》出现，段文昌著《食宪食》达50卷。以后更有不少文人辑收这类的书，如苏东坡、倪云林、曹寅等都是美食家。元朝人有《饮馔正要》，明人张岱著《老饕集》，他的祖父有《饕史》4卷。清人袁枚的《随园食单》(以下简称《食单》)可谓是一部出类拔萃之作。

袁枚为清乾隆年间的大名士，与纪晓岚齐名并称为“北纪南袁”。人们都知他著有《随园诗话》，是位诗文大家，殊不知他还是一位极讲究吃的美食家。他曾将吃菜的心得写成书，名为《食单》(随园是袁枚的号)。此书分十四章、332味，收录菜肴糕点300余种，大起珍馐，小至粥饭，堪称包罗南北。

《食单》分若干类。首先介绍下厨知识，罗列“须知”19条，对制肴之佐料、洗涮、调味、配剂、火候、洁净及“独用”(即螃蟹、羊肉腥膻物)等提出全面严格要求。他的理论是：“厨者之作料，如妇人之衣服首饰也。虽有天资，虽善涂抹，而敝衣蓝缕，西子亦难以为容”。如“洁净”条中云：“切葱之刀不可以切笋，捣椒之臼不可以捣粉。闻菜有抹布之气者，由其布之不洁也；闻菜有砧板之气者，由其板之不净也。”他主张火候应分有武(急)火、文火、先武火后用文火等，并诫“屡开锅盖则多沫而少香，火熄再烧则走油而味失”。他还立十四“戒条”，反对“食前方丈”“多盘叠碗”的悦目之食，反对事先做菜“一齐搬出”，认为“物味新鲜，全在起锅时”。强调上菜顺序应“咸者宜先，淡者宜后。且天下原有五味，不可以咸之一味概之。虑客食饱，则脾困矣，须用辛辣以振动之；虑客酒多，则胃疲矣，须用酸甘以提醒之”。他还主张量力而行，反对“依样葫芦，有名无实”，提倡少而精，以擅长之肴奉献，等等。以务使宾客颐颜、饱腹、心恬、意适，他的这些主张，在今天也极有科学道理。

《食单》中有不少属家居之菜，但却颇为新颖。如“黄鱼切丁”，先酱油泡浸，沥干后爆炒，带皮肉煮半熟，再经油烧，切块蘸椒盐。再如“羊羹”，即熟羊肉丁，以鸡汤加笋丁、香菇丁、山药丁同煨，味极鲜美，据说一见即令人欲滴馋涎。书中还有精美珍肴如“倪云林鹅”，据袁枚云乃倪云林自述辗转流传中记下。倪本元代山水画大家，与黄公望、吴镇、王蒙并称为“元四家”。据传倪云林亦是一位善馔之人，尤善做鹅菜。“倪云林鹅”的吃法颇为新鲜，其做法为：整鹅一只，去净后将盐掺入葱末、椒粉，用料酒调和擦拭鹅之腹腔，外涂以蜜、酒。然后于锅内放酒、水，用筷架鹅于水上，禁沾水，文火烧蒸。经一定时候，须将鹅翻身重蒸。其锅盖须用绵纸糊封。起锅时则“鹅烂如泥，汤亦鲜矣”。

凡读过古典小说《儒林外史》者都知书中描写范进守制时，曾于一次宴席上偷偷“夹了一个大虾圆子”吞下肚去。“虾圆子”为何种菜肴？后人知之不详。我读过《儒林外史》的一种注释本，虚为注之，可见注者并不知此为何物。所幸与吴敬梓同时代的袁枚却载于《食单》之中。原来此肴先将虾捶烂，再用芡粉、大油、盐水加葱、姜汁搅成团，于滚水中煮熟，捞出再放入鸡汤、紫菜之中，味鲜美之极。袁枚还特别注上“捶虾不可过细，恐失真味”，袁枚不愧会吃之人！还有一种怪馐名曰“混套”。系将鸡蛋打一小孔，将蛋清蛋黄倒出，去黄留清，加煨浓鸡汁搅匀，仍装入蛋壳。用纸封孔，再蒸。熟后剥皮仍浑然一蛋。据袁枚云味鲜异常。至今，不少菜肴仍沿袭袁枚食单的做法，如广东名菜烤乳猪，就应该是据《食单》中“先炙里面肉，使油膏走入皮内，则皮松脆而味不走，若先炙皮，则肉上之油，尽落火上，皮则焦硬”这一记载而改进的。

除珍馐美味外，《食单》中还记有糕点粥饭。如有一种“栗糕”，系“煮栗极烂，以纯糯米粉加糖为糕，蒸之。上加瓜仁、松子。此重阳小食也”。除此之外，他还记了16种酒，并云：“吃烧酒以狠为佳，汾酒乃烧酒中至狠者”，他还赞其能“祛风寒，消积滞”。

清代著名文人赵翼尝诗赞袁枚“子才果是真才子”，由《食单》亦可窥见作者的博识。我读过已故作家陆文夫的小说《美食家》，我以为这是最佳一部反映南方菜肴文化的经典之作，也许有袁枚食单的遗韵流风？今人做肴越来越粗疏，比起《食单》，相差何止天壤之别？

袁枚大名鼎鼎，但他的后代却并不为人所知。其实他的孙子袁祖德也颇知名，不是继承祖父“好味，好色，好葺屋，好汭，好友，好璋彝尊，名人字画，又好书”的雅事，而是在上海县知县任上（这点不如他祖父是进士出身，他是捐班县丞升任知县），逢小刀会起义，在到文庙上祭时，被江巾军围住。他破口大骂不屈而死。比起他的上司、苏松太兵备道吴健彰，见事不妙马上溜进英国领事馆，是太耿介了。也不如他的祖父，在乾隆年间文字狱的腥风血雨下，30岁就辞官享受声色美食，给后人留下美食家的名声和一本《随园食单》。

北海仿膳与满汉全席

每依北斗，最恋京华。尤杂花繁树、草茂莺啼之际，辄至琼岛而窥春荫。登山而小三海，隔岸而看九龙。太液与翠微顾盼，碧波共白塔同晖。亦可绕瀛洲、览三希，越堆云积翠，抱素静心，俯沁泉玉带，赏雨听琴。庆霄楼上，遥想八旗劲旅，冰场校阅；漪澜堂前，联翩域外画师，案几运斤。十全老人临湖而钓，煎炙而食，此或乃仿膳之滥觞欤？

钟鸣鼎食，脍细肴精，莫过于御膳。庙堂富埒四海，所谓普天之下莫非王土；庶人自有腹欲，诚哉食大于天攸系民生。游北海不可不去仿膳。夫幽情思古，园中之园飞檐斗拱、画栋雕栏，禁苑气度方领略；海中观海兰舸绿柳、黄瓦红墙，风光旖旎而披襟。八十年来名播宇内，贯耳如雷。燕台景诵有八，仿膳佳肴多四，更有满汉全席铺张扬厉，食供三日；亦奇豆黄芸卷取自闾巷，叩齿余香。

嗟夫！仓廪足而衣食暖，国家定而百姓安。昔者仿膳几经凋敝，盖因如此也。闻韶之后，岂忘墨面蒿莱；河山无异，珍重人心思定。倘天下人皆能闻香而入，遇膳而食，不亦乐乎？

应仿膳饭庄之邀写此小记。因体裁之限，有些句子颇需注释。“庆霄楼”一句指当年乾隆皇帝于此校阅八旗士卒，一律穿冰鞋，或登冰车，列队表演，目的自然是强化八旗健儿的尚武精神。庆霄楼位于琼岛之西，离仿膳不远。“漪澜堂”即仿膳所在地，乾隆很喜欢这里，曾题诗：“湖堂北向号漪澜，太液秋风正好看”；乾隆常于此赐宴文臣，吟句联诗，这在《乾隆御制诗》集中颇可觅见。闲暇之时，乾隆常临湖垂钓，钓上的鱼令制膳人员就地煎炙。陪侍的大臣们也常常会得到品尝的“殊荣”。当年西洋画家郎世宁、蒋友仁等也曾于此被“赐宴”。可见，“御膳”在漪澜堂的历史还可以追溯更远，而不仅仅是仿膳时开业的 1925 年（当年叫“仿膳斋”，也只经营豌豆黄、芸豆卷、肉末火烧几种小吃）。

“景诵有八”“佳肴多四”，燕京八景最有诗情画意的是“琼岛春荫”，去仿膳必经此地，进倚晴楼门洞，过临水游廊用不了几步即到。湖光山色，尽收眼底。如果去仿膳用“膳”，先读一读乾隆的御笔“琼岛春荫碑”上的诗文，也是很有意思的。乾隆好大喜功，毕生以“十全武功”自诩。当年他撰有《十全武功记》，又自号“十全老人”，可见他颇以此自鸣得意。但“琼岛春荫碑”上的这篇诗文却表达了他的重农思想，“民以食为天”还是硬道理。“佳肴多四”是指仿膳的镇堂名菜——宫廷“四抓”（抓炒腰花、抓炒里脊、抓炒鱼片、抓炒大虾）、四酥（酥鱼、酥肉、酥鸡、酥海菜）、“四酱”（炒黄瓜酱、炒胡萝卜酱、炒榛子酱、炒豌豆酱），这“四抓”“四酥”等过去深藏御膳房中，公之于世后形成了与众多菜系迥然不同的仿膳风味，这也是值得珍惜的饮食历史文化遗产。

满汉全席一直有人存疑，形成的时间至今也无法考证，但清代奢靡之风由乾隆始，“康乾盛世”实际也是由兴而衰。举例如乾隆南巡为备御膳之需，仅驮载茶膳房用具就需 800 头左右的骆驼。南巡随带茶房乳牛 75 头，膳房用羊 1000 头，还不算往返各地备用的无法统计的山珍海味、水陆八珍。我去过曲阜孔府，陈列有一套银质满汉全席餐具，但其名却称“满汉宴·银质点铜锡仿古象形水火餐具”，共计404件，可上196道菜，镌记“辛卯年”，查应为乾隆三十六年（1771）。据说国内仅此一套，台北故宫、大陆故宫均付阙如。为何孔府有一套？史无明载。传说是乾隆为女儿嫁给孔府72代孙衍圣公孔宪培的陪嫁品。20世纪80年代76代衍圣公孔令贻之女孔德懋口述、外孙女柯蓝所写《孔府内宅轶事》亦曾谈及。乾隆与皇后巡视过孔府，但餐具是否为陪嫁，则待专家考证。但由此证明“满汉宴”确实存在。另，乾隆时文人李斛所著《扬州画舫录》载有满汉宴菜单，与后来各地民间所传大同小异。我大胆假设，满汉宴也许是孔府或南方富绅为迎接乾隆而创造的？仿膳的功绩在于并不仅是保留，还不断完善丰富，据说，至1991年统计，仿膳已举办过400余席。当然，除了“铺张扬厉”的满汉宴，像芸豆卷、豌豆黄、小窝头等都来自民间，被清宫发现，连人带物，召入宫中，成为御膳房的一部分。由此可见，由于清朝统治者是少数民族，菜肴本身有满、蒙等少数民族特点，又融汇汉族菜肴的南味北炒、民间小吃，集各家之长而自成体系，称作“清宫风味”。

概言之，仿膳继承发展的应该是中华民族的饮食文化传统，这也是撰写《北海仿膳记》的用意，当然，人心思定，国家强盛人民方可小康，所有普通老百姓都能去高档餐饮之所闻香下马、知味停车，那该是一件多么令人憧憬的“不亦乐乎”的小康社会景象呢？

“折箩”趣谈

中国菜在全世界都是很有知名度的，八大菜系及在此基础上不断衍生出的小菜系，加上南甜、北咸、东辣、西酸的风味及中国饮食文化无数令人感兴趣的掌故传说，不仅令国人一代一代百吃不厌，也更令碧眼高鼻的洋人叹为观止。

世界上有不少国家有中国城，有中国城就有中餐馆，于是八大菜系漂洋过海，但也往往异化，即串了味儿。不少正宗的中国菜为了将就外国人的口味往往“中餐西做”。其实，外国人不一定欣赏。笔者看过一则资料：许多美国人爱吃美国中餐馆一道称之“Chop suey”（即“杂碎”）的菜。这道菜源流于19世纪在美国筑路的中国劳工。据说几个饥肠如鼓的白人路过劳工驻地。适逢晚餐已过，劳工们就将各种残羹剩饭同烩为客人充饥。不料几位白人吃罢大为赞赏，愿闻其名。劳工们告之以“Chop suey”（杂碎），以后遂成为旅美中国菜的开山鼻祖云云。也有一种说法认为是李鸿章1897年出使美国时用以款待美国人，名曰“杂碎”。梁启超曾有文记之。据笔者所看，这如同流传李鸿章在外交场合中旁若无人大吐其痰一样，意在讥讽，其真实性大可令人怀疑。

其实，这与“珍珠翡翠白玉汤”的故事异曲同工。人在饥饿状态下会将任何食品包括残渣剩饭视为美味佳肴。“杂碎”的传说真实与否笔者很怀疑，一个饭店若仅以“杂碎”起家，客源恐怕大成问题。现在美国中餐馆里的“杂碎”这道菜当然不是残羹剩菜，而是行其名而无其实——都是用新鲜食品烩制而成也。

“杂碎”者，即“折箩”也。“折”读 Zhē 音，老北京的一个特有名词。金受申《北京话语汇》（商务印书馆 1965 版）未收此语。《北京土语辞典》（北京出版社 1990 年版）解释为：“宴会的酒席吃罢，剩下的菜肴，不问种类，全倒在一块儿……也叫‘折箩菜’。”过去人们不富裕，头天的剩菜剩饭舍不得倒，第二天“折”到一起烩食，残羹剩饭有一种特殊的味道，有人喜食。北京郊区直到 20 世纪 70 年代末还保留这着这样的习俗：红白喜事剩下的菜肴混杂一起由主家送给村里的各家各户。但在 20 世纪 80 年代后随着人们生活水平的逐渐提高，这种习俗已经消亡了。其实若从科学的角度来看，剩菜剩饭不利于健康，尤其是白菜、韭菜等，经过一夜发生变化，甚至会产生致癌物质。

北京在 20 世纪 50 年代以前有专卖“折箩”的小饭铺，头天从大饭庄里低价买来残羹剩饭，第二天专卖给穷苦的“脚力”等下层劳动人民。当然，不是“脚力”们爱吃“折箩”，纯因生活所迫而已。依此推断，有钱人当然不吃“折箩”？其实也不尽然。我读过孔子第 77 代嫡孙女孔德懋老人（她是台湾“考试院院长”孙德成的胞姐，全国政协委员）口述著作《孔府内宅轶事》，叙及她的父亲、第 76 代衍圣公（衍圣公是封建时代封给孔子后裔的爵位，历朝历代世袭不变，民国后改称“奉祀官”）孔令贻就极爱吃“折箩”（当地人称“渣菜”）。衍圣公号称“天下第一家”，爵位千年不变，中外无此例。以此推论：想吃什么办不到呢？曲阜孔府至今保存有乾隆皇帝所赐“满汉全席”的全套餐具，孔府中最低等的酒席是给当差和老妈子们吃的：席地而坐，共十大碗。计有海参、鱼肚、红肉、鸡丝、瓦块鱼、白肉、肉饼、海米白菜、八仙汤、甜饭。由此可见孔府这“天下第一家”在吃上的气派。尤其衍圣公的老祖宗孔夫子提倡“食不厌精，脍不厌细”，以及“色恶”（颜色变坏）、“臭恶”（霉变和气味不好）等都“不食”（《论语·乡党》），因而在吃上他的后代也应该是很讲究的吧！但这位第76代衍圣公就恰恰违背了祖训，而酷嗜“折箩”（“色恶”、“臭恶”全占了）。据孔德懋老人回忆：她父亲孔令贻喜珍馔美味，亦爱吃“渣菜”，是别人吃剩的各种菜混在一起，问其为何？“说是有股酸味，好吃”。逢到曲阜城里的大户喜庆之筵，孔令贻还会派差人端着盆去索要“渣菜”。当然，那些大户岂能真给残羹剩菜，只能让厨师现做再混在一起烩烩，并设法儿做得像一些。据说，如果做不像，孔令贻便不爱吃。笔者想，剩菜和新做的菜味道是绝不一样的。由此可见，在吃上并不比皇家差的孔府衍圣公，也有吃“折箩”的爱好。

笔者不知外国人吃不吃“折箩”，中国人大概都会有吃剩饭的经历，只不过因地域不同而称谓有异而已。除了“杂碎”“折箩”“渣菜”等叫法，北京人也有叫“烫饭”的，北京房山则称之为“拉（là）剩儿”，云南昆明则称之为“酸汤”。近年来，笔者发现北京一些餐馆有类似的“折箩”形式出现，当然菜肴都是新鲜的，如某“靓汤”，有一道饭杂以肉末、各色菜等，用酱油炒烩，味道不错。还有某台湾快餐店，有称“钵饭”者，也是杂以菜、鸡蛋，浇以红烧小肉丁和肉汁，亦令人颇快朵颐。笔者更联想到，快餐中各种盖浇饭，是不是也受到“折箩”的启迪，就不得而知了。但无论如何，上述种种均无“折箩”的隔夜酸味，这也算是一个不可替代的“风味”吧？

总而言之，国家逐步富裕，人们的生活水准也会越来越高，吃残羹剩菜“折箩”的人也会越来越少吧！

诗话全聚德

京华全聚德的驰名，不仅仅过去，在今天，也响遍了全世界。前几年，曾公布了有关国家权威资产评估机构对全聚德的品牌的评估：价值为7.0858亿元人民币！

现在自然更升值了。据去年的数字，和平门店的每一把椅子，一年的流水十多万！但是，全聚德其实最值钱的还是自身的文化价值——老北京文化的组成之一不就是老字号吗？140多年的历史积淀，这底蕴比世界上有的国家的历史还长！

有的食客可能不知道，全聚德有自己的展览馆，这可能是老字号饭庄里独一无二的。全聚德还保留了老墙——历尽沧桑的老墙。今年，笔者居中牵线促成北京诗词学会和全聚德集团共同为全聚德以诗立传——组织诗词名家撰写《全聚德竹枝词》，以期遗韵久远。会长段天顺先生非常热心，他也是一位诗家，在他的振臂一呼下，这部有价值的书不久就可以问世了。笔者忝居附骥，也诌出俚句五首。因为一直想写一写全聚德，久未动笔，借此之机，始以诗话之体裁就教于方家。

青葱黄酱蘸酥鸭，
白饼蒜泥复卷夹。

最是高汤飘碧片，
一杯浊酒醉流霞。

全聚德挂炉烤鸭的朵颐佐料除葱丝、黄瓜条加之以自制甜面酱外，必有蒜泥，以去腥之意也。很多人可能不知道，最早以前（大约20世纪五六十年代）烤鸭上来，只有甜面酱、葱丝，黄瓜条是没有的。白糖更没有上桌的一席之地。这是梅兰芳的发明，他本意只是为了保护嗓子，故到全聚德吃烤鸭，让跑堂的“换个样儿”，跑堂的遂上了糖和黄瓜。这就是老字号的底蕴，何其简单的黄瓜条与糖，也是大名鼎鼎的“梅老板”的“发明”啊！这样，不同口味的顾客可以有不同的吃法，各取所需。至于蒜泥，我至今未考出是何时才出现的。但有一时期，没有了蒜泥，这是不对的。烤鸭本源于山东，山东人好吃大蒜，蒜泥还可去腥腻，故而佐料必不可缺此项。

流龙车马忆登楼，
此处鸭香馥气留。
知否当年全盛地，
霓虹早换幌招头。

全聚德最早发祥地是在前门大街东侧的肉市胡同。《都门杂咏》有竹枝词云：“买得鸭雏须现炙，酒家还让醉葫芦”（“醉葫芦”是小酒家之名），可见其盛况。杨全仁最早在肉市摆摊儿售鸡鸭，后来买下德聚全干果铺，始经营烤鸭，始将原字号三字倒名“全聚德”，后来不断发展，方成拢了前门老店。至于和平门店，得于周恩来的提议，1979年才正式经营。所以，笔者当年去烤鸭店大快朵颐的时候，只有前门店。不过，听老人讲西单鸿宾楼原址曾是烤鸭店，当然这已经很久远了，鸿宾楼也早已迁址到西城展览路了，雪泥“鸿”爪，早了无痕迹了。我似乎没有看到有人考证过，故写此诗，借以抛砖引玉，期以解惑。但愿不是讹传。

曾是瓜香安定门，
畦畦高架顶花新。
切成条细入薄饼，
清气丝丝先进唇。

全聚德之所以脍炙人口，佐料之精细是令人叫绝的。比如黄瓜，据说专从安定门外菜圃订购，因为此地黄瓜清香可口，闻名于时。但现在安定门外一片灯火楼台，黄瓜早已绝种了。现在全聚德所进黄瓜不知何处？全聚德鸭席最后一道鸭架汤必须要俏黄瓜片，以去油腻（老北京话：俏头，烹调时为增加滋味或色泽而附加的香菜、青蒜、木耳、辣椒等）。但我仍觉得俏黄瓜片不适于去油腻，故我常常在品汤时，请服务员切上一盘碎细香菜末，洒于汤中，则清香无比，食者诸君不妨一试。

夹来双筷卷成包，
犹似雕花不用刀。
左叠右折何用手，
食家处处技筹高。

老北京尤其是旗人，吃饭很讲究，所谓有“派”即优雅也。比如旧时南方人家吃螃蟹，不似北方人乱撕瞎吃，进退有据，使用各种工具，不但不浪费，还会将蟹壳、腿等码成原形。看一看《红楼梦》里贾母螃蟹宴那一章就明白了。南方人吃虾也如此，吃完壳是完整如初的。那么吃烤鸭也同理，听老辈人讲，用饼卷鸭片是不能用手的，须用筷子折叠卷好送入口中。我记得看过一篇史料，周恩来曾嘱咐要将此法教会外宾。但至今我看全聚德用餐者仍然用手夹卷。我曾多次示人此法，但多以费事而不肯。可见“优雅”二字不是随便可以学会的。另外，多少年来全聚德卷烤鸭的荷叶饼是圆形的，周恩来在此陪外宾用餐时，见外宾卷饼不甚得法。故嘱全聚德将饼做成椭圆形，卷起来更方便也。故此后饼皆改成椭圆形也。一个大国总理关注于小小一张荷叶饼的形制，大概是绝无仅有的吧！（见《驰名京华的老字号》，文史出版社 1986 版，第 8 页）

堂头犹似大将军，
若定偷眼记超群。
招唤须看碟下菜，
人人惬意喜出门。

旧时老北京饭庄的堂头是一个非常奇特的现象，类似如今大堂经理，但又不完全类似。其眼观六路，招呼有度，看人行止，那是现在的什么烹饪管理学院也教不出来的。而且根据来客的身份帮助点菜，绝对不像今天没头脑地瞎推荐。而且那时没有电脑、笔、纸，全凭记忆，所点菜肴酒水分毫不差，怎一个了得！全聚德如今做大了，常听人讲店大欺客，不免气粗。但在那时，全聚德的堂头和服务员们是绝不会这样做的。中国人讲究“宾至如归”，谁愿花钱吃饭生一肚子气呢？堂头现象太值得如今的老字号认真学习了。

其实，今人对全聚德每有不晓之处。殊不知全聚德并不仅仅以烤鸭擅长。比如全聚德有山东风味的看家菜，如三不粘。又比如它还有不外售的菜，有蒸炉鸭、大酥丸子、核桃酪等。只在内部三节（端阳、中秋、春节）掌柜与工人一起会餐时露面。据凡吃过这几道菜的外人谈，味道确实特别好！今日大概已成绝响，还能发掘出来以飨食客吗？

四合院里话“吃包”

京华霜降前后，大白菜纷纷上市，北京人没有不买的，储存起来可以一直放到春三月。剁馅儿包饺子、蒸包子、醋熘白菜、涮羊肉、火锅、做汤，都离不开它。过去买大白菜几乎可以说成是老北京的民俗，北京人在冬季是离不开大白菜的。

老北京的满族旗人有种称之为“包”的食品，用的也是白菜，这种食品，今天恐怕是要绝迹了。余生也晚，但却有幸饱尝口福。至今想来，仍是齿有余香，别是一番风味。

笔者家一直住在西城什刹海畔鼓楼一带，名为前马厂胡同（紧挨铸钟厂胡同）。一大片鳞次栉比前后连接的大宅院，“前出廊子后出厦”，笔者查过书，那原来是清代河道总督钟杨家的旧邸，后来败落了，慢慢成了民居（其花园部分解放后曾为董必武、康生所居，今已辟为竹园宾馆）。主庭院后来成了经贸干部学校和宿舍。笔者家的街坊是满族人，那时称“在旗”。不是金枝玉叶的“黄带子”，祖上却也在雍和宫里管事。小四合院，几株枣树，一架葡萄，两盆石榴，一缸大金鱼，屋檐下挂着几个鸟笼。正屋大条案，摆着大掸瓶之类；八仙桌、太师椅，墙上悬着中堂、对联；猫儿窜来窜去，窗户根下摆着一溜花，哦，还有蛐蛐罐，晚上会叫成一片……单是这些，就吸引着少年时的笔者，在那四合院里总也玩不够。现在，北京城里还有一些四合院，但，再也不是笔者童年、少年时眼里的四合院了。

记得有一次，大约是中秋之后，笔者在他家吃他们做的“包”，简直好吃极了，直到今天，还是忘不了。而且那独特的吃法也令人难忘。什么是“包”？就是把鲜嫩的白菜大叶洗净，再将小肚、酱肘、香肠之类的熟肉切成丁，另将摊鸡蛋、炒豆腐等搅拌在米饭里。把摊开的白菜大叶，涂抹以黄酱。再把拌好的熟肉食品、菜、米饭包在菜叶里，用双手捧而食之。他们叫“吃包”。据他们老辈传下的掌故说，“包”是满族的祖先努尔哈赤发明的。努尔哈赤以“十三甲”起兵之初，曾被明军围困而绝粮，努尔哈赤下令部下捡来菜叶，包着野菜、野果充饥，最后冲出重兵之围。以后满洲八旗铁骑疾驰，无暇搭锅造饭，一般在帐外举火烤肉，蘸黄酱，包在青菜中食用，也称“饭包”。再以后“包”就成为满族一种特有的食品，世代相传。上自宫廷王府，下至旗下平民，酷爱此物而不绝。“饭包”里抹黄酱，这也是满族人的嗜好。仿膳饭庄里的名菜“四酱”（炒黄瓜酱、炒胡萝卜酱、炒榛子酱、炒豌豆酱），其实就是清代宫廷的家常菜。

后来年长，有一次到北海里的仿膳用餐，记得有一道菜是用荷叶包食。是不是由“包”而来，不得而知。但是完全没有笔者在四合院里吃真正的“包”的那种韵味。那是一种充满浓郁民风民俗气息的情趣，相比之下，仿膳的荷叶包是缺乏民俗韵味的。当然，仿膳是宫廷风味；但是就是笔者曾吃过的荷叶包食，于今几次光顾也不见踪影了。

笔者常想：老北京的四合院可不可以布置一下，让它充满满族老旗人家的味道，再售以“吃包”之类以飨游客，使人们知道什么是老北京满族旗人的民俗民食？

简说年节送礼

“礼”在几千年前就有这个字了。“来而不往非礼也”，年节送礼已成为民俗，甚至是一门学问。年节有大小，亲朋有远近厚薄，送礼就要得体，也须权衡。封建时代有专门的礼仪部门，大宅门里也有管家专司其职。

说起送礼，源远流长，可以写一本书。这里只能浅近谈及清代至民国以后。清代上至皇帝，下至平民，都离不开年节送礼。大致可分不少类，但最重要的还是过年。过去皇帝登基换年号都要从正月初一算起。过年送礼最重的就应该算是国礼。清朝康乾时代，疆土辽阔，有很多藩国，如朝鲜、越南、缅甸、琉球等等，名义上都属中国，经常进贡，包括恭贺“万岁登基”。藩国要派使节进贡礼品。礼品无所不包，可以是珍禽异兽、珠宝土产，甚至兵器盔甲。我记得看过一则史料记载，谈及琉球国送礼就是倭刀。清中期以后，与一些国家互派公使，逢到节日，各国公使也要晋见，也要互赠礼品。民国初年如袁世凯准备“登基”，就烧制大批精美瓷器，以回赠朝贺的各国公使。这就是后来被收藏界颇推重的“洪宪瓷”。

节礼一般重视春节、端午、中秋三大节，元宵、清明、中秋、冬至、腊八等算小节，都要送礼，而且颇为复杂，亲戚、朋友、上下级乃至王公贵族甚至宫廷内都要送礼。皇帝向王公贵戚送（宫廷用语叫“赏”），礼品有福字、对联、荷包、银两甚至食品等，皇上“赏”礼是礼仪性的，不在厚薄，能够得到“赏”礼已是万分荣耀了。

除了皇室，其他各阶层过年送礼就复杂了，其品类繁多，真是无法说清。不过，旧时将所有礼品概而括之分成两大类：“干礼”与“水礼”。“干礼”指贵重礼品如金、银、绸、缎之类。“水礼”则指食品、果品杂项之类。过去送礼要有“礼单”，收礼要记“礼账”。礼单一般是红纸折成折子，大约五六寸高、三四寸宽。纸用大红或玫红，封面恭楷书“礼单”二字，一一罗列；礼品名称细目、件数，前面写一些通用的吉祥用语。礼品不能是单数，要四色、八色。收礼者可照单全收，也可全不收。按惯例基本是有收有退。并在礼单上注明“敬领”或“敬谢”，再把礼单交送礼人带回禀报主人。之后礼品要记账，主要目的是还礼时查考，以便对等。送礼一般主人不去，送礼的仆人要给“赏钱”，俗称“封儿”，男仆赏“封儿”，女仆赏“尺头”，就是可做一件衣服的绸缎衣料。当然，仆人必须要带上主人的名帖（类似如今的名片）。

王公贵族、官员豪绅的年礼，出于各种目的，自然不是寻常百姓所能企及，单看《红楼梦》中的“乌庄头”孝敬的年礼，就已令人吃一惊了。百姓送礼，一般都是点心匣子、干鲜果筐、茶叶之类，上等茶叶包装为竹筒或铁筒，给孩子的礼品则为鞭炮、小食品之类。民国以后也有送店铺商家发行的礼品券，“点心匣子”的形式一直延续到20世纪80年代初期。现在物质当然极大丰富，可以说无所不包。点心匣子早不时兴了，果筐也早已流行洋式果篮。

年节送礼其实是中国民俗的一个大题目，些许篇幅很难说清。我倒想建议人们不妨重读《红楼梦》，因为里面有关于各阶层人送礼的细致描写，简直就是一部缩微的中国年节送礼学的小百科全书。

拜　年

春节是中国人最重要的节日，而拜年则是春节中最重要的活动。现在生活节奏越来越快，过去充满亲情、温馨、祥和、快乐的拜年，随着现代社会人们观念的转变，则越来越简化。

现在实行象征性的礼仪拜年，前几年还流行汉显呼机问候、电话拜年，现在则已经发展到手机短信、礼仪鲜花、电子邮件等最现代化的手段，令人感慨不已。幼年时随着长辈和叔伯兄弟、姊妹们去拜年时兴高采烈的情景，早已恍如隔世了。青年时代参加工作后，还要在同学、师兄弟之间拜年，去给师傅、领导拜年……现在，除了必要的至亲要去拜年，或者必须去联络感情，人们都会采取最便捷的方式，既省钱省时，又不疲惫。何乐而不为乎？

拜年的历史太悠久。过去大年初一，穿戴簇新的晚辈要向祖父母、父母等长辈叩首拜年，然后再按辈分长序互拜——叩首、作揖、蹲福。直至今天，北京的很多家庭，孙辈们仍会跪下向长辈拜年，接受压岁钱，但那已不是封建时代必须行礼如仪的程序了，而是现代社会维系亲情的一种亲昵举动罢了。

旧时代拜年很讲程序和场面，今天我们从《红楼梦》及鲁迅的《祝福》中等都可见端倪，这里也不必赘述。一般男子在过去初一是要外出拜本家五服之内走动很近的亲戚，或走动不多但辈分较高也要去拜。这在笔者少年直至青年时代都是经历过的。比如，拜完父辈和兄弟姐妹之后，一些父辈的叔伯兄弟也必须去拜。关系较亲近的则会留下吃饭。初二至初三一般是拜母舅、岳父等姻亲。初四至初五则要对同事、邻居等进行礼节性拜访，一般略坐即可。按过去老北京习惯，一般邻里不必专程前往，只在见面时互致问候，亦不必入屋。笔者幼年常随父辈周旋于此，甚觉烦琐。但在那时确为“老礼儿”，否则必孤立于社会。旧时代妇女拜年须过初六之后，有孝服或在外地者须等过完灯节再去拜年。

过去去拜年如果是一般关系者赶上主人不在家也没关系。本主不在家只需行礼如仪即可。有时也不必专程前往，如在大街上碰面行礼问好也可，当然这属于可拜可不拜的关系。封建时代官府、豪门之间有时只派管家或仆人持名帖送礼即可，不必本人亲自登门。我想，这可能是电话、手机短信拜年的起源吧？封建时代除夕之夜还要“辞岁”，以清代为例，大臣给皇帝、奴才（“府包衣”“府哈喇”）给王爷、族人给族长直至家庭中晚辈给长辈，甚至已订未婚的女婿也要给岳丈家“辞岁”。清代从皇帝始，除夕、元旦都要举行家宴辞岁，皇太后、皇后，近支王公都要团聚。元旦还要于太和殿盛宴大臣、外藩使臣。这也等于君臣、家属之间互拜新年。因为皇帝除了给皇太后之外，不可能以万乘之尊给臣属们拜年。顶多有选择的给皇亲或亲信大臣赐“福”字或小礼品。王公大臣也不可能依次去直接向皇帝拜年。因而聚宴这种形式一直延续下来。民国以后，称之为“团拜”，即上级给下级集体拜年，有条件还要举会餐。这种新形式也一直延续到今天，除了机关团体要团拜会餐，现在很多私企也举行团拜会餐，给一年辛苦的员工们发红包，有条件的还要大家一起跳舞唱歌，联络感情。这种方式在今天看来很有科学性，免得下属员工单去拜年（当然关系近的还会去单独给上级拜年），既省钱又省时间。所以受到人们的欢迎。

拜年这一最为中国人看重的习俗，当然会一代一代延续下去。只不过随着时代的变迁和人们观念的转变，形式日新月异，试想前几年还流行电话拜年，谁会想到今天手机微信、电子邮件已成为年节问候的新工具了呢？

王府井的狗不理

如果以烤鸭为最具代表性的北京老字号风味，那么狗不理包子就是天津卫的代表性风味小吃。其名声之远播，已不仅仅限于神州大地了。

说来惭愧，笔者去过天津很多次，但从未品尝过天津卫原汁原味的狗不理包子。天津最久远的传统老店应是和平区的狗不理总店，而且据说狗不理兴旺发达，不仅有了豪华的大酒店，也有众多的连锁店，可惜笔者从未驻足品尝。

20 世纪 70 年代末，北京地安门外大街十字路口西北角开设了一家狗不理店，笔者始而光顾，感觉味道极鲜美。猪肉馅儿的 1.90 元一斤，大虾丸馅儿的 2.60 元一斤，同时还有传统鲁系菜肴，也很到位。因为离家不远，遂成为我辈呼朋引类的宴饮之地。

现在楼肆仍在，招牌却不再是狗不理了。包子馅儿的品种增加，但偶尔光顾，口味却似有不同，不能再使人流连忘返了。北京在 20 世纪 90 年代后，还开了若干家狗不理店，但最后似乎都消失了。翠微路有一家光顾过一次，据说现在也消失了。东直门开了一家，没有去过。北京最繁华的王府井大街，也开了一家狗不理店，据说最受欢迎，每日川流不息，从早至夜，供不应求，也许是为了适应客流量的需要，不设包间，没有热炒，只有凉菜，但供应酒水。即便如此，顾客们还是需要排队等位。

笔者品尝过一次，感觉馅儿的种类繁多，除肉馅儿、三鲜之外，尚有各色野菜、时令菜蔬做馅儿。一百多年前的狗不理，只是小作坊，大概没有这么多的品种花色。

正宗而论，狗不理的特色应该是水馅儿、半发面的工艺，蒸出的包子柔软可口、鲜而不腻、香气四溢，形似白菊花。当年地安门外的狗不理，据说是用鸭油（或鸡油）拌馅儿，所以香气扑人，引人闻香停车。

狗不理的创始人是劳动人民，是清代道光年间天津武清县一家农户的儿子，名高贵有，据说因是他父亲40岁才得子，依过去小户人家取贱名保平安之意，取名“狗子”。正史上是不会记载引车卖浆者流的，也是传说他14岁时到一家蒸食铺做小伙计，三年后自己开了个包子铺，原先招牌大概也不叫“狗不理”。“狗不理”是人们给他起的绰号，说他忙生意连话都顾不上说，“狗子忙得都不理人”，故而久之人们呼他为“狗不理”。也有传说他本身脾气倔犟，是出了名的牛脾气，人们都叫他“狗不理”，意为脾气之坏狗都不搭理。笔者不知道天津卫的稗官野史有无记载，关于狗不理包子，传说袁世凯任直隶总督时品尝过狗不理包子，进京面圣时将包子作为贡品呈那拉氏，那拉氏品尝后连声称赞：“山中走兽云中雁，腹地牛羊海底鲜，不及狗不理包子矣，食之长寿也”（见《中国狗不理》宣传册，第2页）。这言辞不文不白、比喻不伦不类的话稍有文史常识的人看了都会哑然一笑。清朝人无论皇帝百官、农工商民，说话都是口头语。只有官方文书、谕旨等才会是文言。但是中国老百姓非常相信这类传说，就像北京众多老字号一样，都各有活灵活现的逸闻掌故。

虽然经不得推敲考证，传说却代代流传，而且成为食品文化的重要组成部分。没有这些传说，老字号的风味也许会黯然失色。老百姓们对这样的传说喜闻乐见，津津有味。

笔者看王府井狗不理店前，就挂着这样的宣传牌。不仅介绍着狗不理包子的特色，还将民间传说穿插其中。人们在品尝之前，读一读引人入胜的故事，在大快朵颐之际，平添了精神上的愉悦，这也许就是老字号引人入胜的魅力之一吧？

不过，笔者所担忧的是并不是那些传说是否站得住脚，而是老字号最致命的死穴，就是在全球一体化汹涌大潮的冲击下不断异化，亦即不断快餐化。

那种精雕细刻、一丝不苟的坚持品位渐渐成了挂羊头卖狗肉急功近利般的粗糙，长此以往，谁也不能挽救百年甚至数百年老字号走向没落的厄运。商业化创新的精神固然勇气可嘉，可是老字号失掉了原来的精细和风味，非驴非马，那它的消失和被淘汰真的是为时不远矣！

王府井的狗不理店是不是正宗呢？还是应该老百姓说了算。它也许有创新，但恐怕也是在保持正宗风味的前提下，否则不会有那么多的北京人和外地人去光顾品尝，它也不会在餐饮业短兵相接、异常白热化的今天一花独放，数年而不衰。

王府井寸金寸地，餐饮业知名品牌不多，森隆、奇珍阁、五芳斋饭庄、和风（西餐）等老店已经踪影不见了。除了保留至今的东来顺、全聚德（王府井店）等，狗不理应该是一个弥足珍贵的晋京老字号，真心希望已经扎根、开花、结果的狗不理，继续鲜香四溢，快人朵颐。

《清稗类钞》与“莲花白”
——忆侯仁之先生的一封信

1985年2月中旬，笔者在《北京日报》“广场”副刊“话北京”栏目，发表了一篇小文《酿美醇凝露》，谈及有关北京四大名酒之一莲花白的有关掌故，这只不过是一篇不到600字的小文，却引起侯仁之先生的注意，您给我写了一封信，恭录如下：

朱小平先生：

本年2月15日《北京日报》“广场”副刊载有大作:《酿美醇凝露》，已拜读。文中论及有关白莲池及莲花白酒的传说，是否出自所引《清稷类稿》一书？如果是，可否请将该书中有关白莲池的记载原文，抄录或复印一份寄下，并注明该出版作者、版本、抄文页数。需款若干，当照付。

曾到北大图书馆查阅《清稷类稿》未得，敢以相扰，谨此致谢。顺祝撰安。

侯仁之

北京大学燕南园61号

当笔者读到来信后，吃了一惊，笔者没有想到侯先生如此会关注。首先，文章中引用的书名排错了（当时还是铅字），《清稷类稿》应为《清稗类钞》，是清人徐珂的一部野史笔记，书中有不少北京的地方掌故逸闻。书名中两字之错，害得老先生“到北大图书馆查阅”而“未得”，至今想起来心中仍甚为惭愧。我在文中没有引用原文，故侯先生想看到原文。书中原文不长：“瀛台种荷万柄，青盘翠盖，一望无涯。孝钦后每令小阉采其蕊，加药料，制为佳酿，名莲花白。注于瓷器，上盖黄云缎袱，以赏亲信之臣。其味清醇，玉液琼浆，不能过也。”徐珂谈是“瀛台”，当在中南海内。“孝钦”是西太后的尊号。而我文中所引另一说为明代王府于万寿山前海淀村白莲池旁宴饮，并以此池荷花制酒，故以此名，后传入宫廷。不能说以讹传讹，但未引出处，今天想来恐以传说成分居多。

侯先生是我国历史地理学的创始人，曾主编《北京历史地图集》，历时 30 年，记录从旧石器时代至 1949 年的北京地理印记，可惜书出版只差两天，侯先生没有看到自己的心血结晶就去世了。但侯先生为何关注这样一个小地名——白莲池？当时不解，笔者后来才知道，早在 1950 年，侯先生应梁思成之邀，任北京都市计划委员会委员，参与北京城市的规划，并写出第一篇论文《北京海淀附近的地形、水道与聚落》，为海淀区的规划提供依据。以后还撰写了《海淀镇与北京城——历史发展过程中的地理关系与文化渊源》等论文。“白莲池”进入您的视野，并受到您的重视而致函下问，是理所当然的。

穷究探微是一个大家做学问的谨严之处，侯先生的来信对我震动很大，笔者当年不到 30 岁，写文章信手拈来，以无出处未经考证的传说入文，也没有查对《清稗类钞》的原文。面对侯先生客气、诚恳的来信，根本无颜也不敢回信。28 年过去了，笔者仍然保留着侯先生的信。以后笔者在《北京日报》《北京晚报》发表了很多谈北京文史掌故的文章，后来结集出版——《无双毕竟是家山——传说之外的老北京》，是遵循严谨、考证的写作态度，侯先生治学态度的影响当不无其中。

当年，笔者这篇小文的责任编辑是王振荣（笔名阵容）老师，我至今不知道，是侯先生看到报纸后，先打电话询问作者的地址？还是直接寄到《北京日报》由王老师转给我？因为侯先生信是圆珠笔所写，信封的地址、姓名却是毛笔字，与侯先生笔迹不同。信封是《北京日报》的专用信封。是不是王老师收到侯先生的信重写信封寄给我呢？但这细节都不复可问了，因为王老师已于 2003 年故去了。

卤煮小肠有异香

记得是20世纪80年代后期，有幸参加了一次戏剧名家们的雅集。地点为前门中和戏院南侧，专营“卤煮小肠”风味小吃的国华餐厅。参加聚会的戏曲界名家有张君秋、常香玉、吴素秋、魏喜奎、荀令莱、孙毓敏、欧阳中石（他不仅是书法家，更是奚派名票）等。当然，还有“小肠陈”的第三代传人陈玉田、陈玉昆老师傅，本来俞振飞、侯宝林等也拟光临，因故未到。

雅集只是“聊备菲酌”，因为大家最向往的还是来品尝久违了的卤煮小肠。席间餐厅经理告诉大家：今天邀请老顾客们来，一是为了祝贺张君秋先生69岁生日，二是庆祝专营卤煮小肠的餐厅终于重新开业。张君秋先生谈到当年他就是“小肠陈”的老主顾。20世纪20年代，“小肠陈”兴隆之后，坐落在前门广和楼（今广和戏院）门前。那时“富连成”（戏校）每日于广和楼演出。当年的学生、后来成为一代名家的尚小云、谭富英、李万春、张君秋、马长礼等，均为卤煮小肠的常客。不仅演戏的吃，看戏的也吃。魏喜奎插话说：曲艺界的名流如侯宝林、关学曾、马增蕙等，也包括她自己，当年都是卤煮小肠的常客。笔者就听新凤霞阿姨说过，她当年唱完戏后就会叫碗卤煮当消夜。

卤煮小肠已有约200年左右的历史。据说起源于乾隆年间，创始人原是在广安门外莲花池一家小酒馆前卖“熏鱼儿”的河北三河县的陈师傅。“熏鱼儿”是熏制的猪头肉、猪下水。顾客多为到小酒馆喝酒的“卖苦力气”者。那些赶大车的、拉洋车的和当瓦木工的“苦力”，除了把“熏鱼儿”当酒菜，也就着自带的干粮吃。陈师傅看到这种情况，萌发了一个念头：何不将猪下水和干粮同煮，免得冬天吃着冰冷。因而他将顾客买的肉或下水，连同他们带的干粮，一同煮过食用。不想这种做法不仅热气腾腾，而且别有一番风味儿，从此大受欢迎。吃的人越来越多。陈师傅从此也不再卖“熏鱼儿”，他将小肠、肺头连同炸豆腐、火烧一起烩煮，起名为“卤煮小肠”，老北京人专爱吃它的异香。提起卖卤煮小肠的“小肠陈”，老北京是没有不知道的。解放前，小肠陈在天桥、虎坊桥、前门等都设有摊位。1956 年公私合营在宣武南横东街燕新饭馆专营卤煮火烧，20 世纪 90 年代初陈玉田师傅 73 岁时退休，78 岁时在南横街中段开了“小肠陈”店，从此成为一道风景线，声闻遐迩。小店无炒菜，而且只是晚上营业，但是下午三四点钟就有人端着锅盆来排队，亦不乏开着“大奔”来品尝者。直到 2010 年 12 月市政道路扩建而暂停营业，现在重新开张后位置西移。

味美价廉，经济实惠，这是卤煮小肠的特点。当年国华餐厅将陈氏兄弟请来，恢复这个北京风味，受到了群众的欢迎。也是每天座无虚席，门外还总排着长队。现在小肠陈已今非昔比，在丰台草桥、方庄、朝阳外馆斜街都开了颇具规模的分店，这三个店我都去过。在保留了传统做法和“小肠肥而不腻、肉烂而不糟、火烧透而不粘”的特点之外，加以改革，比如用火锅排列五花肉、小肠、猪心、猪肝、肚片、肺头、豆腐等，可以根据自己的不同口味拣选，再浇以花椒、豆豉、大料、小茴香、葱、姜、蒜等调料的老汤，再调些酱豆腐、醋、香菜，真是异香扑鼻！火锅命名为“卤煮什锦火锅”，分大、小两种，2000 年被认定为中国名菜，成为一道绽放异香的北京名吃。

跋

小平先生新著《清朝，被遗忘的那些事》，是一本专谈清史及典故的笔记文集。这是一本可以让史界群英为之一振，让草根学者喜闻乐见的好书。考世事之兴衰，知人物之优劣。立论明确、篇幅适度、论述简明、语言平实，既重思想，又具学术，片羽吉光、蔚然大观。可谓零章断简，选意考辞，无愧杂家之作。尤以论及道光皇帝与林则徐的禁烟运动、中日甲午战争的篇章等，作者独具只眼，可以正视听之误，慷慨淋漓，深沉老辣，令人击节。其他如《琴心墨痕》《逸闻余韵》《地舆典章》《艺事撷拾》诸章，极具知识性、趣味性。一片片的浪花，集成一片大海汪洋，读来难以释卷。

明代学人袁中道曾谓："知率尔无意之作，更是神情所寄。"小平先生在博览群书时，注意考释，对某人、某事的真谛，闪现出真知卓识，以随笔的形式形诸文字，无疑也是对学术研究的促进与交流。这确是一本有实事求是之心，无哗众取宠之意的好书。

爱新觉罗·溥仕　爱新觉罗·金诚

2014 年 6 月

后　记

我的这本小书使我有些感慨，也有些忐忑。我非清史研究专家，只不过一直喜欢清史。1980 年始应中国新闻社专稿部之邀，为香港《华侨日报》撰写专栏文章，用笔名“周简段”，写过一些短文章，本书选录了若干篇。另外长期主持副刊，或应其他报刊约稿，也写了一些长短不一的文章，现在经遴选，分若干类，结集成书，很期望得到专家的指正。虽然不免浅薄，但是敝帚自珍的心态，也许正像鲁迅先生所说的那样，是“积习”所致。

受祖父辈影响，自少年时代即喜诗词书画、读闲书，尤嗜爱清末民初掌故，读了大量的野史类的笔记。20 世纪 70 年代我初中毕业即参加工作。中期以后，恢复高考，我以为梦想可以实现——报考北大历史系。但那时规定报考须由单位批准，而领导只允许报理工科（实际这是不符合有关规定的），只好选择服从——因为以为领导是善意，是想青年人学业有成后回到原单位。但是后来发现一位女同事报考文科居然获得批准，悄悄复习继而考上大学，离开了单位。这使我心理受到了极大的冲击。直到现在，我仍然铭记不忘。如果我考上大学，一定是会走进另外一个房间。

此后，曾想直接报考研究生，先父还专门请来他的朋友、博学的王以铸伯伯对我进行考察，王伯伯认为我的文史水准等同于民国时期的高中生，只需加强外语，颇有希望。虽然先父是对外经济贸易大学的俄语教授，但我的外语水平实在可怜，故此绝了念想。

由此发愤自学，希望改变人生道路。萌生模仿“二十八画生”的故事，以“嘤其鸣矣，求其发声”，觅三五有志青年，切磋砥砺。那时的社会风气，还未到无学历几乎无法生存的地步，鼓励自学成才。因而我在1984年7月5日《中国青年报》“自学征友”刊登启事，希望得到指导和交流。从启事内容看，那时自己对清末民初历史人物、典章制度、爵职服饰大有兴趣。现在看来，没有导师指点和系统专项的读书何其难矣。产生的效果只是每天收到大批来信，徒费精力，收效甚微。当然，自1975年我已在《诗刊》《北京文艺》(《北京文学》前身）等报刊不断发表文章，似乎被视为自学成材者，1983年3月7日《北京晚报》、1984年第1期《中国青年》杂志，都刊载了我谈自学的心得小文。但终归是杂而不精，未能走上学术研究的专业之途。但凭此文章小技于20世纪八十年代初期，以初中毕业生的学历免试进入报社做了编辑，也许是不幸中的万幸。

但我始终对文史充满着兴趣，我至今购阅的唯一一本杂志即是《文史知识》，25年不辍至今。一有闲暇就披阅有关文史书籍，二十四史和《清史稿》是我时常检阅的典籍。史学大家司马迁、顾炎武、章太炎等都是我私淑敬仰的人物。但余生也晚，命数如此，不能做“史家之绝唱，无韵之离骚”的通才，更不能“为天地立心，为生民立命，为往圣继绝学，为万世求太平”而著述，但始终服膺龚自珍“欲知大道，必先知史”、章太炎“不读史，则无从爱其国家”的铭训，故时常灯下掩卷，有感而发，写些杂札随笔。

我关注清朝，这是一个不同于之前任何一个时代的王朝，不仅仅是它距离今天尚不遥远，其文化观念、风俗习惯甚至语言，尚有遗存。我们今天所说的普通话，应该就是在满族北京话（京片）基础上奠定的。

清朝开疆拓土最广袤，各民族最亲密向心，最能融合中华传统文化，统治者家教最严、教育程度最高，典章制度最完善，不断接受西方科技文明，等等。当然，也是最受列强欺凌的王朝，奇耻大辱不可胜数，也产生种种弊端积重难返而走向末路。

而我们出版的书籍、影视剧常常戏说，贻误后学。这是很令人痛心的，“灭人之国，必先去其史”（龚自珍《古史钩沉论》），我们自己不珍惜、不尊重自己的历史，所谓爱国，何啻空谈？举例说，对自己老祖宗的糟蹋，诸如对历代正史及皇帝尤其是清朝一些皇帝的“戏说”，为世界各国所罕见，谬种流布，夫复何言？历史非任人打扮的女孩子。我的这本小书，不敢说如何匡正，实为像南北朝陶弘景所云是：“一事不知，以为深耻”，读史养气而已。如能使读者有所会意，则幸甚至哉。

这本小书承蒙我尊敬的李国文先生赐序，十分荣幸。他不仅是小说大家，也是文史大家，通读二十四史，有若干专著，对历史有着极悟彻的慧眼。载涛先生之子溥仕（金从政）、顺承郡王后裔金诚两位先生读了部分书稿，写下言简意赅的鼓励，也使我十分感激。作为爱新觉罗家族的“天潢贵胄”，他们两位老先生对清朝更会有迥于常人的认识与感慨。两位都写过有关清代历史的文章和出版著作，我从中亦得到过教益。本书书名请雍正第九代孙爱新觉罗·启骧先生、惇亲王第五代孙恒德先生题写，一并致忱。也要感谢张陵、吴志实先生的关心，李亚梓女士、友人靳扬的辛苦劳动，校对的一丝不苟，才使这本谫陋的小书得以问世。

朱小平

2015 年 6 月 5 日于京华

图书在版编目（CIP）数据

清朝，被遗忘的那些事 / 朱小平 著. -- 北京 ：作家出版社，2015.6

ISBN 978-7-5063-8089-8

Ⅰ. ①清… Ⅱ. ①朱… Ⅲ. ①散文集 - 中国 - 当代 Ⅳ. ①I267

中国版本图书馆CIP数据核字（2015）第132768号

清朝，被遗忘的那些事

作　　者： 朱小平
责任编辑： 李亚梓
封面设计： 杨思思
出版发行： 作家出版社
社　　址： 北京农展馆南里10号　　**邮　　编：** 100125
电话传真： 86-10-65930756（出版发行部）
86-10-65004079（总编室）
86-10-65015116（邮购部）
E-mail:zuojia@zuojia.net.cn
http://www.haozuojia.com（作家在线）
印刷： 三河市华业印务有限公司
成品尺寸： 152×230
字数： 245千
印张： 19.25
版次： 2015年10月第1版
印次： 2015年10月第1次印刷
ISBN 978-7-5063-8089-8
定价： 35.00元